蹺蹺板怪物

シーソーモンスター

Seesaw Monster

Kotaro Isaka

伊坂幸太郎

王華懋 譯

目錄

總導讀

奇想・天才・傳說

張筱森

雖然是篇談論伊坂幸太郎的文章，不過請先讓我稍微離題談一下二〇〇六年的第一百三十四屆直木獎。這屆的大事當然是東野圭吾在五度鎩羽而歸之後，終於以《嫌疑犯X的獻身》獲獎；可說是了卻他一樁心願，也替其出道二十年錦上添花一番。東野連續五度提名五度落選的事蹟，讓日本大眾文壇和讀者之間開始悄悄地流傳著一個聽來有點辛酸的名詞「東野圭吾路線」，意指不斷被提名、不斷落選，然後過了該得直木獎年紀的作家。而東野總算在第六次的提名擺脫了這個看似不太名譽，不過差一步就會變成傳說的不幸陰影。但是在東野終於獲獎的這樣可喜可賀的事實背後，其實也存在著一名極爲有力的「東野圭吾路線」候選人，那就是本文主角——伊坂幸太郎。

伊坂幸太郎，一九七一年出生於千葉，畢業於位在仙台的東北大學法學部。小學時和一般小孩一樣閱讀各式各樣的兒童讀物，年紀稍長之後開始看當時流行的國產娛樂小說，如：都築道夫、夢枕獏、平井正和等人的作品，高中時因爲看了島田莊司的《北方夕鶴2／3殺人》後，成了島田書迷。而在高中時，因爲一本名爲《何謂繪畫》的美術評論集，啓發伊坂認爲能使用想像力生存是件非常幸福的事情，而小說恰好可以一人獨立從頭開始，自己應該也辦得到；因此他決定在進入大學之後開始創作，再加上喜愛島田的作品，便選擇了寫推理小說。進入大學之後則開始閱讀純文學，尤其喜愛諾貝爾文學獎得主大江健三郎的作品。

也因爲他將對運用想像力的憧憬著力於小說創作上，於是各項具有想像力的元素都漂浮在其作品中，如法國藝術電影、音樂、繪畫、建築設計等等，使得讀者在閱讀推理小說的同時，也彷彿看了一場交織著奇異幻境寓言、生命哲思與青春況味的文藝表演。

巧妙地融合脫離現實生活的特殊經歷以及不可思議的冒險活動，一向是伊坂作品的創作主軸，這種奇妙組合，正是伊坂風靡了無數熱愛文學藝術的青年讀者的重要原因。

這樣的他，在一九九六年曾經以《礙眼的壞蛋們》獲得山多利推理小說大獎佳作，不過一直要到二〇〇〇年以《奧杜邦的祈禱》獲得第五屆新潮推理小說俱樂部獎後，才正式踏上文壇。奇特的故事風格、明朗輕快的筆觸，讓他迅速獲得評論家和讀者的熱烈歡迎，不光是在年度推理小說排行榜上大有斬獲。二〇〇三年以《家鴨與野鴨的投幣式置物櫃》拿下吉川英治文學新人獎，二〇〇四年則以《死神的精確度》獲得日本推理作家協會短篇部門獎，更在二〇〇三到二〇〇六年間以《重力小丑》、《孩子們》、《死神的精確度》、《沙漠》四度獲得直木獎提名，可以看出日本文壇對他的期待和重視。

伊坂到二〇〇六年爲止總共發表了八部長篇、四部短篇連作集和一篇短篇愛情小說。因爲喜歡島田，而決定創作推理小說的伊坂，打從一出道就以推理小說新人獎得獎作《奧杜邦的祈禱》獲得各方注意；然而《奧杜邦的祈禱》卻長得一點都不像讀者們所熟悉的推理小說模樣。伊坂曾經說過，「寫作的時候，我並不喜歡描寫眞實的現實生活，而是想寫十分荒唐無稽的故事。」《奧杜邦的祈禱》正是這樣特殊，有著前所未有的奇特設定的一部作品。一個因爲一時無聊跑去搶便利商店的年輕人伊藤，意外來到一座和日本本土隔絕一百五十年的孤島，孤島上有個會說話、會預言未來的稻草人優午。優午告訴伊藤，自己已經等了他一百五十年，而伊藤這個外來者將會帶來島上的人所欠缺的東西。留下這般謎樣話語之後，優午就死了，而且還是身首異處、死得相當悽慘。這短短幾句描寫，就能夠看出伊坂作品最顯而易見的特殊之處：「嶄新的發想」，我想很難有讀者在看了這樣奇異至極的開頭，而不繼續往下翻去，畢竟「會講話的稻草人謀殺案」實在太過特殊。而這種異想天開、奇特的發想，就成了伊坂作品中一個非常重要而且難以模仿的特色，在他往後的作品當中都可以看到這樣的特色，以死神爲主角的

《死神的精確度》便是個好例子。

然而空有奇特的發想，沒有優秀的寫作能力也無法讓伊坂獲得現在的地位。第二作《Lush Life》便是讓讀者更認識伊坂深厚筆力的作品，畫家、小偷、失業者、學生、神、心理諮商師等等眾多人物各自在五個故事線中登場，彼此的人生互相交錯。如何將這五條線各自寫得精采絕倫，而在彼此交錯時又不落入混亂龐雜的境地，最後將所有故事線收束於一個點上。伊坂在敘事文脈構成上展現了高超的操控能力，就像不斷地在本作出現的艾雪的畫一般地令人目眩神迷。複雜的敘事方式中包含著精巧縝密的伏線，並且前後呼應，而此極爲高明的寫作方式，在第四作《重力小丑》、第五作《家鴨與野鴨的投幣式置物櫃》中也明顯可見。

筆者和大部分的台灣讀者一樣對伊坂最早的認識來自於《重力小丑》一作，對於本作中那幾乎只能以毫無章法來形容、或者可說是某種文字遊戲的章節名稱印象深刻。但在閱讀了伊坂的其他作品之後，便能夠理解日本文藝評論家吉野仁所指出的伊坂作品的一種極爲另類的魅力來源——「將毫無關聯的事物組合在一起」，像是「鴨子」和「投幣式置物櫃」明明是毫無關聯的東西，卻成了小說。或是書名爲《蚱蜢》內容卻是殺手的故事，這樣的奇妙組合讓伊坂的作品乍看書名就能吸引讀者的目光一探究竟。而更引人注意的是，這樣看似胡鬧的作法，也散見於每部作品的內容和登場人物的言行之中。

在《家鴨與野鴨的投幣式置物櫃》中，主角的鄰居甫一登場就邀他一起去搶書店，而目標僅僅是一本《廣辭苑》!?在《重力小丑》中，春劈頭就叫哥哥泉水一起去揍人。然而在這些登場人物的異常行動，或是令人不由得笑出聲來的詞句背後，其實隱藏著各種人性的黑暗面。《奧杜邦的祈禱》中，仙台的惡劣警察城山毫無理由的殘虐行徑、《重力小丑》中的強暴事件、《魔王》中甚至讓這樣的黑暗面以法西斯主義的樣貌出現。伊坂總以十分明朗、輕快並且淡薄的筆觸，描寫人生很多時候總會碰上的毫無來由的暴力。如此高度的反差，點出了一個伊坂作品世界中的重要價值觀——在面對突如其來的暴力時，該如何自處？該怎麼找出最不會令自己後悔的生存方式？

如果將毫無理由的暴力推到最極致，莫過於「死亡」了，只要是人，難免一死，那麼人類該怎麼和終將來臨的死亡相處？從《奧杜邦的祈禱》中的稻草人謀殺案起，這個問題意識就一直在伊坂作品的底層流動，筆者想隨著此次伊坂作品集出版，讀者在全部讀過一遍之後，應該也都能得出屬於自己的答案。

而在熟讀伊坂作品之後，讀者便會發現伊坂習慣讓他筆下所有人物產生關聯，先出現的人物一定會在之後的作品登場。像是深受台灣讀者喜愛的《重力小丑》兩兄弟，也會在之後的某部作品中出現，這樣的驚喜也十足地展現了伊坂旺盛的服務精神。

在文章開頭提到伊坂是極有力「東野圭吾路線」候選人，如實地反應出日本讀者和評論家對於伊坂遲遲不能獲獎的難以理解。但是筆者忍不住想，就這樣成爲直木獎史上的傳說，似乎無損於伊坂的成就。畢竟就像日本推理天后宮部美幸說的：「伊坂幸太郎是天才，他將會改變日本文學的面貌。」做爲一名讀者，能夠和一位不斷替我們帶來全新小說的天才作家相遇，就是一種十足的幸福。

作者介紹

張筱森，推理小說愛好者，推理文學研究會（MLR）成員。結束了日本囤積推理小說的留學生涯後，回到台灣繼續囤積。

少年氣喘吁吁地爬上山。

女人在城塞裡迎接少年，問他是怎麼回事。

「這是什麼？我在底下找到的，是蝸牛殼嗎？」少年問。

女人節骨分明的手接過那東西，舉起來端詳。

它在陽光下呈現半透明。

「這應該是貝殼。」

「什麼是貝殼？」

「貝殼是海裡的東西。」

瞬間，趴睡在一旁的黑狗驀地抬起頭。

少年顯而易見地懼怕起來，幾乎要抬手摀住臉。

「海裡的東西怎會出現在山上？山和海不是涇渭分明嗎？」

「不是涇渭分明，而是水火不容。我們只要遇到海人，一定會起衝突。」

應該屬於海裡的貝殼，怎會出現在山上？是從前海人來過這裡的證據嗎？

或是，前往海邊的山人帶回來的？

可以確定的是，當時發生過或大或小的紛爭。

唯一能自由往來於山與海、見證紛爭的人說：

山人與海人的對立，從太古至未來，反覆搬演，每一次衝突，都是一則故事。

「怎麼不和睦相處就好了？」

少年不禁質疑。同一時刻，在海邊的聚落，海族的孩子也對海族的大人提出同樣的問題。

怎麼不和睦相處就好了？

「一碰面就完了。」

然而，兩邊的大人都只能如此回答。

——節錄自山海傳說《螺旋》

28

蹺蹺板怪物

Seesaw Monster

美日貿易衝突問題登上新聞版面，鬧得沸沸揚揚，然而我們家的婆媳問題，甚至沒有成爲街坊鄰居飯後茶餘的話題。

我如此嘆息著，在居酒屋角落與我對桌而坐的綿貫前輩拿起啤酒杯喝了一口，發出乾燥的笑聲。「你希望變成八卦話題嗎？」

「也不是這樣啦……」

貌似大學生的男女唱著沒品的助興歌，起鬨要夥伴一口氣乾杯。店內播放著穿溜冰鞋又唱又跳的當紅偶像團體（註）的暢銷歌曲。

「嗯，我可以理解你想表達的意思。」「眞的嗎？」「即使不到上新聞的程度、只是平凡無奇的問題，對當事人來說仍然是重大問題，是極大的折磨。」

「沒錯。」

我上身前傾，感激到幾乎想要抱緊綿貫前輩。世上充滿了形形色色的「苦難」。雖然不好用「不幸」這樣乏味無趣的詞彙來概括，但想想幾年前墜機的日航空難事故、哥倫比亞的火山爆發、迪斯可的燈具砸落事故，每一起事故都有許多人遭受到莫大的損害與痛苦，相形之下，我的煩惱簡直輕如鴻毛。我並不打算宣稱自己才是這個世上最不幸的人，要求日本政府把我視爲比牛肉和柳橙更重要的保護對象。

不過，俗話說積沙成塔，這些問題日漸磨耗著我的精神支柱，也是事實，我只是渴望有人慰問、關心我一聲：「你的柱子好像搖搖欲墜，你還好吧？」

同一家藥廠大我四梯的綿貫前輩，是我視爲典範景仰的人物。「看你一臉無精打采的，要不要一起去喝一杯？」綿貫前輩只是這麼開口邀我，便讓我內心的陰霾一掃而空，而且前輩還對我的難處表示理解，我更是幾乎要感激涕零。

「你們是跟爸媽一起住嗎？」

「一開始是說要分開住，但父親過世以後，我擔心母親只有一個人。而且母親從來沒有出過社會，頂多做過家庭代工，不知世事。所以我和內子商量了一下，她爽快地答應了。」

是啊，媽一個人可能會寂寞。

妻子宮子笑著說。

如果有媽幫忙家務，我應該也能輕鬆不少。

「北山，不好意思，你想得太簡單了。」綿貫前輩一針見血。「站在太太的立場，實在很難說『不』。她應該不想被當成惡媳吧。會不會其實心裡千百個不願意？」

沒錯，我把事情想得太單純了。

當然，我並不是天眞地認爲「妻子一定會答應和母親同住」，毋寧相反，我認爲「和母親同住」關係重大，才沒料到妻子居然會在如此重要的事情上說門面話，而不是

註：指一九八〇年代後期的傑尼斯偶像男團「光GENJI」。

開誠布公。況且，我討論時的態度並不專橫。

「你太太可能是不想讓心愛的老公失望，所以不敢說出眞心話啊。」

「我有告訴她如果不願意，直說無妨。」

「但人還是很難說『不』的。有趣的是，如果有誰問『你還好嗎？』我們往往會不由自主地點頭說『還好』，是一種固定句型。即使明明狀態不好，甚至都病入膏肓了，也會忍不住回說『還好』，眞的很奇妙。」

我想起英文的固定問答「How are you?」「Fine, thank you」。就和這是一樣的嗎？

「況且，我想你太太也不是從一開始就認定絕對跟婆婆處不來。實際同住以前，她應該是認爲能夠勝任、能夠相處愉快的。」

「綿貫前輩眞是無所不知。」

「別調侃我了。不過，你知道婆媳相處的五大金句『SA、SI、SU、SE、SO』嗎？」

「SA、SI、SU、SE、SO？砂糖（sato）、醬油（shoyu）、醋（su）……」儘管覺得應該不對，我還是反射性地應道。

「那是烹飪五寶吧？我指的是『太厲害了』、『我都不知道耶』、『太棒了』、『就這麼做吧』、『對呀』這五句（註）。」

我在腦中回味這幾句附和。「太厲害了」感覺是很露骨的奉承，但聽到別人如此稱讚，確實心裡應該會頗爲受用。「只要彼此多說這些話就行了嗎？」

「雖然也不是『病由心生』，但溝通上的誤會和摩擦，都是源於彼此說的話。尤其人總是會去鑽研每句話背後的意思。」

「背後的意思？」

「會覺得每一句聽到的話都意有所指，比方……」綿貫前輩頓了一下，像在腦中挖掘例題，但也只有一眨眼的工夫而已。「如果小時候媽媽對你說『隔壁的小明都會背九九乘法了』，你聽了會有何感想？」

我恍然大悟，點了點頭。「媽媽是不是在暗暗責備我怎麼還不會背？原來是這個意思。」

「意有所指、話中有話，人會去揣摩話語背後的深意。這或許是人類比機器更優秀的地方。」

「這麼一提，」我忽然想起一件事，「上次I醫生說過。」

「內科的？」

「對。去赤坂的S餐廳吃完飯，接著去六本木的A酒吧喝酒那一次。」

赤坂的飯局行程越來越千篇一律了。上次我聽說某某醫生爲了吃拉麵，專程搭包機去北海道。

「這是在暗示，下次他也想要這樣的招待吧？」

「哈哈，」綿貫前輩笑了，「豈止是暗示，根本是明說。人類的欲望眞是無底洞。

註：這五句日文的開頭串起來即爲SA、SI、SU、SE、SO。「さすがですね」、「知らなかった」、「素敵ですね」、「せっかくですから」、「そうですね」。

總之，人與人的對話當中，總是埋藏了許多背後的意涵，即使別無他意，也經常被對方任意曲解。尤其女人的直覺特別靈敏，對這些皮裡陽秋的話特別敏感。」

「確實。」我好幾次只是普通地打招呼或道謝，沒有別的意思，卻莫名其妙惹得妻子不高興。

「夾在母親和老婆之間，一定很爲難。畢竟兩邊都是你重要的女人。」

「綿貫前輩！」

前輩溫柔的安慰，害我的眼眶一濕。綿貫前輩似乎發現了，半帶苦笑地說：「看來你快瀕臨極限了呢，北山。」

「我都快被折騰出病來了。」

「這樣才像個藥廠員工啊！」

「有沒有什麼特效藥？」我嘆一口氣，抒發每天被妻子和母親雙方倒苦水的痛苦。「今天媽跟我這樣說」、「今天宮子說了這種話」，她們包裝成輕描淡寫的報告，向我埋怨對方。「別放在心上」、「她應該不是這個意思」，這類安撫說得都快爛了，早已失去效果。

翻舊帳或許卑鄙，但婚前妻子曾說「我自小父母雙亡，一直很嚮往熱鬧的大家庭」，還不只一次，而是彷彿搞笑藝人的招牌笑哏那樣，一而再、再而三地提起。每次聽到，我總是差點熱淚盈眶，心想：原來妳這麼渴望親情。

事實上，宮子成長在千葉海岸的小鎮，小時候父母雙雙死於海難，此後她由親戚扶養長大，但從她對戶籍與住民票的處理極端神經質，可看出她的成長環境難說充滿愛情。她應該是不願意被伯父伯母知道自己的下落。

因此，當她對我說「我想和直人的爸媽一起住」時，我也當成她的肺腑之言。沒有理由懷疑。

交往的時候，她問我「你媽是怎樣的人」時，與其為了讓她安心而加以美化，我認為不如預先降低期待值比較好，便坦白說明「我媽個性大方，但有時候會讓人覺得沒神經」，或「她滿擅長交際的，但換個說法，就是長舌婆，很煩人」。

宮子當下回答「這些我不在乎」、「小時候長輩幾乎都不管我，所以我反倒很羨慕那種毫無距離、黏到有些煩人的家庭。」

話雖如此，我並沒有放鬆戒心，不實際相處，不可能知道到底處不處得來，然而，我現在的心境卻是「沒想到實際同住，居然這麼慘烈」、「同住前後，根本是天堂與地獄」。

「嗳，就算喜歡社交，實際往來打交道，還是會累積壓力。」綿貫前輩說。

「或許吧。不過，比起這些問題，我更覺得是兩人天生不合。」

「你說太太和令堂？」

「對。」我點點頭。「從第一次見面的時候，兩人就有點劍拔弩張的氣氛。」還沒正式發生衝突前，感覺就有火花劈啪作響。

「她們不對盤嗎？」綿貫前輩說，女人的這類直覺或許特別敏銳。「有時候遇到不投緣的類型，怎樣就是處不來。」

「綿貫前輩家呢？嫂子和令堂的關係好嗎？」

「我們家的情況是，婚前老婆就千叮萬囑，什麼都好，但絕對不跟婆婆同住。我媽倒是挺優遊自在，會自己出國旅行找樂子。」

「眞令人羨慕。」

「不過，她對孫子也完全不感興趣，實在很薄情。」

啊——我發出呻吟。確實，每個人都有不同的煩惱，總會羨慕自己沒有的。儘管這麼想，但「孫子」兩個字還是戳中了痛處，讓我胸口一陣苦悶。

我和宮子一直膝下無子。

這件事肯定是導致妻子和母親關係惡化的主因。

「你爸以前就常對我說：感覺妳會長命百歲，應該抱得到孫子。不過看樣子，我應該也抱孫無望了，萬一在另一邊被你爸問起孫子，我眞不知道該怎麼回答才好。」母親沒神經的話在腦中響起。不只一次，而是一而再、再而三，像搞笑藝人的招牌笑哏，不厭其煩地提起。每次聽到，我都忍不住想抗議：妳有完沒完？

妻子宮子每次聽到這話，想必都不好受。然後，她的傷痛會化成利箭，轉而射向我。

「直人，宮子才沒有你想的那麼嬌弱。她意外地很強悍的。」母親這樣的回話又更令人惱火。

「要同時承受兩邊吐出的苦水，眞的非常難熬。」

不愧是綿貫前輩，善體人意。

「又不像美日貿易衝突對社會有巨大的影響，就算我在這裡爲這種小事發牢騷，也只是無病呻吟吧。」

「通產省（註一）和外務省（註二）的官員一定也會在私底下發牢騷的。」

接著我們聊到公司八卦，像是部長和小三吵架、綿貫前輩的同梯女同事要求交往的有錢大學生買豐田SOARER車接送，把他當成俗稱的工具人使喚等等。

「我們只有跟郎中打交道的份。」

我一時沒意會過來，但馬上想到是在說醫師。

「北山，你身體還好嗎？」

「什麼意思？」

「你整天到處接待客戶，滿滿的飯局，晚上應該也都晚歸，就算你還年輕，萬一把身體搞壞，可就血本無歸了。」

「要是得了糖尿病，我會從病患的角度向醫生推銷，請他開『敝公司的藥』給我。」

綿貫前輩笑了，那笑容卻顯得有氣無力。回家的計程車上，我才想到需要傾吐煩惱的，會不會是綿貫前輩自己？

註一：通商產業省，日本中央行政機關之一，於二〇〇一年改名爲經濟產業省。

註二：日本的外交機關。

越靠近家門，腳步越沉重，表情不由自主僵硬起來，但看到屋內一片漆黑，我鬆了一口氣。即使拉上遮光窗簾，如果開著日光燈，仍會透出一絲光線。既然沒看到光，表示屋內沒有燈火，妻子和母親都就寢了。睡著的人不會發牢騷。

我悄悄打開門鎖，盡可能躡手躡腳地前往客廳。掛起領帶和西裝後，坐在沙發上稍稍休息，是我每天回家後的習慣。或許就像電影播畢後總要來段工作人員名單，是一種儀式。雖然沒有也無關緊要，但如果少了，總教人覺得空落落的。

開燈的瞬間，沙發上浮現人影，嚇得我幾乎當場跳起來。坐在沙發上的是妻子宮子。

「妳在幹麼？」

她不是在睡覺，而是直挺挺坐著，看上去宛如鬼魂，生性膽小的我差點失聲尖叫。

「我在看電視，剛剛關掉而已。」只見電視機上插著耳機線，耳機放在桌上。

「怎麼不開燈？」

「如果開燈，媽會下來看。」

「她應該睡了，沒事的啦。在黑暗的環境中看電視，對視力不好吧？」

「會嗎？」

「不是說在光線不足的地方讀書，會損害視力？」

「那好像是騙人的。」宮子一語斷定，但我從來沒有聽過這樣的說法。

「應酬到這麼晚，你一定累了。要不要吃點什麼？」宮子走向廚房。

肚子很撐，沒有食欲。比起這個，既然宮子這麼晚了還沒睡，看來有必要聽她傾吐。我今天的任務尚未結束。

「氣球飽了？」我問，她點點頭：「是啊。」

對同住一個屋簷下的婆婆的不滿，會日積月累。

你可以想像一顆氣球。

宮子很久以前對我這麼說過。你工作很忙，而且我基本上都待在家裡，沒有地方抒發，只能將各種不滿吹進看不見的氣球裡。

我明白妻子想表達的意思，也不難想像她爲什麼用氣球來比喻。

氣球是會爆炸的。

「我盡量自己處理掉負面情緒，可是氣球漲成這麼大了。」她大大拉開雙手的距離。「遲早會爆炸。所以，我要在爆炸前向你發洩一下。」

「排氣嗎？」

「我不知道吐露對媽的不滿，能不能稱爲排氣。」

這讓我覺得她還是努力在維護對婆婆的尊重，不禁鬆了一口氣，沒想到下一秒她又說「眞要說的話，應該是毒氣吧」，害我也想吹氣球了。

「她今天到底說了什麼？」

「小孩的事。」

「啊……」是最嚴重、最敏感的話題。

剛結婚的時候，我們並未將小孩視爲重大問題。我認爲只要普普通通地過著夫妻生活，自然而然就會有孩子。我覺得我們還沒有孩子，主因是我工作經常晚歸——主要都是去接待醫生，所以晚上很難有機會與妻子共處，亦即我認為只要時機妥當，自然就會有了。

大概婚後第四年，母親出手干預了。在這之前，比方我們結婚隔年，父親過世的時候，她說「這種喪葬場合啊，要是有小孫子在場，心理上也會安慰許多」，拿一般論來借題發揮，因此其實她心底深處應該一直在焦急：怎麼還沒抱到孫子？

「白天我跟媽在看電視，是懸疑劇，最後一幕，一個女的站在懸崖上大喊：他不是我的親生兒子！」

「她就是凶手？」

「你怎麼知道？」

「如果我是寫劇本的，才不會讓一個小配角在接近結尾的時候爆這種雷。」

「因為扯到小孩，當下我一陣胃痛，心想這下慘了。不出所料——」

「媽又說錯話了？」

「她說：對了，宮子，妳去醫院檢查過嗎？」

還真是開門見山。

「我完全不懂這種情況到底『對』在哪裡，裝傻反問：『什麼檢查？』然後她就不說話了。」

以前妻子向我抗議類似的事情時，我提出建議：「逆來順受，只會累積不滿，如果對方酸言酸語，妳最好回敬一下，否則對方會越來越得寸進尺。不要打不還手、罵不還口，偶爾也要反擊。」

「媽眞是傷腦筋。」我說。見宮子依然憤憤不平，我連忙補了句：「也不是傷腦筋，眞的很過分。」我發現她還不滿意，又換了種說法：「與其說是過分，簡直是差勁透頂。」這下她似乎心滿意足了，表情略略放鬆，好聲規勸我：「怎麼說自己的母親差勁呢？」

「嗯，是啊。」我連反駁都懶了。「對了，下個月妳生日，我預約好餐廳了。」

「啊，眞的嗎？」

宮子的生日鄰近聖誕節，東京都內的知名餐廳早已預約額滿，但公司偶爾用來接待醫生的餐廳老闆告訴我恰巧有人取消訂位。大概是和預定共進大餐的女伴鬧翻了吧。聽說有不少男人明明還是大學生，卻從半年前就預定好高級餐廳，想像這種人出社會以後會是什麼德行，眞教人忍不住搖頭嘆息。

「那麼，我們當天去飯店過夜吧？」妻子說。

「咦？」

「有什麼關係？機會難得，有時候就該出門逍遙一下。」不知道是刻意還是無意識地，宮子的視線移向天花板，「逍遙一下」顯然是意味著擺脫婆婆。

我當然贊成。從需要「逍遙一下」的角度來看，我也不遑多讓。雖然不敢大聲說，但我自認是家裡最有資格去「逍遙一下」的人。

唯一擔心的是能不能預約到飯店。上得了檯面的豪華飯店應該早就預約滿了，但總不能帶妻子去廉價汽車旅館。倒不如說，汽車旅館恐怕也不會有空房吧。

不過，如果現在冷靜地說出這項憂慮，等於是往她的期待潑冷水。我也不想潑自己冷水。

「好期待下個月。」一回神，宮子挨近身邊，整個人抱住我的手臂，胸脯壓了上來。我腦中逐一列舉出全身累積的疲憊、現在的時刻、明天的起床時間，以及親熱的步驟等等，但又想到現在需要的不是計算，而是熱情的欲望。儘管這樣的評估本身就是一種計算，但我還是把手伸向宮子的身體。她在女性當中屬於高的，乍看纖瘦，卻十分結實。她從小熱愛籃球，是個運動少女，如今有時候也會清晨出門慢跑，說「不動一動，身體會變遲鈍」。母親似乎看不慣這一點，曾向我埋怨「我一直以爲媳婦會更有女人味」。當然，我沒有告訴宮子。

我撫摸著宮子凹凸有致的身體曲線，這時宮子突然退開，回望身後的門。

怎麼了？我以眼神詢問。

「沒事，覺得媽好像醒了。」

「她睡了啦。」

「是啊。」宮子說著，表情仍舊僵硬，彷彿正想像婆婆趴在二樓，耳朵貼著地板的模樣。

我強忍嘆息，憶起認識妻子的經過。

七年前，我在發車前一秒跳上從東京開往新大阪的新幹線。當時我剛進藥廠工作，時間不用說，連精力都被陌生的業務工作耗盡，週末幾乎全用來補眠和恢復體力，不過這天我必須去參加老同學的婚宴。然而，我睡過頭了。

我衝上勉強能趕上婚宴時間的新幹線列車，找到座位坐下後，出於安心，落入了夢鄉。

一段時間後，我才注意到旁邊坐了人。肩膀感覺到重量，睜眼一看，是個女人。她就是潮田宮子，我現在的妻子。她的腦袋沉沉一點，驚醒過來，「啊」了一聲看向我。

「啊，對不起。」

「不會，我才是。」我說。女人穿著罩衫配膝下裙，服裝素雅，氣質文靜，坦白講，我覺得很可愛，甚至覺得很走運。或許是被那溫暖的幸福感籠罩，我睏倦極了，想繼續閉上眼睛，不料她開口問：「你要坐到哪裡？」

新大阪——答案來到喉頭，但我有點睡迷糊，忽然擔心起目的地眞的是新大阪嗎？想拿出車票確定。口袋裡找不到車票，我把手伸進掛在窗邊的西裝內袋。雖然最後發現車票是在皮包裡，但我一時沒找到，手忙腳亂丟臉極了，爲了掩飾，脫口說「坐到明天」。回答「明天的日本」，我自以爲是個風趣的玩笑，聽起來卻一點都不幽默，而是莫名其妙。

她頓時沉默，我則是臉紅了，氣氛益發尷尬。她應該是想設法緩和尷尬的場面，說：「等一下銷售小姐過來，你要買什麼嗎？」

「買個茶好了。」我應道。

「啊，買茶挺不錯。」

我沒想到只是說要買茶，居然會得到稱讚。

我望向車窗。窗外的景色飛快掠過，我漫不經心地看著，感受到每一天生活的流速之快。跑醫院、問候醫生、推銷藥品、寫報告書、挨上司的罵、讀專書，連喘息的時間都沒有，今天就變成了昨天。眞正是光陰似箭，稍一不留神，箭就會「咻」一聲射到終點，令人害怕。

沒多久，附近的座位吵鬧起來。在我們前面兩排，兩兩對坐的座位上的旅客似乎在車上開起派對。那群中年男子呑雲吐霧，把車廂搞得烏煙瘴氣，而且嗓門很大。

比起煩人，更讓人感到緊張。

以前綿貫前輩提過，光是大聲說話，就足以令人心生恐懼，這是一種動物的本能反應。男人動不動愛大小聲，女人害怕那些大小聲，這是一種天性本能。因此，言行舉止浮誇的人，直到露出馬腳前，都容易被人視爲了不起的大人物。

推著商品推車的銷售小姐從前方走來，那群吵鬧的中年男子攔下她，七嘴八舌地要買各種東西。小姐說出價錢，對方便回「打個折嘛」，引起下流的大笑，還有人恫嚇：「不行喔？這麼小氣？」

往旁邊一看，那個小姐——後來成爲我的妻子的小姐，瞄了前方一眼，低下頭。表情憂心忡忡，但她也知道自己愛莫能助吧。

我呼喚銷售小姐：「我要買東西，可以過來一下嗎？」純粹是出於讓她離開醉漢集團的想法，亦即是輕率的、魯莽的英雄行爲。

銷售小姐如同我的預期，用有別的客人要買、無可奈何的態度向醉漢集團道歉，公事公辦地銀貨兩訖，朝這邊走來。由於我的機智，化解一場危機，我滿意極了，也希望旁邊的小姐注意到我小小的活躍。

「需要什麼呢？」銷售小姐問。

「請給我茶。」我說，但又覺得特地把她叫來，只買茶似乎太小家子氣，於是又問：「有沒有冷凍蜜柑？」

我沒料到的是，居然有個醉漢追著銷售小姐過來。我以為他要去廁所，結果不是。我們前面的雙人座是空的，他坐到那裡，對我說：「小子，不要插隊好嗎？我們還沒買完欸。」

對方眼神渙散，口氣蠻橫。這下狀況麻煩了，幾乎可拍下這一幕，在洗出來的照片填上「大禍臨頭」的注解。

而且他似乎誤會旁邊的小姐是我的朋友，接著嘲弄：「還帶了個上等小妞？」收了錢的銷售小姐不知不覺間溜之大吉，我的手中抓著一袋冷凍蜜柑。

「她不是什麼上等小妞。」我在情急之下反駁。當然，我想表達的意思是「她不是我的女友或朋友」，卻詞不達意，即使被視為是在損人，也是自找的。

眼角餘光瞥見旁邊的小姐愣住。

我連忙支支吾吾地辯解：「不，我不是說她是下等女人，我是說跟她不認識。」

「什麼，不認識的人？那小姐，妳過來這邊，陪我們一起喝酒吧。」

我無法理解對方的邏輯，但那種超越邏輯的強勢，不是邀約，而是威脅。

一旁的小姐全身僵硬，似乎一時說不出話，面色蒼白。對方伸手，想強行把她拖走的瞬間，我站了起來。

「請不要這樣。」我說。

對方的眼睛射出凶光，也許很習慣恫嚇他人。我覺得不妙，卻沒有退路。

對方噴出濃濃的酒臭味大聲叫罵著，但我根本聽不進去，彷彿在聽外國話。

我感到害怕，但也覺得對方很像總是提出任性要求的醫生。那些醫生往往喝得爛醉，對我們頤指氣使，拿訂單當幌子獅子大開口。搞不好，這個人也是使用敝公司藥品的醫生。

「請不要這樣。我準備追這位小姐，你不能帶走她。」我比剛才更堅決地說，接著掏出一顆冷凍蜜柑遞給他：「這個給你。」對方似乎傻住了，「喔，謝謝。」他接下蜜柑，意外乾脆地走掉。手上的蜜柑不知不覺間融化。

旁邊的小姐當然十分不是滋味。她表現出困惑和警覺，歪起了頭。「呃，我應該向你道聲謝。」她的唇角泛出笑意，不清楚是覺得滑稽還是害怕。

我害臊得腦袋一片空白，連新幹線抵達靜岡站了都沒發現。

我假惺惺地清一下喉嚨，正要重新和她攀談，一名西裝男子走進車廂出聲：「不好意思，這是我的座位。」

咦？我連忙再次尋找車票，總算在皮包裡發現。「不好意思，我馬上離開。」確認座位號碼後，我慌張地拎起袋子。豈止是坐錯位置，根本搞錯車廂。袋子拉鍊似乎沒拉上，我根本沒注意到紅包袋和名片夾掉了，只急著離開。

不一會，那位小姐來到我坐的車廂，把失物交給我：「你掉了東西。」我們就是這樣認識，開始交往，然後順利結婚。

「宮子，妳有沒有看到我放在這裡的書？」

我才剛從二樓下來，婆婆北山節便迫不及待地問，害我登時心情大壞。她的話中隱含著這樣的不滿：「妳一直不下來，害我沒人可問，很困擾耶。」

「不，我沒看到，什麼書？」

「佩羅的。童話。」

婆婆有許多神祕的地方，其中之一就是她喜歡讀童話。我對童話不熟悉，但童話的公式應該是「善有善報，惡有惡報」。儘管讀了那麼多童話，她自身的劣根性卻絲毫不見改善，這是爲什麼？我百思不得其解。

她是對自己糟糕的個性或言行舉止渾然無覺，所以不會把自己和童話中的邪惡角色重疊在一起嗎？還是，她認爲故事全是虛構，以虛擬體驗的角度在享受壞女人遭受制裁的快感，就像人們藉由雲霄飛車或恐怖電影來體驗虛擬的恐怖一樣？

「佩羅的《睡美人》，宮子妳讀過嗎？」

「是公主受到詛咒，沉睡一百年的故事嗎？一百年以後，會有王子來喚醒公主。」

八成是這類老套玩意——我把最後一句話憋在心裡。

「其實，最後是在講一個女食人魔的故事喔。」

我覺得婆婆一定是在逗我，只冷冷笑了笑。我沒想到《睡美人》眞的是這樣的故事。

「我眞的就放在這裡啊。」婆婆坐在餐桌旁她的老位置，電視機的正前方，雙手在桌面上畫了個四方形，就像要重現口袋書的大小。「我又沒拿去別的地方，怎麼會不見了呢？」

我不記得動過婆婆的書。當然，我經常移動婆婆的物品，但完全是她從來不遵守、沒辦法遵守「東西從哪裡拿出來，就放回哪裡去」這種天經地義的規矩的緣故，但我不記得動過那本口袋書。

怎麼不見了呢？宮子，妳知道書放去哪裡嗎？

妳是不是趁我不在做了什麼？

如果要收拾，至少也該說一聲吧？

剛開始同住的時候，我逐一嚴肅應對婆婆的這些話，嘔心瀝血地消除她的不滿、說明狀況、化解疑心，但現在已懶得把力氣耗在上面。

我默默在客廳晃了一下，做出幫忙找書的樣子，然後也沒說什麼，決定來吸地板。打掃完畢，準備出門的時候，婆婆叮囑：「記得買捲筒衛生紙。」我小聲說好，婆婆又補一句：「記得要買便宜的。」

以前婆婆看到我買回來的衛生紙，叫我拿出收據後，說「某某店便宜五十圓」。「不知道什麼叫省錢嗎？」接著，她自言自語般酸道：「宮子眞是不知世事。要是沒遇見我家直人，現在不曉得會流落到哪裡。」

這是婆婆最愛掛在嘴上的句子之一。她總是施恩似地說：多虧我兒子娶了妳，妳的人生才能得救，妳能悠閒地當家庭主婦，是妳的幸運。

最近她也很愛說：「如果沒跟我兒子結婚，妳會不會成天泡在迪斯可裡跳舞？」婆婆一副「如果沒人管，妳絕對會被那種絢爛華麗、糜爛墮落的場所吸引」的口吻，害我聽得火冒三丈。

我天生不喜歡引人注目，適合埋頭孜孜矻矻做自己的事。

雖然確實有直人，我才能過著和平的日子，但我覺得認定家庭主婦就是閒閒沒事做，是一種偏見，而且我總在內心不滿地反駁：這麼說的妳，不也是家庭主婦嗎？

買完東西回家時，婆婆不見了。餐桌上留了張字條「我去隔壁家」。

是去隔壁透天厝的古谷家做客吧。古谷夫妻兩個人住，和婆婆屬於同一世代。雖然有兩個兒子，但都結婚搬出去了。他們爲人雖然不錯，但喜歡在婆婆面前談論孫子，實在教人頭痛。大多時候婆婆都會受到影響，回家埋怨。

我在洗手間旁邊的架子上發現口袋書，是《佩羅童話集》。一定是婆婆在找的書。八成是洗手的時候順手把書一擱，就這麼忘了。什麼「我又沒拿去別的地方」，還想賴給別人。要是亂動，搞不好會被找碴，所以我丟著沒動。

緊接著門鈴響了。我透過玄關門上的貓眼往外看。訪客是一名陌生男子，有點年紀，大概四十五到五十多歲吧。我開了門。

「抱歉突然打擾。」對方彬彬有禮地鞠躬。他的個子不高，但肩膀寬闊，體格頗爲結實。「呃，請問北山節女士在嗎？」

「您是……？」我問，對方說「失禮了」，遞出名片。上面印著保險公司的名稱，以及「石黑市夫」這個名字。「我來和節女士討論保險事宜。」

「這樣啊。」我從來沒聽婆婆提起。婆婆性格粗枝大葉，缺乏謹慎，和保險實在沾不上邊，但一想到原來她也會未雨綢繆，我感到有些新奇。

「跟我談可以嗎？」

「不，必須和本人談。」石黑市夫彬彬有禮地說完，轉身就要離去。但他半途停下腳步，再次朝我走來。異於剛才的業務員神情，臉上帶著好奇。他搓著右邊的耳朵。耳朵很大。

「妳的眼睛好藍。」

石黑市夫目不轉睛地盯著我。他那樣子完全不會讓人感到冒昧或噁心，反而有種發現罕見昆蟲的兒童般純樸，我並不覺得不舒服。「常有人這麼說。」

從以前就常有人說我的眼睛藍得像海。

「令尊或令堂也是嗎？」

「呃，父母在我小時候就……」

「啊，對呢。」

他的回應十分古怪，我以爲是聽錯了，但保險公司的人應該常談到客戶家裡的生死話題，或許婆婆告訴過他。

「節女士則是耳朵很大。」

裝傻。

「是嗎？」婆婆的耳朵確實又大又尖，但不希望對方認爲我對婆婆有興趣，於是我

「妳們處得好嗎？」

「咦？」我的眉頭擰了起來，差點要問「你怎麼知道」。「你說什麼？」我有點動怒，婆婆居然對不相干的業務員宣揚家醜？

「啊，不是的。」石黑市夫沒有粉飾，搖搖手：「抱歉，讓妳誤會。不是這樣的。」

「那你怎麼……」

「第一次見到節女士——妳婆婆，妳有什麼感覺？」

「咦？」

「見到她以前，妳應該有自信相處愉快吧？」

多久以前的事了，我心想。感覺像被問到厚厚塗上一層層暗色顏料的畫布原本是什麼顏色一樣，實際上，我彷彿正在腦中逐一剝除乾掉的顏料。然後，我想起來：「是的。」連我自己都忘了。原本我自信十足，認定絕對能跟直人的父母相處愉快。

「心愛的人的父母，我一定能好好孝順他們。」我說。「——我並沒有想得這麼容易，畢竟人與人的關係是很複雜的。不管面對怎樣的人，都不可能完全避免誤會和衝突，也會不斷累積不滿。」

「沒錯。」石黑市夫滿意地點點頭。『不管是什麼生物，只要一同待在狹窄的空間裡，必定會發生衝突。在人際關係裡，沒有『絕對沒問題』這回事。相愛的夫妻反目成

仇離婚的例子就不用提了，徒弟瞧不起原本尊敬的師父、同心協力的隊友突然誓不兩立，這些都不是罕見的事，根本是不勝枚舉。」

「所以，我也不是輕率地認為自己能夠和公婆和睦相處，而是相反。該怎麼說才好……」

「我明白妳的意思。」石黑市夫越來越不像保險員了。「唯有瞭解熊的可怕的人，才有辦法與熊和平共處。相信只要有愛心，就能與動物相親相愛——這種天眞無邪的崇高心志，是應付不了熊的。」

「完全就是這樣。」

「妳深知人與人關係的複雜，也就是基於技術層面的理由，而非感情用事，認為自己應付得來。然而，實際見面後，卻處處碰壁。」

我差點要用力點頭，赫然回神。和初次見面的保險員聊個沒完，是不是太沒戒心？儘管這麼想，卻也覺得對方輕易挖出了我的心底話。

「這是無可奈何的事。」石黑市夫說，看上去有些落寞，眼中充滿同情，但又有點開心。

「咦？」

「不是妳的能力、技術或心態的問題。在這一點上，妳婆婆節女士也一樣。前些日子，節女士也對我說，她原本以為能和媳婦相處愉快。」

「她那麼說，好像錯在我身上。」說不出是腦袋還是心胸，我預感到不爽的火苗即將「嗤」一聲點燃，熊熊燒起來。

「沒錯。不，並不是妳有什麼過錯，而是妳和節女士兩個人，本來就不可能處得好。」

「爲什麼？」

「這是投不投合的問題。」

「投合？」可以這樣解釋嗎？

「不過，這是大規模的相剋問題。」

「大規模？什麼跟什麼？」我總算回過神，發現自己失去了冷靜。這不是該站在玄關跟一個初次見面的保險員談論的內容。「你不會要說，這是祖先造業、因果報應吧？」

雖然可能會惹惱對方，但我還是嘲弄地說。出乎意料，石黑市夫沒有受到冒犯的樣子。他瞇起眼睛，佩服地點著頭：「沒錯，正是如此。」

我不解其意地沉默，他又問：「妳和公公處得如何？」

「公公？」是指直人的父親嗎？

「妳和公公應該處得比較好吧？」

在附近住家開鋼琴教室的婦人剛好經過，向我寒暄：「午安。」不知道是出於好奇還是戒心，經過的時候，她一直打量站在我前面的男人。約莫是注意到這一點，石黑市夫行禮說「抱歉占用妳的時間」，便打開外門離開。

我一直以爲保險員多半是女的，原來也有男保險員嗎？直到這時我才湧出些許疑心，但回到客廳以後，又忍不住思索起石黑市夫最後提出的問題。

六年前，公公在休假的夜晚從神社的樓梯摔落，就此成了不歸人。他才剛過六十歲，還算年輕，雖然體格細瘦，但身爲園藝師傅，整天都在活動身體，因此腰腿強健，人非常健康。儘管沒有同住，但每次見面，他都非常關心我，興致勃勃地說些不怎麼有趣的家常閒話，這讓我覺得很開心，於是熱切應和。我認爲我們的關係並不差。當然，公公重男輕女，經常把媳婦當成女傭使喚，但與其說是公公的個性，其實是社會普遍的傾向、根植於男性社會的一般心態，因此我秉持著「恨其罪，不恨其人」的精神，不予計較。偶爾公公心情不好而遷怒於我，我也不記得曾特別生氣。人際關係的壓力不可能完全歸零，我明白最好的做法是讓對方適當抒發不滿，聽聽帶過就好了。

然而不知爲何，對婆婆無法如此。她的一言一語都會點燃我心中的怒火。儘管我一直努力要冷靜地澆水滅火，那些怒火卻絕對無法澆熄，不斷燒毀我冷靜的心。別說恨其罪不恨其人了，我甚至陷入恨屋及烏的情緒。我非常不明白自己怎會這樣，曾經分析也許是公公和婆婆的家庭角色不同，或同性之間有相斥的力量作用。

是祖先造業、因果報應。

自己剛才說的話掠過腦際。

我從洗衣機取出衣物，放進洗衣籃，抱到二樓陽台晾晒。我夾著襪子，同時回想起第一次認識直人的情景。

我們是七年前在東海道新幹線列車上認識的。

對號座車廂的那個座位，在東京的時候應該會是空位。我從東京車站上車，坐在靠走道座，然後從靜岡站上車的男人會坐到靠窗座。事前收到這樣的通知，因此我在東京車站上車時看到已有男人坐在位置上，而且正呼呼大睡，不禁感到困惑。當然，我只慌了一下。我們的工作，最重要的可說就是隨時保持冷靜。我必須先確認對方的身分，於是假裝睡著，輕輕靠到男人身上，讓他醒來，接著問：「你要坐到哪裡？」

「坐到明日，明日的日本。」對方說出通關密語，我心下恍然。原來如此，他預定在靜岡上車，但因故臨時更改爲從東京上車了吧。

但還是必須照著程序來，我提出第二道通關問題，確認暗號：「等一下銷售小姐過來，你要買什麼嗎？」

如果對方回答「昨日的啤酒」，就確定是目標對象無誤，可開始談工作、交換情報。

不料，旁邊的男人竟說要買茶，我再次吃了一驚。當然，表面上我佯裝平靜，觀察他的反應。他完全沒有開玩笑的樣子。換句話說，他只是一般乘客，根本不知道什麼暗號。那麼，第一句回答「明日的日本」符合通關密語，根本是歪打正著，我差點苦笑：世上眞有這麼巧的事。如果告訴上司，他肯定會洋洋得意地說「所以才要設兩道通關密語」。或許往後在機關的講習活動上，提到通關密語或暗號的時候，這件事會成爲一個實例，繼續流傳下去。

這個人一定是坐錯位了。

有幾個方法能讓他發現這件事，但我沒有立刻這麼做。一方面是緊接著發生其他乘客與銷售小姐的小糾紛，更重要的是，我想和他多相處一會。

我看上他了。

在我的周遭，不乏長相俊美、身體能力傑出，或冷靜沉著的能幹男人。相較之下，此刻旁邊的男人一望可知，弱不禁風、邋裡邋遢，一點都不可靠。然而，我總覺得他有一股魅力，或許純粹是符合我的喜好，但他讓我覺得安心、可愛。

鼓起勇氣爲銷售小姐解圍的行動，也讓我萌生好感。情報員的首要之務是達成任務，因此在執行任務期間，絕對不能涉入不相關的事。我們受過訓練，看到可愛的小狗遭人虐待、陌生的孩子即將被擄走，如果與任務無關，就必須視若無睹。相形之下，他似乎受到單純的正義感驅使，這一點令人莞爾，送冷凍蜜柑給醉漢的行動也好笑極了。

最後，他居然說準備追求我。

我心花怒放。

或許可說，這一刻，我不再是一名適任的情報員。

列車抵達靜岡站，預定的工作對象、要交換情報的男人上車，指出他坐錯位置時，我捨不得和他分開，情急之下從他的皮包裡偷走名片夾。

那個時候，我萬萬想不到居然會與他結婚，告別機關。不，我坦白招了吧。其實，我暗自希望能與他共度平靜的人生。

我的直覺是對的。

直人是我理想中的男人，我對生活沒有任何不滿。

唯一的失算只有婆婆。我接受過相當多關於人際溝通的訓練，以爲絕對能游刃有餘地處理好和公婆同住的問題，但我實在太天眞了。

從第一次見面，我和婆婆的嫌隙便已產生。

在那之前，我都老神在在。「萬一未來的婆婆不中意我，該怎麼辦？」第一次見面的幾天前，雖然我裝出憂形於色的模樣，內心其實是樂觀的。

身爲現役情報員，我在機關接受過訓練，學習過全面的對人溝通技巧。

即使是國家機關，或者應該說「正因是國家機關」，主要工作理當由男人擔綱，女人則負責輔佐的偏見——天經地義到不被視爲偏見的觀念仍根深柢固，因此一開始我負責的工作是管理各情報員，或接待其他國家的政要。過去，我也曾爲了不管怎麼看都比我無能的男人分派到重要任務而憤慨不平，向直屬上司抗議，卻沒被當成一回事。

機關裡不是沒有傑出的女情報員，也有一些辣手女傑甚至爬上高層職位。說成爲傳奇人物或許太誇張，但她們大部分都變成後人津津樂道的話題。然而，女人光是活躍就成爲津津樂道的對象，這件事本身就證明了男女並不平等。

辭掉工作像是在逃避，令人心有不甘，於是我心念一轉，認爲可一邊領薪水，一邊學到格鬥術和審問術，對往後的人生應該大有幫助，便決定繼續受訓。

最後，我獲得了肯定。

我在處理炸彈、從他人身上獲取情報的觀察力、談判術等方面特別受到讚賞。人心就像顆炸彈，只要仔細找到引爆情感的線路，便可四平八穩地將其操控在手中。

所以，我才會輕敵。

與被稱爲HUMINT的人工情報活動相比，和男友的母親融洽相處，根本易如反掌——我這麼以爲。

見面的當天，我比約定的時間提前抵達飯店休息室。讓對方等候，在心理上會處於劣勢，我想盡量減少面對直人的父母的不利心理因素。反過來說，只要提前抵達，便可占上風。因此，我非常早就到了。

然而，對方居然比我還早。

「哎呀，我們早到了。由於平常太閒，都會提前行動。」直人的父親溫和地說，母親卻臭著一張臉，瞪著我，輕嘆一口氣。

我吃了一驚，但這點小事當然不會對我造成傷害。我畢恭畢敬地爲遲到致歉。

「啊，大家怎麼都來得這麼早？」直人最後一個到，慌了手腳。

「你們應該先約好，再一起過來吧？我們跟這位小姐可是素昧平生。」直人的母親依然臭著臉。她幾乎不看我，可推測並不喜歡我。我們幾乎還沒有好好交談，與其說是不中意我的言行，更可能是不欣賞我的外貌或氣質，或者光是身爲她兒子的女友，就足以讓她仇視我了。

「哦，今天雖然是星期日，我還有工作要處理。」直人說明。

「直人本來要和我一起過來，是我說一個人也沒問題的。萬一讓爸媽等候就太過意不去了，而且我也想快點見到爸媽。」我一面爲男友說話，同時不忘諂媚未來的婆婆。

「越是那種說自己一個人也沒問題的人，越是一個人什麼事情都不會做。」

聽到這明顯帶刺，而且每一根刺彷彿都貼上「挖苦」標籤般顯而易見的挖苦，連我都不禁退縮，緊接著一陣惱怒，但勉強壓抑下來。

我太高估自己了。

我害臊地笑著，徹底溫順地答道——儘管內心如此打算，說出口的卻是挑釁的話：

「何必這麼認眞？」

應該硬塞進盒子裡的情感奮力抵抗，彈跳出來。

直人母親的視線轉向我。

全身汗毛倒豎。這陌生的情感讓我困惑。是爲自己的失言驚訝，還是爲未來婆婆的反應戰慄？

「咦，什麼意思？」直人的母親雲淡風輕地問：「這話是什麼意思？」

轉開視線就輸了。

當下冒出的念頭，又讓我嚇一跳。這不是該計較輸贏的場面，我怎會這麼想？

這時，一陣微風拂過我的臉頰。我們身在室內，因此不可能是戶外吹來的風，卻是清涼的風。

而且帶有海潮香。難道是其他餐桌的餐點香味？我很好奇，但也不能去查看。

「別動氣、別動氣。」直人的父親從第一次見面就一直慈眉善目，感覺滿好相處。

「媽，妳是不是有點太咄咄逼人啦？宮子都被妳嚇到了。」
「我哪裡可怕？」直人的母親第一次笑了。「對吧？」
「是的，一點都不可怕。」我這麼回答，她卻惡狠狠地瞪過來，似乎很不滿意。
看來遇到強敵了，不是一般方法能夠應付的。儘管這麼想，但要從這樣的起點打好關係、贏得她的信賴，也讓我覺得是一場極具挑戰性的訓練。
直人的父親體貼地問了我幾個問題。
能夠誠實回答的部分，我據實以告，此外的部分，比方我在機關任職一事，是最必須隱瞞的，則撒謊帶過。
如果就這樣繼續下去，會面應該會順利結束，沒想到卻遇上狀況。
「客人，東西掉了。」
穿著黑色背心、動作靈敏的男服務生來到旁邊，替我撿起餐巾。應該放在膝上的餐巾不知不覺間掉落，我道聲謝，接了過來。看都不用看，我也知道坐在對面的直人母親正嚴厲地瞪著我，八成是想數落我居然弄掉東西，沒教養。連這點疏失都不能原諒嗎？比起生氣，我更是越挫越勇，心想絕不能有半點輕忽。艱難的賽局，我求之不得。
我攤開餐巾，注意到邊角以簽字筆畫了個小小的三角形，暗自一驚，但沒有表現在臉上。
我露出有些害羞的表情，向旁邊座位的直人低語：「洗手間在哪裡？」
離開休息室，我走到飯店櫃檯附近，就看到洗手間的指示了。

餐巾上畫的印記，是我們使用的暗號。執行重要任務前，會嚴密地規畫步驟，但正式行動時，狀況瞬息萬變。由於必須臨機應變、修正作戰計畫，組織準備了幾個簡單的暗號，就像棒球賽中隊友之間的暗號。

三角形代表這個意義：

——我有情報提供，到最近的洗手間會合。

能夠避人耳目交換情報的地點有限，所以有時也會利用電影院，或是在電梯、手扶梯擦身而過的瞬間。

看到洗手間門口的長椅，我明白沒有進去裡面的必要。

剛在長椅一端坐下，已坐在長椅上的男子便抬頭打招呼：「嗨。」外表和善，宛如典型好好先生的男子，是年紀大我一輪的情報員。「眞巧。妳來這裡有事？」

他怎麼會在這裡？我心生納悶，同時想到他們的團隊從一個月前就在調查一起案子，追捕下落不明的外國間諜。

有不少方法可以不必交談，直接交換情報，也有用幾近自言自語的方式對話的技巧。但對方應該是判斷在這種場合，裝成巧偶的公司同事最有效率、最爲順暢吧。

「我在那邊的休息室跟男友的父母見面。」這一點沒必要隱瞞。

「哦，一定很緊張吧。」

「你是來工作的嗎？」

「是啊。接到聯絡，客戶的預定時間提前了。」對方看起來完全就是業務員在爲客戶的任性苦笑，認命接受，但他們在追捕的，是潛伏在日本，準備散播未知神經毒的間諜，應該處於高度緊繃的狀態。

「知道是怎樣的人嗎？」

雖然隸屬不同團隊，但在我們機關裡，各單位向來會互相支援。畢竟我們的任務粗略來說，目的全是爲了「國益」，而與「國益」相關的案子，追根究柢，幾乎都息息相關。只要追查「危險」，往往會碰到「美國」或「蘇聯」，或是與牽涉兩邊的問題。無論願不願意，合作都是自然的趨勢。

「問題就是不知道。」

「那就棘手了。」

組織查到一個月前，有蘇聯間諜將神經毒攜入日本。情報指出，間諜將利用神經毒在東京都內進行大屠殺，但距離計畫執行日應該還有一段時間。

然而，間諜卻要在今天行動？而且，好死不死偏偏選在這家飯店？

「需要我支援嗎？」儘管這麼問，但我已猜到回答。不出所料，「不，這是我們的工作。我只是想跟妳說一聲，要是把妳們捲入就不好了。」男子聳聳肩，「妳們去別的地方慢慢聊比較妥當。」

他是在建議：離開去避難比較好。

我們的工作和警察不同。如果是一般濫殺無辜的殺人狂，警方會進行大規模戒備，將飯店所有人疏散到安全的場所。

但我們的任務優先順位不同。我們最應該保護的是國益，而非一般國民的安全或社會治安，因此人命的優先順位沒那麼前面。

在這次任務中，最重要的是布置成「日本不知道蘇聯間諜和新型神經毒的事」。不光是要讓蘇聯如此認為，也要讓同盟國的美國如此相信。不，或許應該說，要欺騙的頭號目標就是美國。

因此，不能大張旗鼓地拘捕歹徒。我們機關無法明目張膽地行動，在某些情況下，甚至必須對周遭一切視若無睹。

回到休息室，我不著痕跡地觀察四周，看出幾名情報員偽裝成客人坐在位置上。服務生當然也是成員之一。

「那妳擅長什麼？妳會煮飯還是做裁縫嗎？」剛一落坐，直人的母親就面無表情地提出問題。我知道她是在鄙夷：妳有什麼優點嗎？不可能有嘛。

我克制住湧上心頭的不愉快。平常的話，這點程度的酸言酸語，我根本不會當成一回事，但我擔心間諜潛伏在飯店附近，逐漸失去冷靜。

我說煮飯和裁縫都還可以，但或許是焦急，語氣變得有點衝，但也沒心思去顧及這些了。

直人的母親問：「洗手間在哪裡？」我離席去洗手間時，她後來也去了，但她說沒找到洗手間。

我說明洗手間的方向後，直人的母親便離開休息室。約莫是走得很急，魄力十足，如果有用步態來表達不爽的比賽，她應該能拿到不錯的成績。

我趁著直人的母親離開，對直人說：「呃，我剛才去洗手間的時候……」儘管是對著直人說，但我同時調整音量，讓直人的父親也能聽到。「聽到有人在飯店裡遇到扒手。」

「咦！」

「有點可怕，我們改去別的地方好嗎？」

這臨時想到的藉口實在稱不上完美，但還不差。直人似乎一時無法理解狀況。

「扒手？妳是說那個扒手？」直人的父親雖然態度悠閒，卻似乎被激起了湊熱鬧的好奇心，伸長脖子東張西望。

不能再磨蹭下去。

這時，直人的母親回到座位。她和離開的時候一樣，大搖大擺地走回來，撞到一名嬌小老婦人的椅子。老婦人放在桌上的皮包差點被撞掉，但直人的母親絲毫不以爲意，在我正對面坐下。「然後呢？說到哪裡了？」

「啊，我們在討論要不要換個地方。」直人說明。

她的眉頭一清二楚地擠出深紋，看也不看我。「扒手？真有這種事嗎？」

「嗯，我剛才在大廳那邊聽到的。」我說，直人的母親這才筆直望來，送上扎人的視線，尖銳到幾乎要把人給刺痛。「咦？」她說。「咦？不是待在這裡，對妳不方便喔？」

「不方便？我嗎？」

「妳是不是不想被誰看到？」

「不想被誰看到？」我毫無頭緒，只能鸚鵡學舌般反問。

「除了直人以外，妳還有別的男人之類的。」

那話中有話的說法，讓人覺得她不是隨口開玩笑，而是眞心懷疑。

我的腦袋只混亂了一秒。

她可能是看到剛才我在洗手間前和同僚交談的場面。

「那個人就在這裡，所以妳才亂了分寸？」直人的母親氣勢洶洶，面露冷笑。

她什麼時候看到的？我按捺住咂舌的衝動。之前她說找不到廁所，或許是騙人的。

「媽，妳電視劇看太多了啦。」直人感到有些好笑，絲毫沒有懷疑的樣子。

我飛快地動腦。我認爲應該解開誤會，但也覺得即使被誤會也無所謂，應該盡速離開現場。比起讓直人和他的家人捲入大災難，「我可能另有男友疑雲」根本無足輕重。

我尋思該如何誘導才好。

忽然，休息室內有了動靜。

原本分別坐在各處的客人，彷彿各自有事，三三兩兩起身離開。有人去結帳，有人像要去大廳找人。休息室附近設有公共電話，因此也有人去打電話。該說不愧是專業人士，或者說理所當然？同僚的舉動都極爲自然。發現所有人都開始爲了同一個目的行動的，大概只有我一個人。

「喂，妳有沒有在聽我說話？」

直人的母親說，我猛然回神。「是，我當然在聽。」我粉飾性地回答，但她的眼神明顯飽含怒意。

「妳果然有事瞞著我們。」

「噯，口氣別那麼衝。」直人的父親打圓場，但我不認爲有任何效果。

「對啊，比起這個，扒手很可怕呢。」值得慶幸的是，直人並未理會母親的質疑。

「總之，我們換一家店是不是比較好？」

「點的東西都還沒來耶？」直人的母親板著臉說，接著身體向後扭，舉手大喊道：「喂，店員！」她似乎想問「我點的東西怎麼還沒來」，但聲音過於宏亮，引得周圍的客人同時望向這裡。

「媽，聲音太大了啦。」「喂。」直人和父親悄聲規勸，但母親完全不在乎，反而把嗓門扯得更大，看著後面揮手：「喂，快點過來啊！」

從我的位置，看得到服務員急忙走過來。可能是太急了，穿過桌子之間時，發出撞到東西的聲響。

剛才的老婦人桌上的湯匙要掉下來了。服務生驚覺，賠罪說「抱歉」，但老婦人反應極佳，在湯匙落地前接住。

反應好過頭了。

周遭沒有任何人起疑，但老婦人反射性地接住湯匙，我感到很不對勁。

對方怎麼看都是白髮蒼蒼的高齡長者，但白頭髮不一定是真的。本人低著頭，聚精會神地吃著甜點，但我覺得那是在努力避免引起注意。她的桌上放著小皮包。

老婦人看了看手表，站了起來。

好在意。

休息室裡的同僚全都不見蹤影。

只好由我去確定了。

我不假思索，直接對直人說：「不好意思，我突然肚子痛。」
「咦，妳還好嗎？」
「可能是太緊張了。」
「看吧，都是媽太凶了。」
「我哪有怎樣？」直人的母親說。這時，服務生剛好過來，她質問：「我點的咖啡歐蕾怎麼還沒來？我的咖啡歐蕾呢？」
服務生行禮說「請稍等」，我趁機對直人低語「不好意思，我再去一次洗手間」，離開休息室。
只見前往洗手間的老婦人腳步敏捷紮實。就在這一刻，我心裡已十分篤定。我快步拉近距離，以俄語呼叫對方。
雖然只有短短一秒，但老婦人的腳步明顯慢了下來。約莫是事發突然，本能地起了反應，但接下來她又若無其事地繼續往前走。我大步縮減距離，抓準時機，從後方伸出右腳絆倒她。
「妳還好嗎？」
在旁人眼中，我應該就像是急忙跑近跌倒的長者吧。我搶在她重新站起前壓制她，用力抓住她的手腕。
敢動就扭斷妳的手。我在她耳邊細語。
「沒事吧？」飯店人員快步從大廳走來，我當場回答：「沒事，她想去洗手間，我扶她過去。」我給了對方的側腹一記肘擊，她表情痛苦，說不出話。

幸好廁所裡沒有人，我立刻把老婦人推進隔間裡。

老婦人發出近似慘叫的微弱聲音，我嚇了一跳：難道她眞的只是個普通老太婆嗎？沒想到她抓準空隙，回頭揮出手。針狀物閃閃發亮，我立刻閃開，以手刀砍向對方的關節。對方的手肘和膝蓋一彎，一陣踉蹌。

接下來，我只能屏息拚命出招。手指戳進對方心窩，趁她呻吟的時候扯下一串衛生紙，揉成一團塞進她的嘴巴裡。我從口袋取出小型拘束具指銬，穿過她的雙手拇指鎖上，將鍊子纏在馬桶管上固定好。這時她頭上的白髮脫落，原來那是製作精巧的假髮，雖然身材嬌小，但其實是個年輕女人。我搶過她的皮包，發現裡面裝著幾管塑膠小瓶。

我鎖上隔間門後，從門上爬出來，把「清潔中」的立板擺到廁所外面。

幸運的是，我馬上就找到同僚。一名穿西裝的男子從電梯廳走來，雖然注意到我，但由於在執行任務，準備視而不見地經過，我叫住他。

對方瞪眼，彷彿在質疑：怎麼在任務中攀談？妳應該裝成不認識，直接經過才對。但我沒空管這些了。

「你們的客戶在女廁隔間裡，接下來交給你們了。我剛好發現的。」我說著，遞出皮包。「裡面是失物。貴重物品。」

貴重物品，指的是任務中要尋找的爆裂物等物品。

我那些同僚一定是落入聲東擊西的圈套了。情報遭到竄改，然後那個假扮成老婦人的間諜打算見機行事。

我回到休息室。看看手表，我並沒有離開多久，但休息室裡只剩下直人，一臉困窘地說：「對不起，我媽不高興，先走掉了。我爸去追她。」

我和婆婆會關係惡劣，是第一次見面的印象太差嗎？

當然，那是必要的行動。如果當時我不在場，肯定已發生神經毒大屠殺慘案。後來組織內部進行驗證，也證明了這一點，我在離職前立下大功，受到表揚。

但對於直人的父母來說，我的活躍與他們無關。在他們眼中，我只是在第一次與男方父母見面時，動輒離席的沒禮貌女人吧。

第一印象太惡劣了。搞砸了。每次和婆婆起衝突——也就是絕大多數的時候，我都會這麼想。

但現在有點不一樣。

前些日子來訪的保險公司業務石黑市夫說的話，仍留在我的腦海。

他說，我和婆婆之間是「大規模的相剋問題」。聽起來是一種暗示，但與其說是故意賣關子，更像是在猶豫該透露到什麼程度。

如果是自遠古延續至今的孽緣，就不是憑第一印象能夠如何的問題了。

但話說回來，這樣的解釋也令人難以接受。果真如此，這個問題就無法輕易解決了。

「你父親眞的幫了我很多。」走在我旁邊的O醫生說，我忍不住反問：「什麼？」

仰頭是一片藍天，低頭則是如茵草地，這裡是高爾夫球場的球道。O醫生揹著插滿球桿的袋子，機敏地向前走，肢體動作一點都不像是長時間坐辦公室的醫生。「醫生的下盤比我還強壯。」我說，O醫生笑道：「醫院交給兒子，我每天都很閒。天天打高爾夫球，反而身體變健康了。」

O醫院是歷史悠久的大醫院，O醫生最近將實權交到兒子媳婦手中，但仍對其他醫院具有莫大的影響力。我沒有什麼和O醫生交談的經驗，對他的印象是「乖僻的老頑固」——藥廠業務之間經常流傳著這類傳聞。聽說O醫生是個怪人，從不接受業務招待，如果對藥品的介紹含糊不清，他就會當場發火。每個業務都開心地表示，相較之下，兒子媳婦更好說話，總算交棒給下一代，眞是太好了。

不過實際見面，我覺得O醫生並不頑固，也不古怪。當然，我們只是今早一起打了一局高爾夫球，而且才剛打完上半場，等於是對他一無所知，但他看起來是很普通的正常人。

可是，我很快就領悟出箇中原因。

醫生拒絕業務去高級酒吧的招待，不合常理——如此抱怨的業務員，才是心態扭曲。醫生要求藥廠業務介紹藥品資訊是天經地義的事，對連介紹都做不好的人生氣，也可說是理所當然。

O醫生個子比我矮，頭髮稀疏，皺紋也不少，但一打出好球，就會露出孩子般的笑容，一下年輕不少。

「那位老先生打得很好。」上半場結束，綿貫前輩和我獨處時，佩服地說。

「是運動神經很好嗎？」

「可是北山，他怎會指名要你作陪？你心裡有底嗎？」

「完全沒有。」

這是眞的。O醫院的業務，是綿貫前輩的小組負責的。綿貫前輩和成爲現任院長的O醫生兒子在銀座喝酒時，兒子問他：「對了，你們那裡有個姓北山的業務吧？我爸想跟他打高爾夫球。」

綿貫前輩納悶「爲什麼指名北山？」，但我同樣不解。當然，我沒有理由拒絕。

第十洞的第一桿，我打出外飛球，球飛往右邊，O醫生也打到相同方向。由於遠離車道，我們一起並肩走過球道。就是這時候，O醫生提到我父親。

「醫生認識家父？」

「其實，」他笑得滿臉皺紋，「我們是小學同學。」父親應該是群馬人，但沒怎麼提過他小時候的事。也不是刻意隱瞞，父親經常自嘲小時候不起眼，沒什麼值得拿來誇耀的精彩事蹟。

O醫生說他在小學和父親同班了幾年。

「北山教我功課。」

「家父教您功課？」

「他功課很好，而我眞的完全不行，尤其不擅長死背的科目，歷史課的內容完全記不住。我覺得都幾百年前的事了，根本不値得去學。但北山熟悉歷史，經常跟我說聖武天皇（註一）怎樣、源賴朝（註二）如何。」

「眞不好意思。」我不知爲何脫口道歉。

「沒想到，他說得我湧出興趣來了。他說的那些內容，讓我感覺教科書上的歷史人物不是年表上單薄的資料，而是確實在世上生活過、和我們一樣有血有肉的人。聖武天皇和源賴朝都有自己的故事。如果不是那時候北山把我的功課救起來，我根本不可能成爲醫生，所以北山等於是我的恩人。」

「沒那麼誇張啦。」我當然揮揮手表示言過其實。「醫生居然到現在都還記得，您厲害多了。」

「北山同學——你父親人眞的很好。我小時候總愛耍威風擺架子，每個人都討厭我，但你父親還是常常找我說話。」

父親生性平和，是個認眞寡言的園藝師傅，我一直以爲他小時候一定是乖乖坐在教室角落，毫無存在感。

O醫生又說：「哦，其實，大概六、七年前，我和你父親見過一面。」

「咦？我都不知道。」

「我們碰巧在地下鐵上遇到。我通常開車，所以眞的很巧。不過，我立刻認出他。」

站在我的角度，O醫院的O醫生雖然將院長的頭銜讓給兒子，仍具有莫大的影響力，是必須隨時繃緊神經接待的客戶，也是與公司利益息息相關的人物。聽到他與父親曾是好友，我一下不知道該用什麼態度面對他才好。

「多年不見，我開心極了。他應該很想快點回家，我卻拉著他連去好幾家餐廳吃飯喝酒。那個時候他提到你在藥廠上班。」

「原來是這樣啊。」

「不過，接下來就眞的很像他的作風，他沒有說出你在哪家公司上班。應該是認爲如果我看在兩人的情份上，特別關照他兒子，也就是你的公司，是公私不分，這樣對你不好。他實在耿直，還說了讓人似懂非懂的話，什麼『和種樹一樣，不加干預是最好的』。」

我應和著，心想：老爸完全沒有透露這件事。他雖然問過「工作怎麼樣」，卻沒有更進一步追問。

「不過……」O醫生舉起鐵桿。他俯視著滾至亂草區的小白球，準備揮擊第二桿。

我站在稍遠處，看著他平揮的動作。

註一：聖武天皇爲日本第四十五代天皇，在位期間爲奈良時代七二四—七四九年間。篤信佛教，以興建東大寺聞名。

註二：源賴朝（一一四七—一一九九），平安末期至鎌倉初期的武將，創立鎌倉幕府的初代將軍，亦是日本武家政治的創始人。

球桿畫出弧線，隨著悅耳的聲響，小白球彷彿飛入天空。

「不過，」O醫生繼續道：「這個業界很小，北山這個姓氏又不常見，我馬上就知道你這個人了。但我和你爸已有約定，而且我打算全權交棒給兒子，所以覺得應該不需要我來多事。」

因此，他沒有特別找我。

「那麼，這次怎會……？」邀我來打高爾夫球？

我的球也滾進亂草區。我和O醫生一樣挑了鐵桿，確認果嶺的位置，空揮一下再擊球。

我原本打算慢慢推進，但感覺打出相當不錯的一擊，球飛得很遠。一陣暢快感擴散到全身，就像遼闊的藍天沁入心胸。

「我最近得知北山過世的消息。」我們又一起往前走時，O醫生說著，臉上浮現由衷感到寂寞的神情，甚至幾許迷路孩童般的童稚。我一直以爲醫生習慣面對人的生死，因此感到有些意外。

父親的葬禮簡樸。除了鄰居古谷夫妻以外，還有町內的街坊鄰居和父親的園藝客戶來上香，但規模稱不上盛大，可說十分符合剛毅木訥、不喜招搖的父親的風格。

「沒能通知您家父的訃聞，真是抱歉。」我出聲道歉。「我沒想到O醫生居然是家父的老同學。」

「哪裡，這是沒辦法的事。我們只是小學同學而已。不過，我一直想知道他是怎麼去世的。」

雖然沒有抬頭，但我望向天空，想確認那蔚藍的色彩。讓人聯想到汪洋大海的晴空散發出來的清爽，彷彿能驅散一切不幸。我一方面覺得在大好藍天下不適合談論死亡，但又忍不住思索，即使是這一刻，也有人迎向死亡，或處在病痛的折磨當中。

「說來丟臉——這樣說也很奇怪，其實家父是從神社摔下來。啊，不對，是從神社階梯摔下來。他失足摔落神社階梯。」

聽到這話，O醫生的表情第一次有些僵住了。「是意外嗎？」

「是的，誰都沒預料到。」

事實上，我好一段時間都無法接受父親的死亡。以前父親也曾在工作中摔下工作梯導致手腕骨折，或修剪玫瑰而被刺得渾身是血，和這些小意外一樣，我只覺得「爸又失手了」，實在無法相信竟從此天人永隔。

「不是生病？」

「不是。」我朝著果嶺走去，疑惑對方為什麼要再三確認？

早已坐高爾夫球車抵達的綿貫前輩和醫院工作人員，待在果嶺附近。

接下來，O醫生雖然打出不錯的分數，話卻變少了。連綿貫前輩途中都擔心地問我：「北山，你做了什麼冒犯醫生的舉動嗎？」我慌忙否定：「不，沒有啊。」我們只聊了父親的事。當然，即使我沒那個意思，也可能不小心說了什麼失禮的話。這一點無法否認，但我也沒那麼堅強，能直接承認錯在自己。

幸好，即將打道回府前，我發現O醫生並沒有不高興。結束全部的回合，將行李搬到高爾夫球場的停車場時，綿貫前輩去廁所，我在原地等待，沒想到O醫生大步走過來說：「我問個奇怪的問題。」

「怎麼了嗎？」

「你父親的意外事故，有沒有什麼可疑之處？」

「可疑之處？」

「比如，可能是故意的……」

看到O醫生嚴肅的眼神，我察覺他在擔心父親不是死於意外，而是有人蓄意謀殺。

「呃，這話是什麼意思？」

「我不是說，我們相隔多年再會嗎？那個時候北山說了一些話，讓我很擔心。」

「家父說了什麼？」

O醫生表情緊繃。我彷彿在等待醫生宣布檢查結果，並告知重大疾病，手腳的血液像被抽乾了一樣。

「那時候我們喝了酒，我以爲他在開玩笑，但剛才聽到你說他是摔死的，忽然有些耿耿於懷。」

謀殺和意外死亡，分辨得出來嗎？

父親曾這麼問。

O醫生反問什麼意思，父親說：「我只是在想，假如我被人從高處推下去，後續會怎樣。」

「醫生怎麼回答？」

「這是警方的工作。」O醫生笑道。「驗屍、調查凶手的動機之類，是警方的職責吧？我也這麼回答北山。然後我說：不過，即使是被推下去的，如果沒有不自然的地方，有時候會被當成意外死亡，畢竟警方沒辦法懷疑每一件事。可是，沒想到北山眞的意外過世了，而且——」

「還是從階梯摔下來。」由於實在死得太容易了，我忍不住半帶苦笑地說。

「他是早有預感嗎？」

「預感？」

「預感到自己會出意外。或者，那眞的是一場意外？」

「咦？」

「抱歉說這麼可怕的話，不過，會不會是有人把他推下階梯的？」O醫生說完，又否定自己的話：「不，抱歉。那時候北山提到意外和謀殺的話題，所以我忍不住多心了。照一般情況來想，應該只是單純地從階梯摔落吧。」

那麼，後會有期，今天謝謝你作陪——O醫生和我道別後，走向座車。

O醫生前腳剛走，綿貫前輩後腳就從廁所回來：「看起來他沒有不高興。倒不如說，你們似乎相談甚歡。醫生很欣賞你嗎？」

「沒有的事。」

「應該賺到不少分數吧。」綿貫前輩說。

「分數？」

「那種私人大醫院，只要收買大老闆的心，就形同囊中物。你滿有一手的嘛。」

直人會提起這件事，應該別無用意。或許是陪業界知名的大醫院院長去打高爾夫球，贏得欣賞，十分開心。告訴妳，今天我遇到這樣的事——他以輕鬆的態度，說出與院長談話的內容。「他好像是我爸的小學同學。」

直人的驚訝能夠理解，但更令我在意的是公公對那名醫生透露的話。

謀殺和意外死亡，分辨得出來嗎？

與其說是閒聊，會不會是包裝成玩笑，其實是在向醫生尋求建議？

到底怎會提出這種問題？

不用多久，我就想到答案。公公是否恐懼著總有一天會被誰殺害，並僞裝成意外？公公是典型的老師傅，性情沉穩，會與他爲敵的對象，恐怕只有在庭院樹木上築起蜂窩的蜜蜂，或毛蟲之類的害蟲。他究竟是與誰結仇？我如此自問，但答案可說是呼之欲出。

隔天早上，直人出門上班後，我在家裡吸地板。自從與婆婆同住以後，絕大部分的家事都落在我頭上。打掃方面，我原本有習慣的方法，婆婆卻整天嫌沒效率、越掃越髒，所以現在都照著婆婆的指導做。對於過去都在拆解炸彈的我來說，按規定的步驟處理事務並不困難。不過就算是這樣，有時候婆婆還是會嫌棄地說：「宮子啊，到底要怎樣才能像妳那般敷衍交差？」

「我是照著媽教的方法做。」

「如果照著我教的做，哪可能留下這麼多灰塵？」

如果照著我的戰術進行，不可能輸掉比賽，既然輸掉比賽，表示你們一定沒有照著我的戰術去做——婆婆就像這樣唬爛的教練。婚後與婆婆同住，我學到的或許就只有用嘆氣來表達厭煩的技術。

由於實在生氣，我橫下心來。我盡可能自然地，用一副只是忽然想到的態度說：「對了，前幾天有保險公司的人上門。」

「保險公司？」婆婆愣了一下，接著蹙起眉頭。「來拉保險嗎？」

「是要找媽。」這是真的。自稱石黑市夫的男子說是來找婆婆談保險的事。「媽有買保險嗎？」

「什麼話，烏鴉嘴！保險是會死的人才買的。」

媽，每個人都會死好嗎？我差點頂回去，但太蠢了，於是又把話吞下肚，改問：「媽沒有保險？」我們從來沒有談過這類話題。

「沒有啦。妳想買保險？」

這句反問可說是再完美不過的一記傳球，我立刻抓緊時機回道：「這麼說來，爸那時候是怎樣呢？那場發生意外的時候，爸有保險嗎？」

婆婆的表情僵住：「什麼？妳想說什麼？」

是動氣的口吻，而且表情僵住之前，還抽搐了一下，我全看在眼裡。婆婆顯然是在粉飾太平。當情報員的時候，我徹底學習到人與人之間爾虞我詐、勾心鬥角的各種眉角，並接受訓練，精通識破謊言、操控思考的技術。在盤問這方面，婆婆與我之間的差距，可說就像門外漢與專家。

「之前直人提過爸買了保險，是什麼保險呢？」

「直人？直人怎會——」

怎會知道？婆婆說到一半，收住了話。換句話說，形同是不打自招：「直人不可能知道。」但就算直人知道父親有保險，也不奇怪，反倒是天經地義，不是嗎？

原本想更進一步追問，但我打消了念頭。我手上沒有能一刀斃命的證據，如果對方閃躲到底就沒有意義了。手上的子彈，必須確保每一發都能擊中要害，不能隨便浪費。

我打開吸塵器，佯裝沒興趣追究。雖然話題懸在半空中，但婆婆應該也不想打草驚蛇，在四周走來走去。最後約莫是覺得難堪，她跑去整理平常根本置之不理的庭院。

難得扳回一城，我開心起來，但這確實是個嚴肅的問題。如果公公的死亡不是單純的意外，而是與保險有關，事情非同小可。

「爸是幾年前過世的？」

這天晚上，我趁著婆婆和古谷家的人出門的機會，在晚飯時間問直人。

「怎麼突然問起這個？」

「白天我在電視上看到類似的事故，有點好奇。」信手拈來這類謊言，對我來說是易如反掌。「喏，之前你去打高爾夫球，那個醫院院長不是爸的同學嗎？你跟我提過這件事，所以我想起來了。」

「大概六年了吧。我到現在都還不敢相信。」直人說著，望向佛龕。上面掛著公公露出少年般微笑的遺照。

「我不太清楚情況，可是爸怎會在晚上去神社？」

「那是爸的習慣。」

「習慣晚上去神社？」

「不是，是去唱卡拉ＯＫ。神社對面有一家附設卡拉ＯＫ的小酒家。」

是改裝貨櫃的卡拉ＯＫ專門店出現以前的事。公公一有空就會去那家店，然後抄近路經過神社回家。

「所以才會在神社踩空階梯。」

我打聽意外發生當時的狀況。如果太直接地提出問題，可能會引來懷疑，因此我沒有直指核心，而是旁敲側擊，有時候發問、有時候確認，從直人口中引出答案。

當時很晚了，跌落的公公是在死後幾小時才被人發現的。發現者是一對剛好開車經過的約會夜歸男女。也就是說，他們並不清楚公公是怎樣從階梯摔落的。

「沒有人目擊到他跌落的那一幕嗎？」

「警察應該有跟媽說明吧。」

警方聯絡家裡時，婆婆正在睡覺。但當然沒有人能證明她眞的躺在床上。

一回神，直人不知何時拿出一樣小玩意在餐桌上把玩。

「是公司多出來的東西。員工不曉得從哪裡要來的，就這樣丟在公司裡。」

「是以前小學上課用的嗎？」

「對，叫上皿天平。」直人將砝碼放到天平左右秤盤上。每次掉換砝碼，天平便會左右傾斜。「理所當然，放上相同的重量，左右就會完全平衡。」

「不平衡就麻煩了吧。」

直人拿鑷子夾起小鋁片放到右邊，天平緩緩傾斜。

我想起公園的蹺蹺板。一下往這邊沉，一下換那邊沉，用力往下蹬，另一端就會彈得老高。

我尋思起平衡問題。

在機關任職期間，有一次我在和上司討論的時候說：「這樣下去，我們沒辦法超越美國。」

當時我心裡想到的，是曝光的「長春藤鐘」（Operation Ivy Bells）任務。美國在蘇聯軍方設置於鄂霍次克海海床上的海底電纜裝設竊聽器，監聽訊息，這件事由於前NSA（國家安全局）職員的叛變而曝光，蘇聯緊急應變，但日本同樣大爲震驚。日本完全沒有接到美方任何情資，透露要執行這樣的作戰。站在美方的角度，或許認爲日本是他們的下級組織，沒必要向日本揭露所有底牌，但對日本來說，等於是遭到出其不意的一擊。這件事迫使日本認識到，美國雖然支持日本，但絕不會對日本披肝瀝膽，於是促成日本強化國內獨立情報機關。

也許那個時候，我強烈希望在情報機關的能力上，日本要做到與美國對等，如果可以，最好超越美國。

上司安撫我：「就像日本職棒再怎麼努力，也無法超越大聯盟一樣，這實在太困難了。要超越美國，簡直是痴人說夢。」

「但或許用不了多久，日本人也會在大聯盟活躍。」我動氣地說，上司隨口打發：「說得容易，這是異想天開。」

我原本暗自鄙夷上司，但他說的「簡而言之，是平衡問題」，也有令人信服之處。美蘇冷戰期間，追究哪一方才是正義，並沒有意義。雙方競相開發、持有核子武器，並不是爲了讓對方屈服，贏得勝利，完全是爲了取得平衡。

如果其中一方壓倒性地強大，將會秩序大亂。保持互相拉鋸的拔河狀態，才是最理想的。

「競爭雖然有許多好處，但也有不少壞處。」上司還這麼說。

「彼此競爭，切磋琢磨，才會進步。」

「這話並沒有錯，不過，競爭社會不一定能讓世人幸福。」

「怎麼說？」

「一方打敗另一方，只會引起反抗。驅動人心的不是邏輯理性，而是情緒。可能不久後，就會變成運動會沒有人想賽跑的時代。爲了維持秩序，成爲每個人都齊頭平等的時代。」

「沒有競爭的運動會，還能稱爲運動會嗎？」

「妳能夠這樣想，是身處優勢的緣故。」上司說完，又強調一次：「我們沒有必要贏過美國。落敗的一方，只會萌生不平與戒心。爲了避免這種情況，我們機關的行動必須盡可能不爲人知。」

我看著直人把玩的上皿天平，想起這些往事。天平必須保持平衡，蹺蹺板則必須輪流上下起伏，不應該總是固定在同一個位置。

想像放著我和婆婆的天平。若說天平傾向哪一邊，不必說，當然是婆婆那一邊。當然，這無所謂。不管是從婆媳關係還是年齡來看，婆婆占上風應該都是沒辦法的事，必須忍耐半路闖進家中的媳婦，也有莫可奈何的部分吧。在潛入的組織裡認清自己的角色，盡力融入其中，是情報員最基本的技術。

可是，爲什麼我如此心煩意亂？

爲什麼與婆婆的關係，會讓我失去冷靜？

爲什麼我就是想讓蹺蹺板逆轉過來？

是祖先造業，因果報應。

我回想起和保險業務員石黑市夫交談時提到的這句話，眼前突然一片開闊。我明明身在拉上窗簾的透天厝裡，周圍景色卻消失無蹤。不，不是消失。底下是白色地面，頭上是白色天空，腳底是一整片沙地。我感覺到風，嗅到海潮的香味。我發現自己站在海邊，納悶怎會這樣，回頭望去，看見身後躺著一頭巨大的生物，心頭一驚。鯨魚？正當我這麼想，不知何處傳來人群聚集的喧鬧聲。

「宮子，妳怎麼了？」

聽到直人的聲音，我猛然回神。當然，我身處的空間，是平常的起居室。

「咦，宮子，妳要去哪裡？」

洗完碗盤，打掃完畢時，婆婆突然問我。我尚未整裝準備出門，卻被婆婆一語道破，嚇得全身一抖。反問「妳怎麼知道」絕非上策，因此我默默無語，只是歪頭裝遲鈍。不料，婆婆又說「妳的妝跟平常不太一樣」，我的表情差點猙獰扭曲，好不容易才控制住。

我沒有妝容異於平時的自覺，但我確實打算出門，所以或許無意識地做了保養化妝。婆婆眞的法眼無虛，令人甘拜下風。仔細想想，剛認識不久，婆婆曾皺著眉頭問：「妳的眼睛怎麼這麼藍？」表情像在看什麼怪物一樣，我差點反唇相譏：「那媽的耳朵怎會這麼大？」費了好大一番工夫，我才忍住。

「我有朋友在醫院工作。」我說出預先準備好的謊言。

「咦，去找朋友？眞難得。」

「或許應該說是認識而已。呃，她說能跟我分享不孕症治療的資訊。」

一直沒有懷孕，對我是個嚴重的問題，我不想輕易拿來談，但這個理由確實非常適合用來哄婆婆。不出所料，她欲言又止，然後應著「這樣啊，那就好」，態度變得平和。

妳總算想通了——我不理會她叨絮地補充，匆匆出門。

我轉搭電車，來到在機關任職時常去的咖啡廳。走到裡面的桌位，對方已在等候，對我露出困擾的表情。

「我不能出來太久，妳不準時我很困擾。」

他是在我離職半年前進入分析部門的新人，我不知道他的年齡，但他外表蒼白虛弱，像體弱多病的大學生。那弱不禁風的外表並非某種障眼法，事實上他完全不適合需要體力的任務，但是在SIGINT（(Signals Intelligence)）、IMINT（Imagery Intelligence）、OSINT（Open-Source Intelligence），即電子竊聽、圖像分析、分析已公開情報等領域，技術超群。

「那就速戰速決。」

「饒了我吧。妳也替我想想好嗎？」

「喏，保持撲克臉是基本技巧。」

「要強調『我很困擾』的時候，我就會擺出困擾的表情。最近我們的行動受到嚴格監控，就是內部稽核那類的。」

「比以前更嚴？」

「對情報的攜出盯得很緊，每次使用軟碟機都會亮警告燈。」

「下不為例。」我做出膜拜的動作。

他欠我一份情。

就是攜帶神經毒的間諜危機那一次。當時得到該名間諜的情報，負責進行分析的人員就是他。換句話說，他落入敵方的情報誘導圈套，遺漏了僞裝成老婦人的間諜。如果任由事情發展下去，造成慘劇，他肯定會遭到究責——不，他一定會飽受罪惡感折磨，因此他十分感謝我。

「不過，妳要我查的是單純的意外事故，只需要查一下警方的情報就好，不算什麼。不是牽涉到國家層級的問題。」他說。「資料沒辦法帶出來，口頭報告就行了吧？」

意思是叫我自行記住。「瞭解。」

他說出我公公過世時，警方如何處理的報告書內容。警方認爲，死者是自己從神社階梯摔落，當成事故處理，沒有任何資料顯示可能是一起僞裝成事故的謀殺。

「那天的天色很暗嗎？」

「我查過了。晚上雖然光線昏暗，但正值冬至。我也看過氣象資料，當天沒有雲，我在出事的階梯位置模擬了一下，那個時間剛好月亮出來——」

「就像燦爛的燈光？」

「不到這種程度，但應該不至於伸手不見五指。不過，即使天色明亮，還是可能摔倒。」

「是啊。」

「不過，有目擊者。」

「有嗎？」那事情就簡單了。公公是失足跌落一事，已無庸置疑。

「對，但有點麻煩。」

「怎麼說？」

「那個目擊者很快就過世了。是發生交通事故，大概不小心跑出馬路被撞了吧。」

我半晌無語，望著前方。我覺得面前坐著的不是職場的晚輩，而是正以毫無溫度的冰冷眼神注視我的婆婆。

之後的某一天，我在自家走廊霍然轉身。

眼前的男子右手反射出光線。我還沒認出那是刀刃，身體便已做出反應，就近似拳擊的組合動作。由於我閃開，對方刺了個空，收不住勢，右手撞到走廊牆壁。刀子插在牆上。

我立刻彎起右膝，朝對方的側腹踹去。踹的力道比預期中凶狠，理由不爲別的。是因爲憤怒：你會害我挨婆婆的罵！連打掃的時候不小心碰撞柱子留下的小擦傷，婆婆都會用她的鷹眼揪出來。她投注在尋找攻擊我的藉口上的心力，只能說值得驚嘆。

宮子，牆壁上的痕跡是怎麼回事？到時候被這麼數落的可是我！

男子執拗地攻擊，揮舞著刀子。我用右腳踹對方的膝關節。

男子失去平衡，跪倒在地。接著，他立刻爬起來，看到他竟穿著鞋子，我簡直快氣瘋，完全無法冷靜。

地板弄髒，挨罵的可是我！

幾分鐘前，玄關門鈴響起。或許我不該聽到「掛號」，就毫不提防地直接開門。很難去懷疑一身郵差打扮的人，但如果我還是現職人員，應該不會如此輕忽大意。

對方狠狠一推，我被推回屋內。手上的印章飛掉了。

對方揮舞刀子恫嚇，我後退拉開距離。

走廊在平日生活中並未造成任何不便，但要展開格鬥，空間實在太狹窄。一進玄關，就是通往二樓的階梯，接下來是連接和室與起居室的一小塊空間。

我面對男子，是沒看過的陌生臉孔。

約莫是學過格鬥技，男子的架勢有模有樣。我調整呼吸，左臂擋在身前，半側著身盯住對方。

男子的眼神渙散，似乎無法聚焦。

「爲什麼找上我？」我問。

男子沒有回答。

「是誰委託你的？」

妳明知故問。

我彷彿聽到有人這麼回答。是我的聲音。妳心知肚明，只是不肯接受吧？

「越靠近蜂窩，蜜蜂越凶猛。」

還在情報機關工作時，有人這麼對我說。手越是伸向對方不願被探究的地方，遇到的阻礙越多。反過來說，如果蜜蜂衝上來攻擊，代表大本營近在眼前。

不入虎穴，焉得虎子嗎？

我如此反問，告訴我這段話的人，也就是我的上司，「唔唔」地歪了一下頭，打心底遺憾地說：「似是而非喔。」

總之，我會遭遇這樣的危險，或許是有人提高警覺，甚至是被我激怒了。因爲我太靠近巢穴。

誰的巢穴？

沒必要裝傻了吧。

幾天前，我打開櫥櫃的抽屜。當時婆婆和古谷夫妻去新宿看電影，我認爲機不可失。

公公眞的是失足跌落神社階梯，是一場不測的意外嗎？

起初我半信半疑，覺得自己想太多，也強烈地覺得即使我對婆婆沒有好感，但想像她可能下毒手殺人，不僅僅是對婆婆不敬，任何一個正直的人，都不該有這種小人之心。

但陸續得到的幾個新情報，讓我的疑心日漸滋長。

第一個是目擊者。

雖然無人目擊公公在深夜的神社自階梯墜落，但在那之前，有人看到他經過神社。前職場的晚輩說，要瞞著機關進行更進一步的調查，實在困難重重，「我只能提供這些資訊給妳」、「如果無論如何都需要，我可以再努力查一下過去的資料，但希望妳就此打住」，於是接下來我自行調查。事實上，媳婦關心公公意外死亡的狀況頗為順理成章，我在住家附近若無其事地打聽，很容易就得到一定程度的情報。

目擊者是叫三太郎的老人。這似乎不是他的本名，而是綽號，據說「居無定所，在街上徘徊」、「會撿垃圾去變賣」、「牙齒都快掉光了，總是用那張缺牙的嘴巴，吃著便當店給他的賣剩的便當」。

街上的人提起三太郎的口吻，感覺並不怎麼嫌惡。

「他總是笑呵呵，個性溫和。」

「下大雨或大雪之後，他都會收拾沖到路上的垃圾，率先鏟雪。」

三太郎在公公死前看過他。

當時警方在進行現場勘驗，三太郎走過來說：「這個人摔死之前，我好像跟他擦身而過。」但警方認為只是單純的失足跌落意外，應該沒有詢問詳情。

我先是若無其事地探問直人，知不知道三太郎這個人。以「若無其事地探問」來說，這個話題相當唐突，但任職於情報機關期間，我接受過太多如何假裝若無其事的訓練了。

「是誰？」直人思索片刻，不久就想起來了。「啊，對了，是那個人。爸的喪禮有來。」「咦，他有來嗎？」公公過世的時候，我已和直人結婚，在這個家辦的喪事仍記憶猶新。

「嗯，他很客氣，沒有進屋。」

三太郎似乎認爲自己髒兮兮的，不方便進別人的屋子，僅站在屋外合掌膜拜。

「聽起來是個好人。」

當然，人並沒有「好人」、「壞人」之分。誰都有好和壞的一面，而且「好」、「壞」指的是什麼，難以定義。在我以前的工作中，我經常判斷一個人是「對國家有害的人」或是「對國家無害的人」，但其實並沒有明確的尺度。東西冷戰期間，連東西的區分都有灰色地帶。

「就是啊，他是個好人。我請他進家裡，他也客氣推辭，然後小小聲地說：『對了，或許我是最後一個看到你爸的人。』他行經神社的時候和我爸擦身而過，還跟我爸打了招呼。」

「哦？」

「他很後悔，認爲如果那時候叫住我爸，也許我爸就不會從階梯摔下去，我說就算他這麼做，或許結果還是一樣，不必爲那種事懊惱。」

「後來那位三太郎呢？」

「後來他過世了。大概半年後吧，遇到交通事故。」

果然——我差點這麼說。這個情報我早就知道了。「人生眞是禍福難料。」

「眞的。我媽嚇了一跳，她在那之前見過三太郎。」
「咦？」我的聲音忍不住拔高。「你說媽媽？」
「對啊，不過說見到，應該只是在路上看到打聲招呼吧，眞是奇妙的緣分。說這種事是緣分，會不會太不莊重？爸在發生意外前遇到三太郎，然後三太郎在發生意外前遇到媽。」
我沉默不語。
當然，我並沒有那麼單純，能像直人那樣，視爲單純的「碰巧」。不，或許我的想法才叫單純。我認爲，如果把婆婆放進公公的事故與三太郎的事故之間，互相就有了關聯。除此之外，找不到別的解釋了。
「媽是不是很震驚？」
「心情滿低落的。她的父母也是死於意外，或許覺得自己像掃把星吧。」
我沒有發出呻吟，也「幾乎」面不改色——我必須承認稍微讓反應顯現在臉上了，但仍僞裝得相當平靜，實在想稱讚自己。
沒想到，婆婆的父母也是死於意外。
那似乎發生在直人出生前，據說是死於交通事故。
「有一就有二呢。」
「所以得知三太郎的事，我媽很驚嚇吧。」
「是啊。」
這就是第二個導致我的疑心滋長的主因。

直人接下來說的話，更讓我不祥的想像不由自主地膨脹。

「外公外婆的事故，似乎幫了我爸媽不少。」

「什麼意思？」

「那時候我爸替別人作保，扛了一堆爛債。」

我想起紀元前的希臘俗諺，替人作保是自尋死路。借錢與人際關係的問題，是從紀元前一直延續到現代的問題吧。

「可是，由於外公外婆過世，保險金下來，靠著這筆錢，總算把債還清了。說轉禍爲福或許不太恰當，不過凡事都是塞翁失馬……好像也不太對。」

接下來，我和直人閒聊著，卻一心二用地思量別的事。

人一旦食髓知味，遇到困難時，就會傾向故技重施。如果這套技倆能順利運用出法則，就可稱爲「必勝心法」，若是不太有根據，便成爲「魔咒」或「迷信」。無論如何，人很容易模仿過去的成功。

「啊，雖然跟這件事無關，不過——」我問直人。當然，不可能無關。「媽有沒有缺錢過？」

「咦，媽嗎？爲什麼這麼問？」

「之前提到爸過世，媽說那時候在節約家用之類的。」我撒了謊。

「有嗎？我沒有印象耶。」

婆婆是不是有必要得到一筆保險金？她是不是需要錢？我沒有說出口，而是在內心質疑。

因此——

因此我怎麼做？

首先，我翻箱倒櫃了一下。

是爲了確定婆婆的存摺數字。我知道她有兩個銀行帳戶，不過有時候她會拿存摺給我，要我去匯款等等，不太可能有祕密紀錄。如果有的話，表示她可能還有其他銀行戶頭。

我從底下逐一打開櫥櫃抽屜檢查，幾乎都是不再穿的衣物，但也有不少貴金屬飾品。儘管這種感受一閃而逝，但我覺得自己像是來竊取昂貴寶石的闖空門宵小。

櫥櫃都檢查完畢後，我望向時鐘。婆婆說會在傍晚快五點的時候回來，還有一個小時。我爬上二樓，進入東北角公公生前的書房。名目上是書房，但也只是在四張半榻榻米的和室裡擺放收納櫃，存放書本和百科全書而已，基本上已成爲按摩椅和室內單槓等不再使用的健康器材倉庫。平常沒事不會進這個房間，但婆婆並未特別叮囑「不准踏進去」。

我查看每一個收納櫃。

有小說家的盒裝全集作品。同一排擺了幾本相簿，我隨手抽出來翻了翻，裡面貼著直人小時候的照片，我忍不住看了起來。

這是我結婚的對象，無可避免會「情人眼裡出潘安」，不過小時候的直人真的很可愛。晒得黑黑的皮膚、露出一口白牙的笑臉，還有在運動會揮旗子的模樣，都讓我忍不住想點頭讚許：不愧是我愛上的男人，從小就這麼耀眼。其中也有些眼睛半閉、擺出下流姿勢的照片，但我依然能正面解釋：不愧是我結婚的對象，小時候就這麼耐人尋味。

當然，也有許多與家人的照片。或許多半是公公掌鏡，三分之二都是婆婆與直人的合照，我覺得很不是滋味。

而且，許多照片婆婆沒有看鏡頭，甚至轉頭看著其他地方。或許他們會全家定期去旅行，背景都是國內名勝，但有不少照片婆婆板著臉望向遠方，彷彿在抗議：「還沒拍完？」我不禁心生厭惡：妳連按下快門的短暫時間都沒辦法乖乖看鏡頭嗎？

我收起相簿，望向櫃子其他層，這次發現了素描簿。

打開一看，裡面是素描作品。

是風景鉛筆畫，而且畫得很好。從隨手寫生，到細膩的水果畫都有。繼續翻下去，突然冒出像插圖的動物和小朋友的畫。

是公公畫的嗎？

越到後面，越多蠟筆畫的線條和圖形，我不禁想像，或許是小時候的直人搗亂，在上面亂畫。

「咦，眞懷念。」

背後響起話聲，我的屁股差點當場從榻榻米上彈起來。

驚覺的剎那，我面色蒼白。但回頭的時候，我已粉飾好表情。

「媽，妳回來了？」

「我不是說五點左右就回來嗎？」婆婆的口氣像在挑語病。

「咦，這麼晚了嗎？」我說著，但內心覺得不可能。我受過訓練，即使在作業期間，也能精確掌握時間。我在一樓起居室看到時鐘指著四點，才過了三十分鐘左右。婆婆似乎看出我的不滿與疑惑，說：「喔，妳是看樓下的鐘嗎？我剛剛發現，鐘慢了一個小時。」我眼尖地注意到她的鼻孔有些張大，頗為洋洋得意。

雖說時鐘慢分不是第一次，但我懷疑是不是被刻意調慢？是不是婆婆說五點回來，然後調慢時鐘，讓我疏忽大意？

為什麼？

為了製造放任我行動的空檔，好在我翻箱倒櫃的時候抓個人贓俱獲？不，這樣的話，等於婆婆知道「我在懷疑婆婆」了。

她不可能察覺這麼多。

但婆婆的直覺敏銳不容小覷，也是事實。

「我本來在打掃……」我佯裝平靜，準備說明，她立刻反問：「打掃？」要是在這時候心虛就輸了。「我剛才經過，看到這個房間的地板積了些灰塵。」

「咦，虧妳這麼眼尖心細。」

「剛好看到而已。所以，我想在吸地板前收拾地上的東西，結果發現許多東西。啊，這本素描簿……」

「那是我的。」

「畫得很棒耶！」這不是奉承，看得出畫技精湛純熟。

「從以前就常有人稱讚我畫得不錯。」不知道是害臊還是不耐煩，婆婆粗魯地想結束話題。

「我還找到相簿。這是直人小時候的照片。」

我抽出相簿翻開，婆婆的聲音提高了好幾度：「好懷念！」婆婆對我多半尖酸刻薄，但面對兒子小時候的照片，表情似乎還是不禁融化了。

「這是才藝發表會上拍的嗎？」我指著穿戲服站在舞台上的直人照片問。

「是啊，這是——」

起初婆婆有點冷淡，甚至懶得說明，但我熱切應和，好奇萬分地擺出「請多告訴我一些」的態度，婆婆畢竟也是人生父母養的——或者應該說她就是爲人母親，於是翻起其他相簿，述說一段段回憶，至於我在公公的房間做什麼，就這樣馬虎帶過了。

然後三天前，我待在緣廊的時候，發現衣物掉到院子裡。

是從二樓晒衣架掉下來的吧。

我趿上拖鞋，準備下去撿。

這時，一個排球大小的黑影從天而降，經過眼前墜落地面。

看起來像一顆人頭。

我一陣驚嚇，下一秒，那顆「頭」在腳邊破裂，化成許多碎片，發出炸裂般的聲響噴散開來。其中有黑色粉末噴出，我原本判斷是爆裂物，但隨即發現是盆栽。

我抬頭往上看。

即使望著二樓陽台，也瞧不出什麼名堂。

我回到室內，躡手躡腳地小跑步衝上二樓。

「宮子，怎麼啦？表情那麼可怕。」在房間燙衣服的婆婆露出緊張的眼神。她說完全沒發現盆栽掉落。「妳有沒有受傷？」雖然她關心地慰問，但我覺得那種反應本身就非常假惺惺。

陽台擺著一排盆栽。

大小一樣，種著鬱金香球根，似乎是最旁邊的一盆掉下去。確實，那一盆擺在陽台前端，但完全看不出倒落的原因。

「剛剛有地震嗎？」

「不，媽，如果有地震，應該全部的盆栽都會倒下來。」

婆婆擺出不高興的表情，是覺得意見被打槍，還是爲了隱藏心虛？

「那隻鳥。」婆婆突然指著天空，我差點翻白眼，心想這種手法簡直像孩童怕挨罵而轉移注意力。但婆婆的意思似乎是，凶手可能是那隻鳥，她用食指指了陽台一圈說：「那隻鳥有時候會停在這裡的扶手上。」

「妳是說，是鳥推倒盆栽？」她是認眞的嗎？

「也會有這種情況。」

「喔……」

我不小心發出敷衍的應和，蹲下身掩飾，假裝在看盆栽。盆栽並排的鐵架上，那一層有一隻蝸牛。

擔任情報員的時候，由於預設會在荒野地區生活，有許多戶外訓練，早就被迫習慣昆蟲、爬蟲類、兩棲類等等。我目不轉睛地盯著蝸牛。一開始只是漫不經心地看，卻漸漸覺得被蝸牛殼的螺旋吸進去，不禁一陣心慌。

殼上的螺旋狀彷彿逐漸往下墜，我不知不覺隨著它被吸進去。

一邊打轉一邊墜落，回過神時，我佇立在一片白茫茫的海邊。

抬頭一看，有一片茂密的森林。森林再過去是懸崖，像是天然形成。

聞到海潮香，我環顧周圍。

發現背後有一團濕滑的龐然大物，嚇得我呼吸幾乎停止。它看起來像沙灘異常隆起，也像大地變色形成的濕疹。我慢慢走近，在那團巨物上看到紅色痕跡，察覺是在流血，才發現是一頭生物。鯨魚？是漂流擱淺的鯨魚受傷了嗎？之前也看過的鯨魚就在這裡。

「宮子，妳該不會以爲是蝸牛推下去的吧？」

那聲音讓我從鯨魚躺臥的沙灘回到陽台的鐵架前，彷彿從蝸殼的螺旋階梯輕飄飄地浮上來。不，我本來就在這裡，但身體殘留著被推擠出蝸殼漩渦的感覺，及壓縮鑽過縫隙的觸感。

蝸牛緩緩爬向盆栽。憑牠的力氣，不可能推得動盆栽。

我沒有回應婆婆的問題，站了起來。

婆婆從陽台扶手往下看，發現盆栽在和室緣廊附近摔得粉碎，擔心地說：「太可怕了，幸好沒有砸到妳。」

「嗯，是啊。剛好掉在我前面，嚇我一大跳。」

「妳沒有受傷吧？」

我專注地窺探婆婆的眼睛；想看出她的眞心。然而，看不出她是擔心、失望，還是警覺。

面對掛著撲克臉的對象，或是裝出與實際情感相反的表情的人，我向來有自信識破他們的眞心，可是此刻我完全看不出婆婆在想什麼。是我離開情報員的崗位，觀察力變遲鈍了嗎？

不——心中的我如此否定。

如果想讀出天氣變化，必須心如止水，以客觀的眼光觀察天空。會不會是面對婆婆時內心總會掀起狂濤巨浪，讓我的觀察力搖顫不安，造成了妨礙？

如果只有盆栽，或許這件事就這樣結束了。

然而，隔天我出門去新宿購物，在十字路口等紅燈時，突然有人從後面猛地撞過來，害我差點跌出馬路。加上這件事，我不由得繃緊神經，暗忖實在不能再想得太樂觀。

被猛撞之後，我立刻轉身，看到是誰撞了我。那顯然不是婆婆，而是個肥胖的西裝男子，正滿身大汗地往前跑，可能是急著趕路，不小心撞到我，但我體內的警報裝置仍鈴聲大作。

然後，現在我的面前，站著一名持刀的郵差——不，穿郵差制服的男子。
他的身體微微搖晃，我也一樣。比起靜止不動，這樣更能柔軟地出招。
我計算著男子的呼吸次數。
他氣喘吁吁。
顯然不是普通人，但論身手，我更勝一籌。
我有辦法壓制他。
問題是，要如何在不損傷屋子的情況下做到？
牆壁已被刀尖砍傷，我不希望裝潢更進一步遭到破壞。
宮子，妳想毀掉我們的家嗎！
我想像婆婆刺耳的數落，感到肚子裡有一團與其說是沸騰，不如說是散發出腐臭的岩漿在翻騰。唯獨婆婆，我不想被她壓在頭頂上。只有那女人——不，那種人！
我到底是在認眞什麼？
爲什麼一遇到婆婆，我就會渾身不自在，氣到甚至失去平常心？
假冒郵差的男子行動了。
舉在身前的左手凶猛地揮擊上來。我預測那是障眼法，接下來他持刀的右手就會刺上來，結果猜對了。我側身閃掉左拳，撥開刺過來的右手刀子。刀子敲在狹窄的走廊牆上。

我向後退去。沒有解除架勢，面對男子退了一、兩步。

算準男子衝上來的時機，我迅速轉開右側的廁所門，往外一拉。

畫出弧線打開的門板成了盾牌，男子迎頭撞上去。

緊接著，我使盡全力將門板往前猛推。

傳來男子失去平衡的倒地聲。

我趁機閃進洗手間，從掛架扯下毛巾。

回到走廊時，只見男子好不容易立起膝蓋，正要爬起來。

我眞想指正他：動作太遲鈍了！

男子搖搖晃晃，又刺出刀子，彷彿只會做這個動作。我攤開毛巾，一把罩住那隻手裹住，勒緊似地拉扯。

男子的手被反剪到背後時，刀子掉到走廊上了。

我腿一掃，絆倒對方，讓男子趴在走廊上。

然後我騎到他背上，問：「你想做什麼？目的呢？」

是誰指使你的？

綿貫前輩體內的過濾器官一定很優秀，不管灌進多少酒精，他都能面不改色，思路彷彿沒有受到任何影響。

不像我，只喝一口就臉紅，連自己都靠不住了。

「北山家的外交問題情況如何？你們家的婆媳問題。」

綿貫前輩居然還記得！我十分感激，卻也感到不知所措：何必在二代院長面前提起這件事？不過，O醫院的現任院長、剛從父親O醫生手中接棒掌權的二代院長，似乎並不介意。看來，他已從綿貫前輩那裡聽說。「嗳，我們家也半斤八兩。當夾心餅眞是痛苦啊。」

這是以壽喜燒和涮涮鍋聞名的餐廳包廂。約一個月前有雜誌介紹，標榜只要帶女人來，十之八九可贏得芳心，做爲give-and-take中的give，分量與效果出類拔萃，從此連日高朋滿座。但綿貫前輩輕而易舉（應該是面子夠大）就預約到包廂，並邀我：「今天要和O院長去吃飯，你也一起來。」

「院長居然會爲婆媳問題傷腦筋嗎？眞難以想像。」我表現出誇張兩成的驚訝。

「醫生夫人，也就是副院長，是母老虎嘛。」綿貫前輩點著頭附和。

「母老虎」實在難說是稱讚，反而貶意十足，我擔心這樣說不會有問題嗎？但二代院長似乎覺得頗爲中聽，顯然在兩人之間，院長夫人的壞話是炒熱氣氛的話題之一。由此可看出綿貫前輩與二代院長的關係有多親近。

「二代院長能夠顧及大局，隱忍求全，實在了不起。」

「喏，我爸也很囉唆，別說夾心餅了，我簡直是四面楚歌、腹背受敵。懂我的難處的，只有綿貫老弟了。」

「二代院長眞的太拚了。我能夠做到的，頂多是盡量讓您抒發壓力，在下班後帶您來吃點好料進進補。」

「而且會上醫院的，不都是些病懨懨的人嗎？全是負能量，我都快被搞到虛脫了。加上老婆那副德行，爸又不肯體諒我。啊，這麼一提，呃，你……」二代院長指著我：「聽說你跟我爸頗投合？」

是指前些日子一起打高爾夫球的事吧。我坦白說明，我的父親和O醫生是老同學。

「哦，可是我爸打高爾夫球回來，心情還是很好。」二代院長依然臭著臉，懶懶地說：「太好了，你及格嘍，成功巴結到我爸。」

「呃，沒有的事。」

「我們家北山最擅長拉攏人心了。」

第一次有人這麼說，我忍不住想問：我什麼時候有這樣的評價？應該是當場隨口說說吧。

「可是你最好記住，現在醫院是我當家，就算討好我爸也沒有意義。」

「啊，是的，我當然知道。」我立刻附和，只見二代院長的眼周緊繃到都快擠出肌肉。嘴上說得像玩笑話，但爲了維護他的自尊，這是很重要的提醒吧。我被狠狠瞪著，心慌意亂，失言吐出冷笑話：「不過，不會因爲是『醫院』，就施行『院政』（註一）呢。」

二代院長皺眉，「咦，什麼意思？」

綿貫前輩立刻將二代院長的注意力轉移到肉上：「這肉看起來也滿好吃。」

涮涮鍋相當美味，我暫時全神貫注在涮肉片上。不，有一半是假裝的。綿貫前輩與二代院長的交情比想像中深厚，對話中提到對工作赤裸裸的抱怨或「這件事只說給你聽」的內容，讓我害怕起來：我坐在這裡沒關係嗎？爲了強調「我沒在聽」，我不停動筷。

「可是啊，綿貫老弟，最近有沒有什麼好玩的東西？讓人想砸錢去買的東西。我很難找到什麼想買的東西。高爾夫球場的會員之類的早膩了。我完全能理解用天價標下梵谷畫作的人的心情（註二）。雖然我不可能買得起那種東西，但想買個足以讓人刮目相看的東西的心情，我感同身受。」

「那幅畫我記得標出五十億圓以上，是嗎？」綿貫前輩說。「我覺得現在的日本，沒有什麼東西是買不起的。」

「Japanese money power所向無敵嘛，眞是大快人心。」

「怎麼說？」搞不好綿貫前輩以前和二代院長有過相同的對話，看起來像是知道對方想說，所以一搭一唱，讓對方發揮。

「我們小小的日本，壓倒美國那樣的大國。雖然打輸戰爭，但勤勞的日本人只要認眞起來，所向披靡，眞是痛快。搞不好，日本人很快就會買下好萊塢的老字號製片公司。連美國人引以爲傲的好萊塢電影都要變成日本的了。美國人雖然嘲笑我們是經濟動物，但我們又不是靠作弊贏的，世上再也沒有比錢更簡單明瞭的東西。」

「就是啊。」綿貫前輩深深同意。「前陣子不也發生過預約診療室的問題嗎？」

我知道這則新聞。大量病況並不緊急、也難說嚴重的高齡長者，占據醫院候診室，造成社會問題，於是某家醫院另外準備一處所謂的「預約診療室」，只要支付預約費用，就可免去排隊等候，直接在那裡接受診療。但這種做法遭到舉發，說是違反健保法。

是否違法，主管機關還沒有做出明確的結論。

「我倒覺得掏出更多錢的客人，有權利接受更好的服務，這是天經地義的事。金錢就是數字，不像人品或努力那樣虛無飄渺。金錢更要簡單明瞭，而且公平。」

「看得見，就一清二楚。」

「對啊。喏，就像這樣。」二代院長話聲剛落，不知道從哪裡掏出一疊折起的萬圓鈔票，將其中幾張分別遞給我和綿貫前輩。那態度像親戚發零用錢給小孩子，但親戚的態度或許尊重多了。

註一：院政爲日本古時的一種政治形態，天皇退位後成爲上皇或法皇，仍在院廳執掌大權。類似中國的垂簾聽政。

註二：指一九八七年三月，日本安田火災海上保險的會長在倫敦佳士得拍賣會上，以五十八億日幣標得梵谷《花瓶裡的十五朵日向葵》一事。

我看看綿貫前輩，他畢恭畢敬地收下，我當然跟著仿效。

錢太多了。

只是錢太多罷了。

這句話忽然在腦中響起，我想起是誰說的話。

是宮子。

忘了是什麼時候，好像是我深夜回家，宮子爲我準備晚飯的時候談到的內容。我說帶著大學醫院的客戶，連續吃喝好幾攤應酬，不禁感嘆：「眞的會讓人迷失金錢的價值。」然後她回答：「只是錢太多罷了。」

「確實，只能說是太多了。感覺公司也在叫我們盡量花。」

「你知道現在哪裡錢最多嗎？」

「哪裡？」有這種地方嗎？

「銀行。銀行有很多錢，可是抱著那些錢不會帶來利益，只能借出去。不停借出去。就算對方不想借，也會威脅『如果現在不借，以後就不借了』。」

「錢多成這樣？」

「流過來的熱水，不趕快倒出去就麻煩了。」

「我是不太懂啦。」

「國家不斷興建公共建設，於是土地價格一飛沖天。法人稅調降，企業也是錢多到花不完。」

「所以我們的薪水才能調漲。幾個同期的同事買了公寓做投資。」

「誰教大家都不經思考地蓋公寓。」

「也不是我同事蓋的啦。」

「由於土地增值，有些企業認爲應該趁現在先買下來。既然買了，就必須派上用場，所以拿來蓋大樓或公寓。既然蓋了，就得賣出去。擁有自用住宅的人雖然不需要再一戶自住，但可能會買下當投資。只是感覺會賺，大家都一窩蜂地買。」

「聽妳這樣說，買公寓似乎是愚蠢的行爲。」我這話或許有點酸。

但宮子心平氣和，她總是如此。她說：「之前電視上提到南海泡沫事件。」

「是週二懸疑劇場那種情節嗎？」

宮子笑著搖搖頭：「電視上說，十八世紀的英國，因爲國家債務過高，成立一家公司承攬債務，這就是南海公司。原本預定透過貿易賺錢，可是並不順利。然後，這家公司開始發行股票。聽說，公司董事約翰・布倫特奉行兩項原則。」

「什麼原則？」

「一，增加公司獲利的唯一方法，就是不擇手段提高股價。」

原來那麼久以前就有股票交易和股價這回事了嗎？我反倒是差點爲這一點感到驚訝。

「第二個原則是什麼？」

「越混亂越好，讓民眾無法理解我們在做什麼。」

「越混亂越好？」

「事實上，南海公司設計一套在表面上讓股價上揚的制度，並且實踐。只要股價上漲，民眾就會買吧？這麼一來，股價又會繼續上漲。因爲看起來很賺，每個人都搶著買。像不像今天的日本？感覺會賺、感覺買了也不會有事，處在這樣的社會氛圍中，沒有人會擔心。不動產價格暴漲，許多人過著揮金如土的生活。」

聽到這裡，我也覺得很像現在的日本。「然後呢？」

「由於南海公司的股票獲利可觀，出現許多跟風成立的莫名其妙小公司。這些泡沫公司就像泡泡一樣，不停冒出來。政府認爲這種亂象不容坐視，出手禁止，導致瞬間股票暴跌，持有股票的人全部慘賠。南海公司的股價跟著狂跌。我能計算天體的運行，卻無法預測人類的瘋狂。」

「這不是牛頓的名言嗎？」

「好像是牛頓在這時候炒股慘賠而說出的話。」

「我眞不想看到牛頓被騙。」

「其實每個人都隱約明白，這種榮景不可能長久持續，總有一天會破滅。但每個人都不肯正視，而是相信會再持續一段時間。我覺得現在的日本也是一樣的情形。」

「呃，這是妳的看法嗎？」

「這麼深奧的道理，我怎麼可能想得出來？當然是從電視上得知的。」

「可是，妳那麼聰明。」

「第一次有人這麼說。」瞇眼微笑的宮子好可愛，我忍不住想摟住她。

「我從以前就一直這麼認爲啊。」這是眞的。宮子每天只忙於家務，看似對社會狀況和政治漠不關心，有時候卻會提出相當犀利的剖析。她總說是電視上的評論家的話，或是從雜誌上看來的文章，但有許多讓我覺得耳目一新的觀點。即使問她是哪一個節目，她也都閃爍其詞，推說忘了。

「然後，由於是與那時候如雨後春筍般冒出、莫名其妙的泡沫公司和南海公司有關，後世稱為南海泡沫事件。South Sea Bubble。」

「浮夢如泡影。」我說，一邊疑惑著有沒有這種諺語。我不認為現今的日本，狀況能夠與當時相提並論。說到十八世紀，已是兩百年前，日本當時是江戶時代。相較之下，不管在經濟還是政治方面，社會應該都變得成熟許多，不會再做出追逐遲早會破裂的泡沫那種愚蠢的行為。「我想應該已做好應變，不至於出現大問題。」

「或許是有人想做出應變，但有時候即使要設法挽救，也挽救不了啊。看到暴衝的火車，每個人都知道必須阻止，卻又無計可施，只能等待它自行撞壁停下。而且處在泡沫之中，不會有人知道那是不是泡沫啊。」

「日本的經濟總有一天會衰退嗎？」我完全無法想像。

「當然。」

「咦，是嗎？」

「恐怕就在不遠的將來。會衰退得相當嚴重，或許在接下來的數十年，日本人都會不斷緬懷：能不能再回到那時候？」

「那時候？」

「我們生活的現在。懷念著這種異常的景氣，數十年就這樣過去。」宮子說得太容易，我忍不住聽呆了。

我不認爲日本經濟會永遠鼎盛，但也難以想像會落魄到那種地步。美蘇兩國終於厭倦冷戰，展開火熱的戰爭（先不論能不能稱爲熱戰）還比較有眞實性，讓人覺得更有可能發生。

「喂，北山，發什麼呆？你有在聽嗎？」

「啊，抱歉。」我驚覺回神。

將涮肉放進口中咀嚼的二代院長說：「不會啦，呆呆傻傻才是剛剛好。像綿貫老弟這種機靈體貼的傢伙雖然可靠，但也很可怕。」

「院長，請不要拋棄我！」綿貫前輩惺惺作態地做出抱住二代院長的動作。

以後O醫院就由你負責。二代院長說「我想沐浴一下年輕的活力」，於是我們前往迪斯可，然後綿貫前輩如此命令我。我知道迪斯可很流行，但這是第一次來，綿貫前輩果然熟門熟路，把被大樓入口的服裝檢查和黃銅大飾物嚇得裹足不前的我拉了進去。

跳舞的全是些愛玩的年輕人，我們或許顯得十分格格不入。但二代院長和前輩完全不在乎，坐在沙發上觀賞隨歐陸節拍恍惚舞蹈的男女。

「哎呀，眞是太讚了。」不一會，二代院長便躍躍欲試地消失在舞池中。

「沒問題嗎？」我擔心起來，但自己也不知道在擔心什麼。

「由他去吧。我們的工作是醫生想做什麼，就讓他們做什麼，將他們侍奉得服服貼貼。」

「啊，好的。」

「你知道讓醫生最開心的事是什麼嗎？」綿貫前輩問。室內播放著大音量的電子音樂和歌聲，我們對話時自然也拉高嗓門。

「抒發壓力嗎？」

「是賺錢。」

「咦？」

「只要荷包滿滿，他們就覺得幸福。」

我回以乾笑。就算同爲醫生，也是形形色色吧，這玩笑未免太缺德。「騙你的啦，醫生的幸福，當然是看到病患的笑容啊。」綿貫前輩面無表情地接著說，害我更無從判斷哪句話是眞心、哪句話只是說笑。

「北山，總之O醫院交給你了。」前輩繼續道。「你和O醫生交情似乎也不錯，應該正好。」

「哪有什麼好不好……」

「好啦，別推托了。O醫院經營狀況不錯，倒不如說非常賺錢，二代院長又是那種人，負責這裡很輕鬆。就算不特別拜託，他也會用我們家的藥。」

沒有透過人事部門或上司，而是在這種場所私下交接負責的客戶，我大受衝擊。不經意地望去，視線前方是正在揮汗狂舞的二代院長。

O醫院很賺錢。

這種到處花天酒地的院長，有辦法經營好醫院嗎？我把忽然就快浮上心頭的疑問強壓下去。

「不過，這實在太可怕了。」石黑市夫面無表情地說著同情的話。

上次是在玄關前面站著聊，這次他坐在餐桌旁與我面對面。

前些日子持刀闖入家中的侵入者騷動，總算慢慢告一段落。我壓制男人的時候，正好婆婆回家，連忙通報警察，但接下來又是一陣兵荒馬亂。警方抵達，把歹徒帶走，直人從公司早退，大驚失色地趕回來。關心我的安危，這件事令人開心，但警方在家中進行鑑識作業，要求我說明狀況等等，亂成一團。不能說出我輕易制服歹徒，只好說我在逃走途中，情急打開廁所的門，歹徒撞到門倒下了。

「那只是單純的隨機下手的強盜犯。」石黑市夫喝一口茶說。

「好像是。他在闖進我們家以前，也搶劫了幾戶人家。」我轉述警方告知的資訊。「他連接受偵訊都無法正常回答。」

「是腦功能方面有障礙嗎？」石黑市夫用了專業的說法。「最近有爲了收購土地，在住戶家中放火的新聞，妳有沒有聽過？」

「收購土地？」

「縱火是重罪，因此據說會物色比較不容易被重判的人，派他們下手，像是有精神疾病的人，或是未成年人。」

「這怎麼了嗎？」

「下手的人背後，另有牽線的幕後黑手。」石黑市夫說得斬釘截鐵，我心頭一驚，但他接著說：「妳不會這樣猜想嗎？」害我覺得又從別的方向挨了一拳。

「什麼意思？」

婆婆很擔心我。她看到持刀歹徒，嚇得慌了手腳，直問：妳有沒有受傷？還好嗎？得去醫院檢查才行。那驚慌的樣子，顯然是發自心底擔憂，而我居然懷疑是她買凶殺人，不禁懊悔極了。

然而沒有多久，婆婆便開始嘮叨：「宮子，妳應該沒被怎樣吧？」「怎會找上我們家？都引來鄰居奇怪的眼光了」，甚至說「如果妳不在家就好了」。這些話露骨地顯示出比起媳婦的安危，她更在乎世人的目光，導致我原本快敞開的心房，不得不再次緊閉。

一回神，只見石黑市夫在桌上打開保險宣傳單。

「居然連媳婦的保險都考慮到，這樣的婆婆難得一見。」他感動地說我有個好婆婆。

「她應該是想到，萬一我在這次的事故中有個三長兩短就糟了吧。要是我再次遇襲，如果有保險，婆婆也可領到一筆錢。」

「不會再發生那種事。如果再有陌生男子入侵，應該要考慮找人來驅邪。」

「我被詛咒了。」說出口的話刺激了我的記憶。「對了，你之前提過，我和婆婆會相剋，是祖先造業的因果報應。那也是一種詛咒嗎？」

石黑市夫一本正經地歪頭：「我說過那種話嗎？」

「對。」

「是我說的嗎？」

他一定是在裝傻，卻沒有改口。約莫也不是想轉移話題，他說：「常聽到山人一族和海人一族的故事。」

「我從來沒聽過，有這種故事嗎？」

「很久很久以前，兩個族群互相對立。原本是在小小的區域裡發生衝突，後來雙方的子孫也不共戴天。」

「是父母告訴孩子『那一族的人不能信任』嗎？」

「一開始或許是如此，但這樣的偏見漸漸根深蒂固……」

「你該不會要說變成遺傳吧？」

「貓就算從來沒看過蛇，也會害怕外形像蛇的東西，比方蠅子之類的。」

「這跟天敵不一樣吧？照你剛才說的，是人類與人類，同類的動物之間的對立。」

石黑市夫點點頭：「是一樣的。一直以來都是。」

「一直以來都是？」

「有種無論如何就是非對立不可的天性。繼承海人血統的人，和繼承山人血統的人不能相遇。一旦相遇，就會身不由己地發生衝突。雙方絕對無法互相理解。」

「那樣的話，織田信長和明智光秀（註）或許就是分屬山族和海族。」

我當然是說著打趣的，但石黑市夫依舊面無表情。「在任何時代，世界的某地，都會發生山海兩族的紛爭。」

「他們會決鬥嗎？」

「如果是盛行決鬥的時代，就會決鬥吧。當然，即使對立，也不一定總是決裂。有時發生衝突，最終仍能和解收場。縱然無法互相理解，也能找到妥協點。」

「沒辦法和平相處的情況比較多嗎？」

「有時候一方打倒另一方，也有雙方……」

聊著聊著，我漸漸對眼前的保險員心生警覺。正經八百地談論這種話題的人，不可能是正常人。我懷疑他下一秒就會掏出刀子，抓狂砍人。我全身戒備，對方一有動靜，就立刻反擊。或者，他是在用可疑的勸世故事來引發興趣，拉人加入古怪的宗教？

然而，接下來石黑市夫若無其事地解釋起保險的內容，我幾乎要懷疑自己剛才根本沒聽到什麼兩族對立的事。

「剛才你提到的事……」聽完保險說明，我繼續追問，連自己都嚇一跳。我納悶自己怎會對這種事感興趣，卻克制不住。

「剛才的事？」

「山人和海人的事。那麼，海人生下來的孩子，一定都屬於海人那邊嗎？」

「對。只要是海人生下的孩子，一定屬於海族。」

註：織田信長與明智光秀都是日本戰國時代的武將，光秀是信長的家臣。據傳信長對光秀百般羞辱刁難，終於逼得光秀發起本能寺之變，叛變並討伐信長。

「如果山人和海人結婚生下孩子，會怎樣？」

「雙方應該很難親近到結婚的地步，遑論生下孩子。」

石黑市夫對答如流，彷彿學者在解說自己的專門領域，我不禁感到好笑。

我應著「是喔」，判斷「既然如此，跟我們家的婆媳關係就無關了」。

若我和婆婆對立的理由，是過去的孽緣，便有可服人之處。也就是說，是這樣的宿怨，使得我面對婆婆時心煩意亂，無法冷靜。但若眞的是這個原因，我和直人相愛就說不過去了。照理，直人和我也是敵對的山人或海人。那麼，我們會互相吸引，甚至結婚，就說不通了。

「還有什麼問題嗎？」

石黑市夫最後拋出一句，我不確定他是在問關於保險方面，還是山人海人方面，只好曖昧地應道：「不，目前沒有。」

我穿著體育服，笑得一臉燦爛。照片本身已陳舊褪色，背景的天空也不再蔚藍，不過與其說是當時的我光輝燦爛，倒不如說是對現在的我來說太刺眼了。

我和朋友一起驕傲地比出勝利手勢。

是小學六年級的時候拍的，不用看日期我也知道。照片上斜斜掛著萬國旗，是接力賽結束以後。我都記得。正確地說，是深夜回家，看到隨手擺在餐桌上的這張照片，我才想了起來——想起自己還記得這件事。

我們班在六個班級的接力賽中，由於第二棒跌倒，一度落到第五名，但下一棒的我和最後一棒的同學聯手挽回頹勢，反敗爲勝，奪得第一名。同學都歡天喜地，我們興奮到極點，包括這天在內，接下來好幾年我們都成了年級英雄，好不快意。

照片留下人的模樣，超越時空展現在我面前，卻沒有留下拍照的人的表情。我想應該是父親拍的，他一定驕傲極了。我在昏暗的室內，望向佛龕所在的位置。

小學的這一刻，是我人生的亮點。

是嗎？

連帶地，我想起國中時期的某個場面。

放學途中，朋友遇到不良少年糾纏。他就是和我一起在小學接力賽逆轉勝的大功臣、最後一棒的同學。那個時候，我們社團和班級都不同，變得十分疏遠。小學畢業典禮上，我們還搭著彼此的肩膀說是死黨，當時我卻拚命壓下回憶，別開目光，快步經過。他是不是發現匆匆離去的我？我害怕得不敢抬頭。

從此，每當在校園看到他，我都感到罪惡不已。後來我們還有再說過話嗎？

我坐在餐桌，嘆一口氣。

「咦，你回來了。」身後響起話聲，妻子從二樓下來。

「吵醒妳了嗎？」此刻已過深夜零時。「我有小心不要發出聲音。」

「我下來上廁所。」她笑道，接著往廁所前進。

不久，她又回來。「每天都工作到這麼晚，實在太辛苦了。」

「嗯，還好啦。」

「睡眠不足是萬病之源。」

「有這種說法嗎？」

「或許沒有，不過人的身體本來就是這樣。一旦睡眠不足，不管是精神或身體都會失去平衡。之前電視上有說。」

「電視眞是無所不知。」我應和著，但事實上，妻子很多知識實在不像從電視節目中看來的。

「啊，那張照片，是不是很懷念？」她發現我手中的照片，開心地說。「之前我在二樓爸的房間找到的相簿。」

「這是我人生的巔峰。」我吐露眞心話，但妻子說：「你這話教後來和你結婚的我情何以堪？」「抱歉、抱歉，我不是那個意思。」我支支吾吾地辨解。

「跟我聊聊吧。」

「咦？」

「你遇到什麼煩惱吧？告訴我。只要找人傾吐，意外地會輕鬆許多。」

她拉動椅子，在我對面坐下。

「沒什麼，只是工作上的事。」

「你負責的醫院換了一家吧？」

「換成O醫院。」

一個月前，綿貫前輩把O醫院交接給我。工作內容並不困難，雖然奉承討好二代院長及接待應酬很耗體力，頗為折騰，但每個業務都一樣。O醫院因為綿貫前輩打好了基礎，不需要開發新訂單，只需要持續磨亮這塊基礎就行。

「O醫院現在的院長，是個沒用的紈褲第二代吧？」

妳怎麼知道？我忍不住想問。「沒用」和「紈褲」都太主觀，而且定義模糊，我不好斷定。「這也是在電視上看到的？」

「八卦啦八卦。主婦之間的八卦網是很可怕的。」

「可是O醫院不在附近，我不覺得會成為這一帶的主婦話題。」

「最好別小看八卦的流傳範圍和速度。」宮子笑道。「你在煩惱什麼？看你的表情是一目瞭然，苦惱都寫在臉上了。」

我做出洗臉的動作。

是睜隻眼閉隻眼的問題——我差點脫口而出。

「啊，等一下。噓！」宮子伸指抵住嘴巴。我疑惑發生什麼事，只見她望著上方，豎起耳朵。她擔心母親醒了。

「這麼說來，媽很會畫畫。」

我問怎會突然提起，好像是宮子發現母親以前的素描簿。確實，我聽過母親曾學畫，但不知道她畫得好不好。

「媽居然能畫出那麼纖細的作品，我十分意外。」

總是從容自若、不會感情用事的宮子，露骨地挖苦。

爲什麼母親和妻子沒辦法和睦相處？

這邊的問題也不能睜隻眼閉隻眼。

人必須呼吸才能活下去，所以人生總免不了嘆息。

注意到黑色手帕掉在人行道上，我在下一條岔路轉彎停步。不久，一名西裝男子邊看手表邊走過來搭話：「請問現在幾點？」

「暗號都沒變嗎？」如果看到黑色手帕，就在下一條岔路右轉等候。

「暗號每天都在變化，但妳只知道舊的暗號吧？」

「把我這個舊人找出來，有何貴幹？」

對方是我擔任情報員時的同僚，年紀和我差不多。他突然打電話給我，用了過去的暗號，約我出來碰面。

突然被找出去，我吃了一驚，但還是情報員時，我也曾與退休的情報員接觸，因此並不覺得是多特殊的狀況。

「妳知道這個人吧？」前同事提起分析部門年輕情報員的名字。之前我私下委託那個活像營養不良、蒼白虛弱的年輕人，蒐集有關婆婆的情報。原來如此，是爲了這件事。我立刻道歉：「抱歉，關於我公公的事故，我想知道一些事，所以找他幫忙。」可是只有一次，而且僅僅是請他查一下警方的情報。

我本來要接著這麼解釋，但同僚搶先說「他遭人攻擊」，我不禁屏住呼吸。

他在回家途中，遭人開車衝撞逃逸，目前陷入昏迷。

「肇事逃逸？不是事故嗎？既然說被攻擊……」

「最近他疑似遭人跟蹤，我們還在調查，就發生這起肇逃事故。」

「呃……」我提出最擔心的問題：「我是嫌犯嗎？」

「我們查過他受到狙擊的理由，發現他在業務範圍之外，曾連上幾個資料庫。」果然是這件事。「對不起，是我委託他……」

「妳要他調查公公的死亡意外吧？這當然是不容許的行為，但在我們的掌握中。而且受到自己人拜託，簡單查一下資料，這種情況或多或少每個人都會遇上，所以我們不追究。但那傢伙相當熱心地蒐集妳和妳家人的情報，引起我們的好奇。」

「熱心蒐集？」

「他向妳報告過幾次？」

「只有一次。」我請他從警方的資料庫，調查公公發生意外時的狀況。

「但後來他仍有繼續調查的跡象。」

我腦中浮現婆婆的身影。

前同僚目不轉睛地觀察我的反應。他應該早就看透我並沒有全盤托出，但現階段我並不想透露婆婆的事。我再次問：「我蒙上什麼嫌疑嗎？」

「不，其實我們是在擔心妳。」他說。「前些日子，妳也遭到攻擊。」

「假郵差」侵入家中，揮舞刀子。雖然警方視爲突發性的隨機強盜傷人案，但我現在把這件事與晚輩情報員的事連結在一起了。「有什麼內幕嗎？」我這麼問，但心裡早有底。

「如果有任何發現，我們會聯絡妳。妳也一樣，有狀況就聯絡。」他留下這句話，遞給我一張僞裝成一般業務員的公司名片。

「呃……」我叫住對方：「就算離職了，組織也不能刪除我的情報嗎？」

「情報就是寶，除非有重大理由，否則不會刪除。以紙張管理的時代姑且不論，但現在全儲存在磁碟片裡了。」

「再過不久，搞不好歷史課會教學生：古代的人都在紙上寫字。」

我走在歸途上，在腦中開起臨時會議。從擔任情報員的時期，我就習慣與持反對意見的另一個自己對話，以進行客觀評估和判斷。

「婆婆很可疑。」「即使如此，婆婆沒有理由攻擊分析部門的人。」「我請他幫忙調查公公的事故。雖然不知道爲什麼他接下來又自行調查，但或許他有某些理由懷疑、提防婆婆。會不會是這樣而被婆婆盯上？」

「就算根據臆測繼續臆測，得到的終究只是臆測。」

「不過，她身邊確實有太多人死掉。」

「不管是誰，總有一天都會失去身邊所有的人。」

「但未免多得離譜。她的父母死於父通事故，她的丈夫從神社階梯摔死，那個叫三太郎的老人，也在見到她之後車禍死亡。」

「妳是指，婆婆和那起意外有關？動機是什麼？」

「至少她父母過世，讓她得到一筆保險金。」

「因爲可以拿到錢，甚至不惜殺人？」

「世上的犯罪，三分之二以上都是爲了金錢。而且，還有半個月前那名護士長說的話。」

我會去向以前擔任護士長的婦人打聽，是發現婆婆的父母、公公和三太郎發生事故後，都送往同一所醫院。那醫院離家很近，送去那裡絕對沒有可疑之處，但我就是很在意。那醫院的院長去世，早已關門，於是我查了一下當時任職的幾名護士後來的行蹤。

在大醫院，院方人員不可能記得每一名病患和家屬。即使我說要打聽北山家的事，也幾乎沒有半個人記得，只有擔任護士長的婦人想了起來：「這麼一提，傳聞北山家的太太和院長交情匪淺。」

「交情匪淺？」

「護士有時候會看到院長和北山太太偷偷摸摸不曉得在談些什麼。對了，我一直在想，『看護婦』（註）這個詞實在不太好，簡直像在說這是女人才會從事的職業。明明也有『看護士』的資格。」

註：在過去，日本的女護士稱爲「看護婦」，占少數的男護士稱爲「看護士」，後來基於性別平權觀念，於二〇〇二年統一改稱爲「看護師」。

對於「看護婦」這個名稱，我深有同感。我們對此交換意見，同時我設法打聽出更進一步的訊息，但沒能問出比「院長曾多次與北山節私下交頭接耳」更多的情報。

比起兩人有男女關係，或交情匪淺，我想到的是另一種情況。

會不會是婆婆委託院長什麼事？

比方說？

僞造死因。不管是公公也好、三太郎也罷，或許眞正的死因是別的。他們會不會並非意外死亡，而是死於他殺？爲了隱瞞眞相，婆婆請院長協助。有沒有這種可能？

但院長會拋棄身爲醫生的道德良知，造這種假嗎？

還是，婆婆握有院長某些把柄，藉此威脅？

「妳就這麼想把婆婆塑造成壞人嗎？」另一個我都有些傻眼了。

「我不是想把她當壞人，只是怎麼想都另有內幕。」

「妳在機關工作的時候，多少次被耳提面命不能帶著成見辦事？」

我非常清楚，必須拋棄私心與成見。

「可是，妳眞的覺得婆婆會謀害分析部門的情報員嗎？只因對方稍微查了一下她的過去？而且，婆婆雇用刺客喬扮成郵差，冷靜想想，未免太離譜。」

「沒錯，可是……」我對自己的指摘支吾其詞，卻仍想反駁。

內在的我打斷那句「可是」，指出：

妳是不是跟婆婆犯沖，於是把婆婆想得太神通廣大？

雖然也不是恨屋及烏，但我有可能是太討厭婆婆，便認定她絕對是十惡不赦的大壞蛋嗎？

陰暗的樓層內，照明耀眼閃爍。宛如配合著歐陸節奏，璀璨的星星隨生又隨滅。

二代院長旁邊坐著不知道從哪裡帶來的年輕豐滿小姐，不停空洞地自吹自擂，說著心懷不軌的黃色笑話。我適度附和著，討好對方。

很熟練了嘛。

我知道是誰在這麼說，是小時候的我。前些日子擱在自家餐桌上的小學照片裡的我，這麼對我說，不知道是語帶挖苦，還是純粹佩服。

看起來很快樂，眞好。像那個女人，穿著衣服比脫光光還暴露。

漸漸看慣了曲線畢露的緊身連衣裙的我，對著小學生的我聳聳肩。

「北山小弟，我去跳個舞。」二代院長留下這句話，往舞池走去。他晃動著身體，近乎不自然地與女人身體相觸。那模樣甚至是虔誠的，彷彿深信年輕女人的皮膚與汗水具有藥效的修行者在進行狂熱的儀式。

有同事揶揄，醫生關在小小的醫院城堡裡，自以爲一方之霸。他們沒見過世面，人生幾乎都在醫院度過，見到的全是恭恭敬敬喊著「醫生、醫生」，有求於他們的病患，連像樣的社會歷練都沒有。

可是，要論不知世事，我們也一樣——當時我這麼想。人生的大半，都耗在跑過一家又一家醫院、晚上接待應酬、假日陪醫生打高爾夫球。不光是我們這一行，任何行業都半斤八兩。每個人都只活在固定範圍的小世界，一輩子能得到的人生經驗，可想而知。

至少醫生爲人治病，有明確的貢獻，比起一般上班族更有價值，不是嗎？

因此，眼前展現出醜態的二代院長，也絕對不是應該受到輕蔑的人。

原來如此，這樣接待醫生，也是重要的工作。

小學生的我鬆一口氣，好似在說：未來的我從事的工作，是很有意義的。

如果是以前的我，或許能當場回答：「沒錯，這份工作很有意義。」夜夜笙歌、沉浸在奢華糜爛的燈紅酒綠中，眞的好嗎？有時間做這種事，是不是更應該陪伴家人？要是以前的我，會爲了甩開罪惡感說些冠冕堂皇的話。

但現在，完全不同層次的疑念在我腦中不斷盤旋。

O醫院——二代院長，是不是在從事非法勾當？

我會冒出這個疑問，契機是在一個月前，就在這家迪斯可裡。

當時或許同樣是坐在這桌。看著接觸到年輕活力的神奇藥效，沉浸於享樂之舞的二代院長，我目瞪口呆地想：這種院長居然能經營好那樣的大醫院？然而，記憶某處卻浮現以前經過醫院候診室時，聽到的老人家交談。

「O醫院的好處就是沒什麼人，不用久等。」

當時我漫不經心地聽過，居然還記得這件事我十分驚訝，但重新回想，沒什麼病人，醫院卻能經營下去，實在有違常理。

這麼一提，去醫院跑業務時，從沒見過櫃檯或診察室擁擠排隊的景象。

醫院生意眞的不要嗎？

不過，我趁著閒聊向綿貫前輩提出這個問題時，仍沒有想得多嚴重。

「二代院長的醫院總是那麼閒，居然那麼有錢。」

我以爲綿貫前輩一定會冷靜指出「你去的時間剛好和看診時間錯開」，或挖苦「二代院長的工作就是把父親攢下的資產坐吃山空」，沒想到他的反應有些異於預期。綿貫前輩的神色緊繃起來，說：「北山，你看到什麼嗎？」

「咦？」

綿貫前輩彷彿鬆了一口氣，露出笑容，半開玩笑地說：「虧我一番好意，把那裡交給你負責。你別胡思亂想，確實做好份內的事就行了。」然而，他的眼睛卻像紮實的刺繡圖案，完全沒有笑開。

難道其中有隱情嗎？

即使萌生疑惑，能蒐集到的資料也有限，應該只能知道O醫院的經營狀況和相關公司的活動，於是我沒有多想便查了下去，就是這一步走錯。出乎意料，我輕易察覺O醫院在幹什麼勾當。

詐騙健保費。

這不是新奇的詐騙手法，我有時候會聽到這樣的例子。儘管實際上沒有病人，卻僞造看診文件，詐領健保費。作案手法似乎五花八門，有些是向遊民廉價收購健保卡，整理成名單進行買賣，並且往往都有危險的業者、黑道或同類人物涉入其中。

我一直以爲，就像在新聞上看到的惡質收購地皮的問題，雖然是現實中發生的事，但與自己沾不上邊。O醫院居然會做那種事？我一時難以置信，進一步說，我取得的並非不動如山的證據，只是從狀況證據導出的推測罷了，因此「不可能吧」的心情更強烈。

到底該怎麼辦？我正爲此心煩，就看到了那張小學照片。憑著自己的力量贏得勝利、笑得滿臉燦爛的少年時期的我，及由此回想起對朋友的危機視而不見的青春期的我，兩個我在心中浮現。

知道有人做壞事，就應該舉發。

小學生的我說。

不，當道德魔人可能只會讓事情更糟。有時候需要睜隻眼閉隻眼，對吧？

國中生的我應該會這樣說。

二代院長大汗淋漓地回來，我立刻起身恭迎。每次都愼重恭迎，實在過於誇張，但二代院長似乎很滿意，因此我沒有理由收斂。

「咦，剛才的小姐呢？」沒看到穿紅色緊身連衣裙的女子。

二代院長鬧起彆扭，短促地回答：「不知道，走掉了。」八成是發現其他好男人，跟著離開了吧。該說是不挑、貪心，還是手腳快？

「下次帶你老婆來讓我看看吧。」

「咦，內子嗎？」

「對。這種地方的女人都是老油條，不行。水性楊花，沒一個像話。」

大概是被女人甩了，滿肚子火吧。這種時候，二代院長向來會採取最簡便的方法，就是挑個貶低我的話題，以優越感填補被戳傷的自尊心空洞，但提起我的妻子又能怎樣？我不免感到訝異。

二代院長接著說：「反正你老婆一定是長得不起眼的女人吧？但我就愛這一味。比起大魚大肉，還是白米飯好。樸實無華，百吃不厭，明白自己是哪塊料。你老婆一定是這種感覺吧？」

「二代院長，請不要說內子的壞話啦。」我如此抗議，但對方或許解讀為包裝成抗議的阿諛奉承。

「這不是壞話，只是叫你帶老婆來而已。」

「呃，內子上不了檯面。」儘管憤慨為何必須卑躬屈膝到這種地步，我仍扼殺感情回答。

「我知道上不了檯面，但就是想看看啊。」

二代院長這句話讓我的理智崩裂。我聽見龜裂的聲響。

「讓我看看有什麼關係？多虧我們醫院，你們才有飯吃吧？別計較小細節，照我說的做就是了。」

我們又不是只做O醫院的生意而已——我強自把這句話吞回去。

背後感受到兩個人的視線。小學生的我，和國中的我，正目不轉睛地觀察現在的我會拿出什麼態度。

這就是現在的我，未來的你們的工作。

我像在說給他們聽：雖然辛苦，但沒必要失望。別看我這樣，這也是重要的工作。可是，那個人在做壞事吧？他虛報看診紀錄，詐領健保費吧？

還不一定是眞的，我在內心回答，用力叮嚀自己：沒錯，還不一定就是事實。

「最近我聽其他醫院的人說，他那邊——不是你們家——那邊的藥商接待得超用心。喏，就是之前藥商包機請他飛去北海道吃拉麵的那個醫生。」二代院長眼神渙散，但語調凶狠，看起來更像在吐露眞心話。「他下次要跟業務的女友約會一天。業務說任憑醫生愛怎麼處置都行。我猜啦，業務應該會找特種行業的小姐假冒女友，送給那個醫生玩。」

聽著「既然是特種行業小姐，要怎麼玩都行」的口氣，我心生反感，同時預感到話題會往更令人作嘔的方向歪去。

「所以，我不能輸人，業務的女友算什麼，我要跟業務的老婆來場約會。這個點子如何？比起不知道什麼時候會分手的女友，發誓廝守終身的人妻，更教人興奮吧？喏，我說得這麼白，你懂齁？不必我大剌剌地全說出來吧？」

在小學生的我、過去的我不安地注視下，實在無法在這種場面扼殺情感、窩囊地俯首聽命。

回過神，話已說出口：「院長，我想確定一件事。」

原本猶豫著不知道該不該扔出去的炸彈，一眨眼就脫離手中——不過我連是不是炸彈都不清楚，即使眞的是炸彈，也不確定爆炸的威力有多大，才一直藏著沒有扔出去。

上啊！小學生的我歡呼，國中生的我瞪圓眼睛。

「確定什麼？如果是性病檢查，我都有做喔。別看我這樣，我好歹是個醫生。」二代院長沒品的話推了我一把。

「是虛報看診紀錄的事。」原本我打算以恭敬的言詞，拐彎抹角、抽象地暗示，說出口的卻是接近單刀直入、一針見血的指控。

我呆呆看著脫手的炸彈軌跡，臉都嚇白了。

瞬間，二代院長僵住。他聞言一驚，僵硬地怒瞪向我，甚至咂了一下舌。驚訝、動怒、咂舌，種種反應說明了一切。

眼前一片黑暗。

可是，爲了在身後注視著我的自己，無法回頭。骰子已脫手，接下來會如何發展，只能聽天由命，無論是什麼結果我都樂於接受。我想起妻子宮子，在心中道歉：對不起。

「虛報看診？」二代院長說。我從來沒看過他如此猙獰扭曲的面孔，忍不住膽怯。我想尖叫「噫，對不起」，逃之夭夭，但感覺背後有強大的力量支持著我。

別慌，那種表情是爲了掩飾心虛。就是氣急敗壞，才會裝出憤怒的樣子。

小時候的我，比現在的我冷靜。

「是的，虛報看診紀錄，詐領健保費。」我沒有說O醫院在幹這種勾當，也沒有問：「你有沒有這麼做？」只是列出關鍵字而已。別提質問了，甚至稱不上感想，接近指出事實。我打算根據對方的反應，再計畫下一步。

「哼。」二代院長噘起嘴巴。

他會如何出招？

更重要的是，我該如何是好？雖然衝動地說出口，我並不後悔，但這件事要怎麼收場？雖然起飛了，卻不知道該如何降落。

二代院長突然酒醒似地說：「欸，綿貫老弟知道這件事嗎？」

「呃，不，還不知道。」規矩上，在付諸行動之前，一定要先向綿貫前輩請示，我卻擅自行動了。

「你去跟綿貫老弟談談吧，眞是的。」二代院長從鼻子噴出一口氣，彷彿極盡鄙夷。

晚輩情報員恢復意識了。前同僚一如往例，透過有些麻煩的方式聯絡，我立刻確信「這下就能揭穿婆婆的眞面目」，以爲將會從他身上得到肇事逃逸的歹徒情報。

我和婆婆的權力關係終於要出現變化了，我不由得繃緊神經。蹺蹺板的這端會一下變重下沉，婆婆只能輕飄飄地往上升。

期。

然而，我在山下公園的長椅上見到前同僚，他告訴我的事情經緯，卻不同於我的預期。

晚輩情報員其實是聽令於蘇聯的雙重間諜，他遭到刺殺，是想金盆洗手，引來蘇聯當局的憤怒。我困惑得像是點了炒飯，送上桌的卻是聖代。「我沒點這個啊？」我甚至不小心說出口。

「沒點什麼？」

「不重要。那麼，總之，他是被酥餅店攻擊？」

因為是「蘇聯」，所以叫「酥餅店」，美國則是「米行」，這樣的隱語實在太直白，現役期間我從來沒有用過，但在退休之後的談話中，用了應該也沒問題吧。

「沒錯。」

「既然如此，包括他私下調查我們家，都跟我完全無關嘍？」

「有關。」

「什麼意思？」

「妳的那場引退賽。」

「引退賽？」反問之後，我恍然大悟，是指第一次和直人的父母碰面那天的事。我碰巧發現持有神經毒的蘇聯間諜，逮住了她。確實，現在回想，那是我最後一場大任務。「那個時候，應該是他——」

分析敵方情報，鎖定間諜身分，卻中了「酥餅店」的誘導，讓情報員被誘餌耍得團團轉。

「是故意的。那傢伙故意分析錯誤。」

「不是因爲他是新人，才誤中敵方的情報操作？」

「他就是僞裝成那樣。」

我回想起他單薄蒼白的外貌。像是不可靠，但又教人討厭不起來的小弟，居然是將我們玩弄在掌心的實力派間諜。即使得知這個事實，也毫無眞實感。

前同僚順帶一提般接著說出的話，更加震撼了我：

「歹徒闖入妳們家進行攻擊，就是他搞的鬼。」

「咦？」

「更進一步說，與妳的引退賽有關。酥餅店的間諜將神經毒帶入國內，原本預定要引發大恐慌，卻被妳阻止了。」

「我只是不想讓神經毒妨礙我的情路。」

「那傢伙任務失敗，遭到究責。」

「被酥餅店究責？」

「對。他設法挽回失分，拿妳獻祭。或許他向酥餅店辯稱，那場計畫會失敗，都是妳從中作梗的緣故。」

「他過度宣傳我這個人？」

「他說妳是傑出的情報員，只要有妳在，任何計畫都不可能成功。」

於是，酥餅店判斷必須除掉我這個後患，派出假郵差找上門，是嗎？

「捧殺也是會要命的。」

「然後他們派人侵入我家，卻失敗了？既然如此，不是應該繼續派人除掉我嗎？怎麼可能失敗一次就放棄？」

「沒錯。不過，他向酥餅店建議，最好不要再繼續暗殺妳。大概是良心過不去吧。」

「那我得向他道聲謝才行。」

「後來，他受不了自己雙重間諜的身分。」

「要求跳槽別的球團？」

「如果是棒球隊的話，沒錯。」

我想辭職。這樣啊，一直以來辛苦你了——不可能這樣簡單地說走就走吧。經過幾番交涉，他遭到車禍肇逃，就是這麼回事。

總之，這下事情就完結了，切勿外傳——前同僚一臉清爽地離開。至於我，別說清爽了，腦中逐漸成形的拼圖整個被掀翻，震驚得好一陣子都無法正常思考。

公公和三太郎的死，背後有婆婆的影子，我著手調查，所以受到婆婆的攻擊。這是我原本的推理。

我認爲這次分析部門的情報員會被車撞，也是婆婆下的毒手。

然而，現在查明攻擊我的假郵差其實是蘇聯的刺客，幾乎可確定與婆婆無關。

「怎麼啦？我哪裡怪怪的嗎？」電視節目一進入廣告，坐在沙發上的婆婆立刻問。

「咦，爲什麼這麼問？」要說奇怪，妳無時無刻都很怪——對我來說。

「妳好像在看我。」婆婆皺起眉頭，絲毫不掩飾她的不悅。「是不是覺得我白頭髮變多了。」

「怎麼會？媽哪有什麼白頭髮。」

事實上，婆婆的頭髮漆黑濃密。一般到了她那個年紀，該稀疏的地方就會稀疏、該扁塌的地方就會扁塌，但她髮量很多，皮膚也富有光澤，我不禁想質疑她是不是從誰身上吸取養分。難道我會變成乾燥肌，就是妳害的嗎？各種抱怨源源不絕地湧現。

原本妳認定婆婆就是殺害親人的犯罪者，但現在發現不是，所以很失落嗎？

另一個我譏諷地問。

確實，前些日子的假郵差不是婆婆指使的。

可是，婆婆跟公公和三太郎的死，當中的關聯仍不清楚。

我想這麼反駁，我覺得自己實在太不甘心了。

妳就這麼希望把婆婆塑造成犯罪者嗎？

保險員石黑市夫的話又掠過腦際。他說我和婆婆之間，有著超越個人情感的、自古以來的宿怨因緣。就像是對於爲什麼貓會捉老鼠、猴子和狗勢同水火，搬出故事解釋是因爲決定十二生肖時如何如何一樣，但現在我無法對此一笑置之了。

「以前妳公公曾打趣我，說我頭髮又硬又多，看起來很牢固，要是能在哪裡派上用場就好了，還說或許能拿來做毛筆。」

「媽很會畫畫嘛。」我是爲了配合話題，但前些日子看到的素描簿作品令我佩服，也是事實。

「就算會畫畫，也換不到半毛錢。」

「媽缺錢嗎？」這是玩笑話，但說出口後，我聯想到婆婆身邊的人的意外死亡和保險金的事。

「倒不是缺錢，可是就算畫興趣的又能怎樣？是啦，我這種主婦整天閒閒沒事幹，畫興趣的也行。」

「有繪畫當嗜好不是很棒嗎？」

婆婆聞言沉默片刻，直盯著我。

「怎麼了嗎？」我一陣不安。

「沒事，只是難得聽起來像眞心話。」婆婆聳聳肩。

「我每一句話都是眞心誠意的啊。」

「是、是、是。」

婆婆的口氣明顯是在嘲弄我，我拚命鎭住湧上心頭的煩躁巨浪。

三天後，我久違地和直人一起出門。逛了名牌包店和服飾店以後，我們走在銀座大道上。雖然是一段快樂的時光，但身旁的直人顯然鬱鬱不樂，我擔心一個不留神，他就會當場昏倒。

「妳怎麼了？」直人問我的時候，我很懊悔慢了一步。其實應該是我要先慰問他的才對。「妳似乎有心事。」

「好久沒跟你出門約會，覺得很感動而已。」我笑道。

等紅燈的時候，電子布告欄上流過與天皇陛下病情相關的消息。自出生以來，我只經歷過昭和時代，一直以爲昭和會永遠持續下去。去年天皇陛下健康欠佳，接受開腹手術。看到這是首次有天皇接受開腹手術的新聞時，我感受到悠久的歷史，無論如何，病況似乎已逐漸穩定。但新聞報導，進入今年，天皇陛下的健康再度惡化。「自我約束」一詞開始擴散到日常生活。祭典活動延期、廣告「大家好嗎？」的句子被消音，引發話題，眞是兩難。在團體生活中，理解別人的困境，責備不莊重的人，可說是重要的規範。有人那麼難過，我們卻自顧自享樂，實在過意不去——我覺得這樣的想法，比起撇清關係說「與我們無關」，更令人有好感。

「直人才是，你不要緊嗎？難得休假，在家悠哉休息是不是比較好？」

「沒關係，陪伴妳的時間很寶貴。」

我感動萬分，但他的聲音裡滲出的悲觀，也教我擔憂。

「工作辛苦嗎？」用不著問，直人的工作當然辛苦。下班時間與回家後的表情，還有出門上班時憂鬱的神色，都一目瞭然。我試著引導他將心裡的苦說出來，但他的臉僵硬得出乎我的意料。他咬緊牙關，幾乎可貼上「硬撐」的標題送去展覽，卻聳肩說：

「唔，是滿累人的。」我看出狀況已進入相當嚴重的階段。

加班時間變多，直人疲倦的模樣，主要是睡眠不足和疲勞引起。雖然擔心，但那完全是肉體上的損傷，只要換個部門，或工作減輕一些，就能獲得改善。然而，直人越來越常哀聲嘆氣，看得出是為心理上的負擔而疲憊，而且從前天起，他的眼神便隱約流露懼色。

「O醫院那邊怎樣了呢？」直人告訴我負責那家醫院以後，我便稍微查了一下那裡的風評。前任院長富有人望，受到愛戴，但繼任的長男也就是二代院長，具有強烈的菁英意識。為了接待這個傻大少，直人和我相處的時間減少，實在令人氣憤，但當時我認為沒有太大的弊害。

「咦？」直人敏感地反應，不安全寫在臉上：「為什麼要問O醫院？妳知道什麼？」

「只是聽你說負責那裡，沒特別的意思。不過看你的反應，是出事了嗎？」

「呃，沒有。」直人露出遙望遠方的神情，含糊其詞。

銀座大道上行人摩肩擦踵，馬路上計程車川流不息。相對於平靜地搖擺、能撫平觀者情緒的大自然景物，眼前的車水馬龍彷彿在進行熾烈的競爭。

「假設——這完全是假設，如果我辭掉工作，妳覺得怎樣？」

原來如此，我心下恍然。「不會怎樣啊。如果你覺得辭掉工作比較好，就跟隨你的意願吧。畢竟每個公司都在搶人。」

輕易找到工作的時代，應該很快就要結束。雖然打工族受到吹捧，說是比正職員工自由太多，但或許不久就再也說不出這種話。如同十八世紀的南海泡沫事件爆發時的英國，這個國家只是做著僅此一夏的短暫美夢。自夢中醒來後，只剩下埋頭苦幹的、一連串苦難的現實在等待。我是這樣分析的。

不過，我不認爲直人有必要執著於目前任職的製藥公司。「你不用顧慮我，我希望你做出可以過得快樂的選擇。」

直人的表情倏地一亮，幾乎是小夜燈等級。

接下來，我們在飯店褪去衣物大膽相擁，在與婆婆同居的家中不可能這麼做。數小時之間，我不用說，直人應該也將腦中各種紛亂的煩惱蓋起來，盡情享受魚水之歡。其實我想在飯店過夜，卻無法實現，最後回家的時候已近深夜。

直人的表情雖然消沉，但或許稍微獲得抒解，嘆氣的次數減少了。

走進自家町內會的區域，我注意到人影。幾個人從背後靠近，明顯是故意隱藏動靜。

難道酥餅店仍記恨在心？

前同僚說酥餅店不會再找我麻煩，看來根本不是這麼一回事。

和直人在一起，我很難自由施展。端看對方是否持有武器，如果有，是刀還是槍，又或是毒藥，應對方式也會跟著不同。

我意識著背後的動靜，繼續和直人閒聊。

「喂，給我站住。」

下流的話聲從背後傳來，這時我就覺得不對勁了。直人驚訝回頭，我跟著望向後方，但站在那裡的三名男子，不管怎麼看都是小混混。

不是酥餅店——我當下就看出來。如果是來自蘇聯的攻擊，不可能採取這樣的步驟。用不著出聲叫人，他們會直接從背後一口氣攻擊，盡量快狠準又安靜地達成目的，絕對不會派出這種一看就是黑道流氓的貨色，還先愚蠢地來段招呼，彷彿古代武將在開打前自報名號「吾乃××」。只是倒楣被盯上找碴嗎？有些人三更半夜看到恩愛的情侶，就會不由自主想找麻煩。

「喂，你。」三人當中的兩人皆是一身看似昂貴的西裝，另一個穿棒球外套。從動作來看，應該曾是拳擊手。

「是。」直人顫聲應著。「什麼事？」

「給你個忠告，少插手管多餘的事。聽到了嗎？懂了沒？」站在中間的男子挺著胸膛說。聲音不大，卻銳利地越過夜黑的社區冰冷的人行道，撼動我們的身體。他應該很習慣恫嚇別人。

什麼叫多餘的事？

我正在思考，直人說：「多餘的事？什麼意思？」他的腳在發抖。我感覺得到他的恐懼。

目標不是我，而是直人？

實際上，他們的目光大半都對著直人，只有穿棒球外套的金髮男偶爾朝我投來打量的眼神。

「少裝蒜，你心裡有數。要是你想當模範生，會礙到我們的工作。睜隻眼閉隻眼，對社會也不會有什麼影響，你懂吧？放聰明點。」男子接著又別有深意地說：「如果你一定要當模範生，喏，可惜你老婆這麼漂亮，可能會被玩壞喔。」

我睜大眼睛，整個人嚇傻了——我裝出這種反應。

我並不害怕，但很困擾。該怎麼解決？我直盯裝著新衣的松坂屋購物袋。

然後，我偷覷直人的側臉一眼。

就在這時，發生了我的人生當中數一數二感動的場面。直人跨出一步，像要成爲盾牌保護我。他一定非常害怕，幾乎都快站不穩了。恐嚇者突然登場，約莫嚇得他六神無主。然而，在這種狀況中，他仍試圖保護我。

或許這一刻，路燈應該夢幻地亮起，照在直人和我的身上。夜空的星星閃爍，交響樂流瀉。

不，留到下一刻吧。

「不要碰她！」

直人說。我覺得他好像說了。由於太陶醉，我可能出現幻聽。

男人老神在在地笑。他們人多勢眾，而且是打架慣犯，說有多卑鄙就有多卑鄙。

「今天折斷你一隻手，當打招呼吧。畢竟大老遠跑來，『折』煞我們了。」

男子自以爲風趣地說了冷笑話，逼近我們。其餘兩人賊笑著，大搖大擺地跟上。

好了，該怎麼做？要怎麼處置他們？

我先將將紙袋換手，觸摸裡面的衣物。剛買的新衣用包裝紙裹著，以緞帶繫起，我的指頭輕輕扯開緞帶。

接著，我「啊」一聲，指向三人身後。是裝成看到熟人，明顯是在轉移注意力的手法。

但三人完全上鉤，全都轉頭望去，害我不由得苦笑。

「我們快逃！」我立刻拉扯直人的手往後跑。同時，我將紙袋裡的衣物倒到地上。直人慌忙要跟上來，我故意伸腳絆倒他，趁他差點跌到地上時，拿松坂屋的紙袋罩住他的頭，再抓住皮帶把他拉起來，讓他站好，並用包裝的緞帶輕輕綁住紙袋外側。這樣一來，就無法輕易摘下紙袋了。視野突然陷入黑暗，直人不知道發生什麼事，驚慌失措。他好像在嚷嚷，但聲音全悶在紙袋裡，聽不清楚。

先不要動。我往他被紙袋罩住的耳朵位置說。

接下來，只需要應付這群混混，根本是小菜一碟。他們看到神經錯亂的妻子拿紙袋的丈夫，全都愣住了，毫無防備，於是我先用掌底——靠近手腕的堅硬部分襲擊中央的男子面孔。對右邊的男子也如法炮製，讓他的鼻子吃一記掌底攻擊。兩人都按住臉蹲了下去。

只剩貌似打過拳擊的棒球外套男子。他似乎戒備起來，擺出攻擊姿勢，雙腳有節奏地彈跳著移動，繞到左邊。我雙手也擺出防禦姿勢，配合他改變身體方向。

我不打算浪費時間，因此不想跟他大眼瞪小眼。當我心想「快點殺過來啊」的瞬間，男子衝上前揮出右拳。

我整個人當場下沉，雙腿幾乎劈成一直線，胯下貼地。男子的拳頭在上方揮了個空。我合起劈開的雙腿，身體倏地抽高，同時掌底往上劈向男子的下巴。紮紮實實的一擊。棒球外套男子身子一晃，當場倒地。

我丟下他們，跑到直人旁邊，抽下緞帶，撕破紙袋。

「宮子！」直人擔心地呼喊我的名字，抱住我一次又一次地問：「妳沒事吧？」就是現在。就在我這麼想的瞬間，月亮角度一轉，照明打在我們夫妻身上，夜空中的點點燦星輕顫，雲朵飄過，音樂揚起。

我似乎在不知不覺間睡著，醒來一看，窗外的陽光透進臥室。我驀地驚醒，東張西望，慌張地下到一樓。宮子在準備早餐，看到我便說：「今天一大早，媽就和古谷夫妻出門了。」

那不重要——我拉高話聲。昨晚我們遭到埋伏，我差點被折斷手臂，但眞的發生過那種事嗎？那眞的是現實嗎？我毫無眞實感。

宮子說，她一時陷入恐慌，拋開紙袋，沒想到竟不偏不倚罩住我的頭。而且，那三個疑似流氓的男人鬧內鬨，突然自相殘殺起來。

我越聽越覺得像一場夢，或者說，只是做了一場噩夢。

「究竟發生什麼事？那些到底是什麼人？」坐在餐桌對面的宮子問道。

看看時間，逼近出門上班的時限。宮子恐怕已被牽扯進來，我必須向她說明。「下次我再詳細告訴妳。」我這麼聲明，只說了個大概。

O醫院可能在進行非法勾當，我發現這件事，最近為此苦惱不已。前些日子，二代院長得知我發現這件事。我正猶豫著不知該如何是好，就遇上昨天的狀況。

「詐領健保費的勾當，那群黑道想必也摻了一腳。」

「應該吧，也許就是他們負責提供健保卡和名單。」

「是廢物院長告的狀嗎？他認為不堵住你的嘴就麻煩了。」

「有可能。看來，真的是打草驚蛇了。」

「這種情況，打草驚蛇也不壞吧。畢竟總不能睜隻眼閉隻眼。」

沒錯——我很想用力點頭同意。「那樣的話，就沒臉面對小學的我了。」而且，也想為國中的我打氣。

「什麼意思？」

「不用報警嗎？」我現在才想到這一點。昨晚的遭遇，顯然是得請警方偵辦的暴力案件。

「或許應該報警。」宮子點點頭。「不過，這樣一來，O醫院幹的壞事也會曝光。」

沒錯。我認為壞事理當被揭發，但另一方面，我還沒有做好揭弊的心理準備。而且二代院長說的「你去跟綿貫老弟談談」，也讓我耿耿於懷。

「模糊地向警方說明，我們半夜被可怕的男人糾纏，很可怕。這樣一來，警方至少會幫忙巡邏。」宮子約莫是推測出我的想法，如此建議。「O醫院的事先不要提。」

比起我來，宮子鎮定太多。因爲她不是當事人嗎？

我一到公司，就先去找綿貫前輩。必須跟他談談才行，他知道多少？希望他跟此事無關——我懷著這樣的祈求，在公司裡到處找他。

沒看到綿貫前輩。

詢問業務部門的上司和同事，都說他還沒有進公司，也沒有請假。

心跳加速，不祥的預感在全身亂竄。我坐立難安，假裝出去跑業務，前往綿貫前輩住的公寓。應酬搭計程車回家時，我們同乘過好幾回，所以知道他住在哪裡。

綿貫前輩不在家，按門鈴也無人回應。到了這個階段，我已無計可施。

應該是臨時有事吧。或許是親戚有人過世，也可能是身體不舒服去看醫生。

腦子編造出無數個讓自己心安的理由，我很想抓住其中任何一個，但那些理由感覺都破綻百出，一推就倒。

該找誰商量才好？

我連這樣的對象都想不到。聯絡O醫院的二代院長，實在是一籌莫展，我認爲瞭解狀況的只有他。

我打電話過去，二代院長意外地態度和善，說：「之前對你那麼凶，眞過意不去。我想跟你再談一談。最好開誠布公，把話攤開來。」

「我聯絡不上綿貫前輩。」

「啊，這也不用擔心。你可以現在就過來嗎？」

「到醫院嗎？」

迷失方向的時候，如果看到一面路標，或許人就會毫不猶豫地先跟著箭頭走。我依照吩咐前往O醫院。下了計程車，正要走近醫院，突然有人從後方架住我。

我被牢牢制住，並堵住嘴巴。無法呼吸，身體往後彎折，只看得到天空。天空蔚藍，萬里無雲，甚至瞧不出濃淡。

不知爲何，我忽然看見周圍熊熊燃燒的場面。我身在日式房屋陷入火海的場景當中。比起灼熱，轟隆巨響和濃煙更是包圍了我。對面有人影靠過來。我伸出的手好小，這時我總算發現，那是比小學生還要小的童年的我。

我被男人拖行，塞進車中，緊接著腦袋遭到重毆。雖然不至於昏迷，但劇痛令我完全無法思考。

宮子：事情演變成這樣，我真的很抱歉。一直以來，真的很謝謝妳。能夠和妳結婚，我真的很幸福。給這麼多人造成麻煩，我真的很痛苦，所以決定結束自己的生命。

「『眞的』太多了。」

被這麼糾正，我抬起頭。站在前面的是一襲西裝的綿貫前輩。亞曼尼的雙排釦西裝，搭配黃色領帶，一絲不苟地梳攏的頭髮，與平時俐落完成工作的綿貫前輩沒有任何不同，有種他是在指導業務報告書寫方式的錯覺。我迷失在處境中，腦袋混亂到牛頭不對馬嘴地說：「綿貫前輩沒事，眞是太好了。」

「你眞的是個優秀的晚輩。做事認眞，個性又好。」

「謝謝前輩。」

綿貫前輩的眼神滲出同情：「交接的工作你都做得很好，所以這次我也能放心地交給你吧？」

「不，我實在不能接。詐領健保費是綿貫前輩出的主意吧？既然曝光了，我不能繼續負責O醫院的業務。」

「北山，不對。」

「不是嗎？」

「當然，原本我認爲你只要安安分分，乖乖接替我在O醫院的業務就好，誰教你胡思亂想，發揮不必要的正義感，這回實在沒辦法照以前那樣處置你。」

「我要換其他客戶嗎？」

綿貫前輩愣了一下，然後笑道：「眞搞不懂你到底是機靈還是遲鈍。聽好，沒有什麼換不換客戶，你要接下的是別的工作，所以才會叫你寫這個，不是嗎？」

或許我是過度恐懼而喪失記憶。

現下我在寫遺書。

我望向剛剛寫下的文字，讀到「決定結束自己的生命」這幾個字，理解代表的意義後，雞皮疙瘩瞬間爬滿全身，眼前一片漆黑。

我正被迫寫下遺書。在違背意志的情況下。

兩邊的男人用力把我的身體按在椅子上，我才發現自己在掙扎。

這樣下去會死掉！我陷入危機了！察覺這個事實的是我的身體，而非腦袋。我的腦袋依舊無法冷靜地面對現實，想做出理性的判斷：我不可能遇到這種事，綿貫前輩不可能是壞人。比起理智，本能地斷定我面臨危險的肉體還要理智多了。

「快點寫吧，北山。」

「綿貫前輩，你想幹什麼？做這種事……」

「做這種事？謝謝你爲我擔心。北山，你大可放心，我不會有事的。」

「詐領健保費……」

「你會扛下我一切的罪行，引咎自殺，所以沒事的。我眞的很感謝你。」我幫忙攬下不樂意的接待工作時，綿貫前輩也說過類似的話。

我差點要說：不客氣。

「總之，快寫吧，遺書。我等一下還要去六本木約會。」

那輕浮的口吻讓我益發狼狽。

這樣下去大事不妙，眞的很不妙。我慌了起來，說「我不想寫」。聲音在發抖，我卻無能爲力。

只要我不寫，就不會有遺書。

即使如此，我還是有可能沒命，但至少不必替人揹黑鍋。

這是我最起碼的抵抗。

我的腦袋總算正常運作。

爲什麼我非得任人擺布不可？憤怒終於湧上心頭，但綿貫前輩的話再次讓我的腦袋凍結了。

「北山，你很愛老婆吧？」他這麼說。

「咦？」

「哦，爲了保護老婆，勸你最好寫遺書。」

「什麼意思？」我不是裝傻，而是眞的完全無法思考。

「如果你寫遺書，我們就不會動你老婆一根汗毛。但如果你拒絕，你老婆就不會有好下場。」

「但不管怎樣……」

「沒錯，不管怎樣你都得死。不過，只有一個人死，和你老婆也跟著遭殃，哪邊比較好？我們不會要你老婆的命，不過她應該會有生不如死的遭遇吧。」

我猛地站起。兩個男人——他們的手臂足足有我的大腿那麼粗——立刻使勁按住我。指頭掐進肩膀裡，皮肉彷彿要硬生生被扯掉的劇痛，讓我的口中發出動物般的呻吟。

「太過分了。」

「我覺得一點都不會啊。」綿貫前輩似乎打心底這麼想。「你的選項不多，是要帶著老婆同歸於盡，還是救老婆？」

「你不能保證。」我好不容易才擠出這句話。「就算我寫了遺書，你也不能保證接下來不會危害我老婆。」

「誰教你死了，沒辦法確定嘛。」

在這樣的場面，怎麼能夠一臉愉悅地說出這種話？我驚愕之餘，發現或許綿貫前輩並不是第一次取人性命。屁股底下的椅面冰冰涼涼，但我連自己是不是失禁了都不曉得。

「可是，北山，你放心。只要你好好寫遺書，我們就沒理由動你老婆。多做多錯，我們不會貿然增加風險，反而會遠離與你有關的人。但如果你不寫遺書，狀況就不同了，我們另有一套劇本，到時候你老婆也會受到危害。」他說。

我頂多像金魚一樣，嘴巴一張一闔，勉力擠出話：「讓我聽老婆的聲音。」

綿貫前輩似乎十分滿意。「嗯，這樣好。」

「呃，電話，電話在哪裡？」

我等於是這時候才第一次環顧身處的場所。坐車子過來的途中，我並沒有蒙眼，但受到粗暴地拉扯，完全沒工夫張望四周，所以，此刻才發現自己身在一個寬廣的房間裡。

無線電話子機被拿到我的眼前。

「確實，和太太說說話比較好。畢竟北山，接下來你就要爲老婆壯烈犧牲了。」

綿貫前輩說著，像要把話烙印在我腦中。與其說是感到抗拒，我反倒逐漸積極接受這個事實：這樣啊，既然人總是難逃一死，就算現在赴死也無所謂，這樣反而可爲妻子壯烈成仁。

綿貫前輩用下巴示意電話，點點頭。

我不知道現在幾點，但應該是下午還不算太晚的時間，母親或妻子應該在家。我正這麼想，另一頭傳來接起電話的聲響。

「怎麼了？」一聽到妻子的話聲，我的感情幾乎要爆發了。

「妳怎麼——」

「什麼？」

「怎麼知道是我？」

「你剛才自己說的。」

有嗎？居然慌到連自己說過的話都無法掌握，我忍不住想嘆氣。「啊，或許吧。」

「你怎麼了？」

「呃，也沒什麼。」綿貫前輩的眼神在警告：敢多說一個字，你明白後果吧？他會反悔，不光是殺了我，也會毀掉妻子宮子的人生。「只是有點……」

「有點想聽聽我的聲音？」宮子打趣地說。

對啊。我希望宮子當成玩笑而笑，但笑得實在太僵了。

「你還好嗎？聽起來有點累？」

「唔，工作總是不輕鬆。」說著說著，我不禁納悶起來。應該有比現在更輕鬆的工作可以選擇吧？我現在是被逼著替人揹黑鍋而死，這根本不在業務範圍內。「對了，媽在嗎？」

「媽媽？跟古谷家的人出去了。」

「這樣啊。」

「要替你傳話嗎？」

我的腦中，過去種種場面宛如河川氾濫般灌進來。從小學到青少年、我的婚禮、父親葬禮的記憶等等，互相激盪沸騰。我不禁哽咽，慌了手腳。淚水彷彿從口中滿溢而出，聲音走了調，我子機拿遠。眨眨眼睛，調整呼吸後，我佯裝平靜，好不容易才接下去說：「是啊，替我跟媽說謝謝。」謝謝，除了這句話以外，我還能說什麼？

「你怎麼了嗎？」

「沒事，替我道聲謝。」當然，我也要謝謝妳——雖然很想這麼說，但恐怕會引起懷疑。

「今天晚飯要回家吃嗎？」妻子一如往常地問，我又得費一番工夫強忍嗚咽。「今天會很晚才回去。」我只這麼回答。

掛斷電話的瞬間，對我來說，或許就是覺悟的瞬間。我還沒有做好赴死的覺悟。我能做到的覺悟，只有什麼都不去想的覺悟。我決定不去感受恐懼，也不去妄想反抗。

有人搭住我的肩膀，抬頭一看，綿貫前輩瞇著眼睛，從我手中取走子機。他像是為了感動的場面而濕了眼眶，也像是目睹無力的後輩難堪的模樣，憋笑到泛淚。

晚飯要回家吃嗎？

腦海中殘留著妻子的話。想到她毫不知情，痴痴等待再也不會回家的我，胸口一陣痛楚。不能想。

我放下話筒，耳底還殘留著直人的聲音。他在害怕。他在逞強。「今天會很晚才回去」的語尾都微微地顫抖了。

「怎樣？查得到嗎？」我問，坐在餐桌對面的女子將對講機外形的電話按在耳邊應道：「請等一下。」她拿筆在紙上抄寫著。

公司打電話到家裡，說聯絡不上直人，我想到昨晚流氓找碴的狀況，判斷一定出事了。我立刻打電話給以前的同僚。「我這輩子就求你一次，請幫幫我。」對方並未一口答應，但這也在預料中。「上次你們那裡的年輕人，害我遭到危害那件事，要怎麼處理？我有權利爲那件事生氣吧？而且，又不是拜託你們多浩大的工程。」我進行談判。前同僚與其說是與我交易，或許更是看在同期的情誼上，聽完我的說明，派一名工作人員過來。

就是眼前以手提式電話機，聯絡電信公司的女子。

「變得好小。」我指著她結束通話的手提式電話機。

「以後會變得更小。根據未來的預測，可能變得比家用電話普及。」她的態度並不熱絡，但給人印象不差。「據說再過不久，所有電器都會數位化，這麼一來，要追查電話來源就更容易了。」

「是嗎？」

「現在的話，必須由電信局以目視的方式，追蹤與這支電話相連的線路，所以必須請妳拖延時間。但數位的話，電話一接通，馬上就能知道是哪裡打來的。」

「雖然很方便，但有點可怕。」

「用不了多久，電腦就會開始執政。」

「搞不好那樣比較和平。」至少不會爲了面子、仇恨、人情等感情上的理由，影響到國家的未來。

「人工智慧感覺很可怕。」她遞來便條紙。「這是剛才打電話過來的地址。」似乎是藤澤金剛町十字路口附近的大樓。雖然不近，但也不是遠到不行。「那我走了。」我隨即站起。

「妳要單刀赴會嗎？」女子收拾著東西問。

「妳願意陪我去？」

「不，我不方便奉陪。」

「這不在支援範圍內嘛。」我笑了。「光是幫我查電話，就幫了我很大的忙，謝謝。」

「他說，這樣就兩不相欠了。」她轉達我前同僚的話，迅速離開。

我正要從自家車庫把車開出來，又遇到石黑市夫。好一陣子沒見到他，也有幾個問題想問，但時機不對。下次再說吧——我這麼想，準備開車就走，沒想到他不知不覺間竟跑到車子前，張開雙手，像在阻擋車子前進，我急忙踩下煞車。由於太突然，沒踩好離合器，車子熄火了。

情況十萬火急，搞什麼鬼？別鬧了！我差點要把爆發的情緒發洩在喇叭上，這是我生平第一次有這種衝動，但他已站在駕駛座門外，我嚇得幾乎跳起來：什麼時候跑過來的？石黑市夫滿不在乎，叩叩敲著車窗。

不知道自己爲什麼會開窗，明明我可以不理他，直接開走。

「什麼事？」

「發生紛爭了嗎？」

「什麼？」

「妳似乎被捲入麻煩。」

「保險公司都這麼不尊重隱私嗎？」

「有些事是沒辦法自行解決的。」

「你是說直人的事？你知道什麼？」直人被捲入O醫院的詐領健保費勾當，有黑道涉入。確實，如果是保險公司員工，與此有關也不奇怪，我如此猜測，對方回話：

「啊，是妳丈夫的事嗎？我以爲與妳婆婆節女士有關。」

沒空管這個人了。不僅如此，我漸漸覺得他是個危險人物，不應該理他，最好直接離開，實際上也這麼做了，然而回神一看，石黑市夫居然坐在副駕駛座上。恐怕是我讓他上車的，卻毫無記憶。

「你上車做什麼？」我邊踩油門邊問，他平靜地說：「是妳要求我說明的。放心，我會在途中下車。」

「我和婆婆之間，到底是怎麼回事？之前你說過，是什麼祖先造業，還有山和海嗎？兩邊始終對立。不過，如果是這樣，你搞錯了。」

「不是嗎？」

「我和婆婆不是你說的什麼山族海族。如果是的話，直人也一定是山族或海族吧？」我一邊說著，對這種漫畫般的情節感到羞恥，忍不住苦笑。「那麼，他會和我結婚，就說不過去了。否則我們一定會互相看不順眼，更別提生小孩——」說到這裡，我赫然一驚。我們夫妻之間確實沒有孩子。難道這就是原因？「倒是石黑先生，你怎會知道這件事？你是山族和海族的研究家嗎？」

「我是——」石黑市夫頓了一下，接著說：「我就像是無能的裁判。」

「裁判？你指的是判斷OUT、SAFE的那個裁判？」我太專心對話，差點忘了在十字路口右轉。

「或許可說是個見證人。我無能爲力，只能無時無刻守望著山人與海人的紛爭。從各位的人生開始前、更久遠的時代以前，我就這麼做了。」

我實在忍俊不禁：「等一下，石黑先生，你是仙人嗎？可別說你是不死之身。」

「我無能爲力。我原本就厭惡紛爭，是個厭惡紛爭的裁判。」

「討厭比賽的裁判啊……」

「不過，不管我再怎麼厭惡紛爭，紛爭都不會消失。」

不用他說，我也知道。時代會改變，但永遠會有紛爭。主張弭平紛爭的人，最後總是淪爲「如果不停止紛爭，我就要下場把你們統統打一頓」。「紛爭不會消失，美國的音樂人都唱到爛了。」

「不只是美國。」

「怎麼不多唱點其他內容？比方天氣很熱，冷得快死了之類的。」

「氣候主題嗎？」

「這樣比較能跨越意識形態和立場的籓籬，喚起共鳴。」我懶懶地說。「石黑先生是觀戰老手呢。」

聽到我語帶嘲諷，石黑市夫不以爲忤：「剛才提過，我是個無能的裁判，連好球帶在哪裡都不知道，只會呆站原地。妳在趕時間，抱歉打擾了。我以爲是妳和婆婆發生衝突。」

「你是在緊張萬一比賽要開打了，身爲裁判必須在場嗎？這麼說來，山族和海族，其中一方一定會獲勝嗎？」或許應該問我屬於山族或海族。

「山族和海族只要相遇，就會對立。有時會引發莫大的紛爭，也經常牽扯到人命。」

「有機會再跟我說說過去的幾場傳奇賽局吧。」

於是，石黑市夫正經八百地舉例，像是源氏與平家、明治時代的海軍和海盜、戰爭時期的疏散地等等。

「就沒有和平收場的情況嗎？不全是其中一方勝利，沒有平手的賽局嗎？」這些結果，不正是擔任裁判的你可以判定的嗎？我很想奚落他。

「我不知道妳說的平手，指的是什麼狀況，但並非總是其中一方潰敗。因爲有不少情況下，雙方會設法避免衝突，或努力避免紛爭。」

「山海兩隊都加油吧。」

「也有對立到最後，其中一方一直守望著陷入昏睡的另一方的情形。」

「守望敵人？眞感人。」我忍不住調侃。「照顧到最後，對方醒來了嗎？」

「妳猜呢？」

「跟我無關，不要問我。」

也不能說是無關，遲早會與妳產生關係——石黑市夫說。這個人或許眞的很危險——我後知後覺地警戒起來，在路肩緊急停車，粗魯地說：「下車。」

出乎意料，石黑市夫絲毫沒有不悅的樣子，甚至展現出他在每一個時代都遭受到相同待遇的風範，說聲「後會有期」，下了車子。

我赫然回神，得趕快去救直人。油門踩得太猛，輪胎發出尖銳的怪聲。

我一下就找到藤澤金剛町的那棟大樓。屋齡似乎不是很老，但地點遠離大馬路，給人一種陰暗老舊的印象。大樓前的馬路不算寬闊，我把車停在禁止停車的標誌附近。從入口筆直前進，看到一座電梯。旁邊的小標示牌寫著各樓層進駐的商家辦公室。每一樓的名稱末尾都是「事務所」。直人在哪裡？

我原本要找遍每一樓，但電梯顯示停在最頂樓的五樓，表示起碼五樓曾有人進出。我從樓梯直奔五樓。

直人平安無事嗎？

每跨上一階，腦中便浮現各種想像的場景。根據過去的經驗，或是從進行這類不法勾當的集團的行動模式來看，我可以猜到八成會布置成自殺，加以殺害，像是上吊或跳樓。不是什麼新奇的手法。但不論新不新奇，我都無法承受直人遇到這麼恐怖的事。絕對非阻止不可。

一跑到五樓，我就知道猜中了。

最裡面的一戶門前，有個一看就非善類的男子。雖然他不是穿花襯衫而是素色的，但頂了個電棒燙髮型，雙手插在褲袋裡，百無聊賴地踱步。

簡直就像在大肆宣傳：裡面在進行危險的勾當喔！

我從樓梯間來到通道，迎面走去。

男子聽到腳步聲，抬頭看過來：「啊，要幹麼？」

「不好意思，我丈夫在裡面。」

「妳丈夫？什麼跟什麼？」

人面對體格和力氣都不如自己的對象，通常會老神在在。這不是歧視或階級意識之類的問題，而是動物的本能反應。面對體型比自己龐大或強壯的人，會不由自主心生警戒。若對方是一旦開打就能夠一把抓住自己甩出去的壯漢，即使對方低聲下氣、和顏悅色，照樣無法完全放下戒心。相反地，面對體型瘦小的人，就會感到放心，認定即使遇上麻煩，自己也有辦法制服。

眼前的男子儘管對我有疑慮，卻不怎麼提防，絕對就是出於這種心態。

他天眞地以爲有辦法搞定我。

但他搞不定。

「喂，讓我進去。」我說。「妳在勾引我？」對方居然如此回答，我不禁傻眼，連生氣都氣不起來了。

「聽好，讓我、進去、這個房間。」說出口的同時，我一把抓住男子的脖子，把他按在牆上，拇指用力掐進喉頭。男子一開始吃驚，接著暴怒，一雙眼睛彷彿要狠狠咬上來：這女的搞屁啊！但那張表情很快就痛苦得扭曲了。他嗆咳起來，但我不理會，益發使勁：「讓我進去。」

這回男子溫馴地點點頭，我鬆開了手。

對方把門往前拉。我退到旁邊，他突然整個身體撞上來，但我當然早就料到他會使出這招，輕易就閃開了。我揪住對方的耳朵，想一把撕掉，但沒撕下來。男子痛得哀號，我朝他胯下踹了一腳。

我丟下蜷蹲的男子，由於趕時間，穿著鞋子直接踩進去。裡面冒出另一個電棒捲髮型的男子，他火冒三丈地逼近：「喂，出了什麼事？」

「我丈夫在哪裡？」

「妳誰啊？」

喉嚨還是眼睛？我猶豫了一下，腳尖踹進對方的心窩，懶得瞄準小要害了。我防備著接下來應該會有一大批性情火爆的小混混蜂擁而出，卻意外地並未如此。室內一片寂靜，我不禁毛骨悚然。

我走進隔壁房間和其他房間查看，但沒有半個人。

難道不是這裡？

我折回按著肚子倒地的男子旁邊，揪住他的衣領。

「喂，直人在哪裡？」

男子儘管痛苦萬分，仍是一副叛逆的神情。我厭倦這些受男性荷爾蒙控制的傢伙，抓住對方的手指。

一個使勁。我卯足了勁準備折斷，但男子意外地立刻投降。或許不是什麼值得隱瞞的機密。「去別的地方了。」

「不是這裡？」

「這裡可不能弄髒。」男子說完笑了，恐怕有一半是在逞強。

「去哪裡了？」我再次作勢折斷手指，但男子搖頭：「住手，我真的不知道。外面不是有個人嗎？那傢伙應該知道。他說等一下要過去。」

我立刻走出去，但剛才的男子消失無蹤。看看電梯，已移動到一樓。溜走了嗎？我衝下樓梯。

我兩、三階併作一階，最後幾乎是跳過一整層樓梯衝下去。來到戶外，依然沒看到男子。

怎麼辦？

這時候我才第一次陷入狼狽的狀態。在這之前，直人失蹤我雖然焦急，但過去我對付的都是在冷戰中活躍的諜報人員，就算對手是危險幫派，我也不怎麼放在眼裡。但如果失去對方的行蹤，就陷入窮途末路了。

男子是往右還是往左離開？是徒步還是開車？我佇立在人行道上思考。

忽然，一輛車子從背後撞衝上來。

我聽到車子的聲音，一回頭，豐田MARK II的車頭赫然就在眼前。撞擊的瞬間，我設法滾動身體吸收衝擊。雖然被狠狠地撞個正著，但或許算是相當巧妙地滾跌在人行道上分散了衝擊，但當我伸手撐地想站起的時候，全身竄過一陣劇痛。

是左腳。左腳踩地的同時，痛楚席捲全身。

車子撞到我之後，衝撞招牌，斜斜地停下。走下駕駛座的男子抓著黑色棍棒，就是剛才五樓那個明顯並非善類、被我掐住喉嚨的素面襯衫男子。他手一甩，棒子伸長。是特殊警棍。

簡直煩透了。

如果是瞧不起我的性別和外表、輕忽大意的對象也就罷了，但男子已狠狠吃過我一次虧，對我提高警覺。他就是認爲一般手法應付不了我，才會選擇先開車撞我的卑鄙伎倆。顯然他決心不擇手段打倒我，而我在腳受傷的情況下，對付他並不容易。

「他媽的臭婊子，搞什麼鬼！」男子脹紅臉，大步走來。警棍揮擊的瞬間，我閃了開——我想要閃，但腳一陣劇痛，動作變得遲鈍。肩膀結結實實挨了一記。我被警棍打中了。

我忍不住呻吟。呻吟之後，忍不住又咂舌。居然閃不過眼前的攻擊，簡直太屈辱。

而且，男子被盛怒沖昏頭，迅速使出下一記攻擊，也許是想沉浸在讓對方屈服的快感。

他揮舞警棍，並用腳底踹我。

如果看出我左腳受傷，他會鎖定攻擊。畢竟對方怎麼看都不像重視騎士精神或講求公平的人。我強忍疼痛，調整姿勢，設法耐住攻擊。

不是在這裡搞這些的時候。直人，得快點去救直人才行。

這個念頭不停在腦中打轉，然而，男子的警棍往我身上一陣亂打。我期待如果有人注意到車禍報警，警車差不多該出現了，卻完全沒聽到警笛聲。

我焦急萬分，男子踢踹的腳命中我的左腿。突如其來的劇痛實在不是意志力能夠控制的，我扭動身體，發出細微的叫聲。

男子興奮起來，彷彿聽到了叫春一樣。

「這裡會痛是嗎？」他笑著，喜孜孜地拿警棍揮擊，幾乎要令人佩服怎能毫無罪惡感地凌虐別人的弱點。

我半靠在人行道角落的電線桿上，以手臂格擋警棍。與其說是格擋，其實只是犧牲手臂來保護腳，但已陷入防守一面倒的狀態。

有沒有什麼能用的東西？我四下張望。擔任情報員的時候，我接受過許多身陷絕境時，設法如何扭轉乾坤的訓練。倒不如說，絕大多數都預設會陷入這種困境。就算沒有武器，附近有沒有能夠反敗爲勝的東西或工具？我迅速梭巡現場。

附近有個疑似烏鴉啄破的垃圾袋，還有折斷的雨傘。那東西能用嗎？還是找別的？

慘叫又從我的口中迸出。

警棍痛打著腳，我扭轉身體，卻失去平衡，趴倒在人行道上。身體不聽使喚，甚至讓我感到憤怒。

這麼重要的節骨眼，妳到底在搞什麼？

我四肢著地試圖站起的時候，一陣劇痛襲來，彷彿左半身被扯下、腦門炸開。是站在身後的男子惡狠狠地拿警棍擊打我的腳。對方處於興奮狀態，甚至鬼吼鬼叫。疼痛占據整個腦袋，情感和思考全被驅逐出去。好痛！好痛！全身響起催促警戒的信號。必須逃離這種痛，得快逃才行。

就在這時，背後傳來我極爲熟悉的聲音。

「咦，宮子？」

那熟悉的聲音讓我感到困惑。儘管熟悉，卻是令人不快的聲音。「媽，危險！」我大喊。實際上，由於想撐起身體，腳的疼痛導致我無法說完話，但回頭一看，眼前的景象讓我一時無法理解。

「宮子，妳還好嗎？我不是一直提醒妳，人並沒有自以爲的那麼年輕？」

婆婆一如往常，以資深老鳥教訓菜鳥的高傲口吻說。這一點我可以接受，但看到她把無賴男子的手臂扭至背後，制住他的動作，我無法理解是什麼狀況。

男子高聲喊痛，同時放開手中的警棍。

「你啊，對我媳婦做什麼！」婆婆把男子往前踢。

男子一陣踉蹌，很快穩住腳步。他似乎仍十分困惑，交互望著我和婆婆。

我勉強站起，對婆婆說：「呃……」

「眞是的，妳做事就是這麼半吊子。」婆婆嘮叨著走過來。

「呃……」

「喏，第一次見面那天也是。」

「第一次？」

「就妳第一次見未來公婆的那一天啊。我們在飯店休息室，妳說要去廁所，其實是去執行任務吧？」

是指那個運送神經毒的老婦人嗎？我把她綁在廁所隔間裡。「媽怎會知道……」

「是我先發現的。」

「呃，這到底……」究竟是怎麼回事？

「那個女的很可疑。一個人到飯店休息室，但又不像在享受餐點，一副毛躁不安的樣子。而且，她反射神經好到誇張，一伸手就接住掉下去的湯匙。」

我記得這件事。婆婆叫來的服務生撞到那名老婦人的桌子，弄掉桌上的湯匙。但老婦人接住湯匙的動作實在太機敏，讓我覺得很不自然，不禁留意起她。

「因爲妳離開，我馬上知道妳是去調查那女人，不過我想見識一下妳的本事……」

媽，等一下，先等一下，STOP、STOP——我拚命制止婆婆說下去，腦袋一團混亂。「呃，這是怎麼……」

「或許妳自以爲把事情搞定，可是差得遠了。我去的時候，那個女間諜早就解開束縛，準備逃跑。」

不理會我說的話和提問，自顧自地講，這確實是平常的婆婆，但除此之外，她完全是另一個人。我脫口而出的「妳在說什麼」並不是反駁，而是完全如同字面，無法理解婆婆吐出的內容。
「沒辦法，我只好替妳重新把她綁起來。」
男子行動了。雖然婆婆的登場害他吃了一驚，但生性好鬥的人特有的生存本能，促使他非設法通過這一關不可。他想要逃離現場。
我立刻衝過去。當然不只是左腳，半邊身子和頭部都一陣劇痛，但我無暇理會。至於爲什麼，因爲我絕不能在婆婆面前示弱。全身每個細胞都團結一致，咬牙硬撐，總算成功將注意力從疼痛轉移開來，我抓住男子的手臂向後扭。
發現這一招與婆婆剛才做的完全一樣，腦中響起回路連成一條線的聲音。封鎖敵人的動作時，抓住手臂向後扭接近護身術，並不是新穎的技巧，但我學到這招，是在諜報員新人時期的訓練當中。難道——我重新望向婆婆，她一副「現在才發現啊？」的表情，說著「眞是的，在我那時候，光是身爲女人，就比別人辛苦千百倍」，慢慢朝我走近。「哪像妳，一定很輕鬆了吧？組織裡應該也沒有太多男女差別。」
才不是！我用力克制反駁的衝動。事實上，一開始我也因爲女人的身分，差點被派去做和男人不一樣的工作，我有自信是憑著實力突破性別高牆的。聽到別人簡單地說「一定很輕鬆」，我實在想口沫橫飛地反駁「妳根本不知道我的辛苦」，但也因此不難想像婆婆經歷過的辛苦更非同小可。「什麼時候？」我說。妳做到「什麼時候」？
「很久以前了。妳應該不曉得，但我面子還算大，能夠運用那裡的情報網。所以，直人說要帶未婚妻回來時，我馬上就調查妳。但沒想到居然會是那裡的人，我嚇了一跳。」

那麼，婆婆早就知道我的身分？她一直都知道？我一陣天旋地轉，差點沒暈倒。不是疼痛，八成是挫敗的緣故，但男子開始掙扎，我回過神。「喂，不要亂動！」我情緒性地斥責，順帶狠狠把指頭關節往反方向扳。

我想了起來：現在最重要的是救出直人。

婆婆應該也一樣。「有話晚點再說，直人陷入危險了吧？」她毫不猶豫地抓住男子的手。「你們把他帶去哪裡？別看我是老人家，就瞧不起我。我們趕時間。不過，宮子，妳不擅長這些活吧？」

「什麼意思？」

「就是怎麼用刑逼供啊。妳是不做這種骯髒活的吧？所以，有時候碗都沒洗乾淨。」

「媽，這是什麼話？」我也只能動氣了。我差點以爲我們不是在路邊，而是在自家起居室。我抓住男子的手指猛一使勁。

男子發出尖叫。

「喂，讓他尖叫幹什麼？要讓他招出情報才有意義。」

婆婆手一動，男子高喊。不是說話，而是近似動物的叫喊。

「妳也沒讓他說啊。」我的指頭掐進男子的肘關節。

接下來，婆婆和我就像在比賽誰更會拷問。我們輪流折磨男子的手指和背部等部位，較勁誰能先讓他開口。男子應該已徹底喪失反抗的念頭，沒多久就招了。

「妳在車上動了手腳嗎？」我在副駕駛座包紮著右腳問。骨折了。雖然不知道是裂開還是折斷，但我照著還是情報員時學到的做法，將患部固定起來。如果有止痛藥就更好了，但現在無法奢求。

婆婆操縱方向盤，車子筆直前行。「在我們那個年代，要查到某人的位置，需要黃頁那麼大的機器，如今變得好小，只有咖啡廳的杯墊那麼大。」

「什麼時候？」什麼時候車上裝了那種東西？

「很久以前。用來盯妳有沒有趁白天出門買東西，溜去別的地方摸魚。」

我徹底啞然，只能苦笑。雖然覺得根本是個大玩笑，但今天婆婆能夠知道我的位置，最有可能的就是車上裝了通知定位資訊的機器，婆婆確實救了我。這一點我應該誠心道謝，然而說出口的卻是批評：「居然監視別人的行動，妳眞的很沒品耶，媽。」我和婆婆彷彿身體裡面有塊磁鐵，只要靠近彼此，斥力就會在心中作用，相互排斥。石黑市夫說明山族與海族的話聲在腦中迴響著。

婆婆張開嘴巴，我預測就像飛彈發射一樣，即將射出「宮子，妳這個媳婦啊」的攻擊，沒想到料錯了。她嘆一口氣，說：「總之，快點救出直人吧。」

啊，沒錯，完全沒錯。婆婆的反應才是對的。

持續播放的廣播聲變大了些。是收訊變好了嗎？或者，只是我們沉默下來，才會覺得廣播聲相對變大？

主持人提到發現三千年前壁畫的新聞。據說是一個在山上迷路的少年發現的，一開始以爲是岩壁的刮痕，但仔細一看，是用石頭刻出來的。與其說是繪畫，扭曲的細線構成的圖案更像是象形文字，密密麻麻的，專家分析可能畫的是歌劇中的一幕。「也有人說是發現的少年自己畫的。」男主持人打趣道。

發現的壁畫是什麼樣子呢？

即使聽到是三千年前，我也完全無法想像。有人活在那個時代，在岩壁畫下圖畫嗎？

「妳說什麼？」婆婆問我。

「咦？沒有啊。」

「妳剛才不是說什麼音貝（註）？」

「音貝？什麼跟什麼？」

「我哪知道？」

「啊，媽，看到超市停一下。」

「現在分秒必爭，妳在說什麼啊？」

「一下就好，我想買垃圾袋。」

如果是這裡，弄髒也無所謂。綿貫前輩這麼說。

我被帶到一處興建中的大樓工地。因為被車子載來，不知道地點，但肯定是要蓋一棟相當宏偉的大樓。鋼筋交纏的狀態，讓人聯想到恐龍的骨格標本。

「北山，其實你弄髒的地方，應該要自己清掃，不過這次我們會幫你收拾善後。」聽到這賣人情的話，我差點反射性地回答「謝謝前輩」。「綿貫前輩，這樣眞的可以嗎？」

「什麼可以不可以？」

我的左右是兩名男子，分別抓住我的雙手。

「做這種事不要緊嗎？殺人可是件大事啊！」說完之後，我想到「大事」可能會被解讀爲正面意義，想要訂正，卻想不到能怎麼說。「身爲一個人，不能做這種事。絕對不可以。」我拚命傾訴。

綿貫前輩的笑容裡浮現同情之色。「我說你啊，看到猴子從樹上掉下來，你會責備牠『身爲猴子，怎麼可以從樹上掉下來』嗎？猴子也會從樹上掉下來啊。爲了一己之利，對別人施加痛苦，同樣也是人會做的事。還有，我得聲明，我沒有要對你怎樣，一切都是你主動去做的。」

綿貫前輩叫我挑一根高度合適的鋼筋，套上繩索，說工地有梯子，爬上梯子就行。

我幾乎沒有想像過自己的死亡，即使做爲未來人生當中的一個場面去想像，也是老後躺在醫院或家裡，或是由於突如其來的事故，一眨眼撒手人寰之類，從沒預料到會是

註：オトガイ，「螺旋計畫」系列作品中，《大海盡頭的海灣》（ウナノハテノガタ）裡，海族磯部（イソベリ）的少年名字。。

在這種單調乏味的工地，自己拿繩索套脖子。

「好，速戰速決吧。喏，北山。」綿貫前輩把別人的人生說得像職場環境打掃，害我十分混亂。我無法相信這是現實中發生的事。

小學生的我、國中生的我，兩個過去的我，正憂心忡忡地看著現在的我。我是什麼時候移動的？一回神，眼前出現一把工作梯，往上一看，已掛好繩索。我連自己什麼時候變成站姿都不記得。

視野變得非常狹窄。四周一片模糊，我的雙腿發軟。

「眼睛不用蒙起來嗎？」站在我右邊、胳臂粗壯的男子問。

「蒙起來做什麼？」綿貫前輩蹙眉。

「和吊死鬼互瞪，不是很毛嗎？」

「別看就好了。誰會蒙著眼睛上吊自殺？搞不好會被懷疑是加工自殺，所以連他的手也沒綁起來，不是嗎？萬一留下勒痕就糟了。」

我的感覺已麻木，甚至可滿不在乎地聽著這段對話。整個人幾乎快昏厥，我慌忙轉念：不可以，我要像話一點。

像話一點？

像話一點，慷慨就義？

哪有這種必要？

就在這時，我聽見停車聲。車輪發出運動鞋底磨擦體育館地板般的聲響停下，我回頭望去。

原來如此，地獄使者、會在人生終點現身的嚮導，是開車前來的嗎？

但綿貫前輩他們說著「那是誰」，我發現那不是只有我才看得到的鬼差。很像我們家的車。會這麼想，我已產生幻覺了吧。跟我們家的車一模一樣的轎車開門後，母親從駕駛座、妻子從副駕駛座下來。她們出現在這裡，本身就違反了現實。更別提兩人居然站在一起，散發出一體同心的氣勢，根本是絕對不可能。

沒想到人生最後一刻看到的幻影，竟是妻子與母親相親相愛的情景。我頓時驚覺，原來我對她們之間的磨擦衝突，是如此牽掛。

兩人慢慢走過來。宮子的腳有點跛。

看啊！綿貫前輩。美蘇冷戰告終了，美日貿易衝突落幕，婆媳握手言歡——我多想讚嘆一番。

妻子不知道從哪裡拿出袋子。是每星期三次丟垃圾的日子使用的黑色塑膠袋。那個黑色就是死亡的象徵吧。黑色袋子被一把甩開，妻子一眨眼來到我身邊，拿袋子罩住我的頭。

這一刻，我的意識倏然斷絕，人生結束了。

雖然我這麼以爲，但我還存在於人世間。視野被罩住頭部的塑膠袋遮蔽，但我仍在呼吸，爲了窘迫的呼吸感到焦急。雖然不至於窒息，但到底發生什麼事？我手忙腳亂，想掌握狀況卻辦不到。

眼前出現熊熊火焰。或許是混亂打翻了記憶的箱子，過去經歷的場面跑出來。火舌爬上圍繞著我的柱子和牆壁。好燙。幾乎要烤焦身體的灼熱火焰爬滿四面八方，發出劈哩啪啦的聲響，不斷吞噬一切。我僵立原地，只能呆呆看著四周圍被火焰的色彩覆蓋。我害怕屋梁會從頭頂崩塌，心想乾脆被大火吞噬，融入其中還比較輕鬆，不料一個女人大步走近。「來，我們快逃。」她說著伸出手，年紀大概和妻子宮子差不多，聲音卻和母親一模一樣。我伸手求救，但那隻手非常小。我是個小孩。

身體搖晃，火焰場面消失，我又回到只看得見黑色垃圾袋的處境。

扯下垃圾袋，眼前是大樓工地。

發現腳邊倒著一個人，我「哇」地一聲跳開。以爲是誰，原來是剛才架著我的男人。

到底怎麼會……？

往前一看，綿貫前輩映入眼簾。他的表情完全異於平時的從容不迫，所有情感都在臉上表露無遺，總是梳得一絲不苟的髮型全亂了，高級西裝前襟也整個翻開。

而且，他握著一把刀。

他把刀尖對準前方，向前走去。我大喊：綿貫前輩，這樣很危險！不知道他是不是沒聽見，沒有停下的跡象，我踏出一步。

看到刀尖對準的是背對著他的妻子，我身後一陣冰冷。

宮子，危險！我衝了出去，驚覺的瞬間，綿貫前輩的手撞在我的腰上。他手中的刀子無聲無息穿透我的體內，疼痛尚未襲來。周圍亮起紅光，彷彿跳電，我的眼前化成一片黑暗。

「告訴我是怎麼回事。」我逼問婆婆。

這裡是都內的綜合醫院一樓，晚上八點多，燈光幾乎都熄滅的門診櫃檯前長椅。

「哎唷，宮子，表情這麼恐怖。」婆婆的苦笑透露出她的從容不迫。「我沒有特別隱瞞啊。妳很在意我爸媽和丈夫的死吧？我承認妳相當敏銳——啊，妳總不會以為是我偷偷殺掉家人吧？」

「媽殺人？我怎麼可能這麼想？」我掩口誇張地說。

「別裝啦。」婆婆再度苦笑。「我爸媽是……喏，那個啦，我不知道妳們那時候怎麼說，就是美蘇冷戰的——」

「妳說酥餅店？」

「啊，現在也這麼說？」

「現在怎樣我不知道。」

「不覺得卑鄙嗎？爲了攻擊對手，傷害他們的家人。」

「哦……」

「如果我妨礙到他們，來對付我就好了啊，爲什麼要找上我的家人？」

大概是——我欲言又止。大概是婆婆太難下手，有人認爲除了婆婆本人以外，最有效果的遏阻方式，就是除掉她的家人吧。過度的活躍，不光是對自身有害，也會牽連家人——只要留下這樣的實例，也能在往後成爲牽制。酥餅店一定是在打這種算盤。當然，日本肯定也基於相同的想法，做過相同的事。不論是美蘇冷戰或婆媳問題，最根本之處，就是與自己的鏡像對抗。或許婆婆很像我。我望向坐在一旁的她，又立刻否定：我才不要像她，我們根本不像。

「爸過世的時候，媽辭掉工作了吧？」我和直人結婚時，婆婆已是全職主婦。或者說，在我任職情報機關的更早以前，婆婆就退休了才對。

「那就像迴力鏢。在現職時代結下的梁子，帶著利息還諸己身。」婆婆說得輕巧，但這絕不是能輕巧帶過的問題。仔細想想，等於是她親近的家人，全都因爲她的工作枉死。一直以來，她究竟承受多大的痛苦？我原本要去想像，但還是打消了念頭。

「結下梁子？」

「就算自以爲是忠實地在執行任務，還是有人會因此受到傷害。那個人一定會懷恨在心。」

當下腦中浮現的情節，是三太郎將公公推下階梯，而婆婆爲了替丈夫報仇，殺害三太郎，僞裝成意外死亡。懷恨在心的是三太郎嗎？還是其他懷恨婆婆的人，委託三太郎報復？但這也可說，只是將散落在腦中的材料單純地組合在一起。婆婆沒有更進一步說明，所以我沒有繼續追問。

「啊，我不是要問那個——」這時我才想到最希望婆婆解釋的問題。

「宮子，沒有人跟妳說過，妳嗓門超大嗎？很刺耳耶。」

到了這個節骨眼，仍不忘酸言酸語一番的婆婆，及對她的每一句話生氣反應的自己，我不得不佩服。

我不由得想起石黑市夫說的，這是自遠古時代就一直對立的血統。山與海不可能交融，一旦相遇，就會爆發衝突。

絕不可以相遇。

這段話在耳底深處，宛如聽不出遠近的鐘聲般迴響著。不是石黑市夫，他沒有說過這種話。我是在哪裡聽到的？

我深呼吸，一鼓作氣提出問題：

「媽，妳和直人是什麼關係？剛才那是怎麼回事？」

婆婆落寞地嘆一口氣，表情變得軟弱，彷彿已認輸，害我也跟著落寞起來。

被刺傷的直人立刻送往醫院。出血比想像中嚴重，我和婆婆經歷過的生死關頭雖然比一般人多上幾十倍，仍慌得手足無措。不過，以結果來說，直人得救了。動完手術，他依然昏睡，尚未恢復意識，但看到醫師篤定地點頭說「沒問題了」，我知道直人已脫離險境。

問題不在這裡。

抵達醫院以後，醫生說「出血很嚴重，必需立刻輸血」時，婆婆立刻慌張地說：

「我的血型不合。」

當時我只是想：啊，我都不知道婆婆是什麼血型，但在手術室前等候時，我想起以前聽過公公的血型，宛如拼圖般在腦中拼湊起這些時，我興起一個單純的疑問。

從血型來看，直人不可能是公公和婆婆生的。

難道是其中一方與前任配偶生的？還是收養的？當下我想到兩種答案，但不管任何一個，都沒有聽直人提過。

「宮子，這一點我必須聲明，直人跟我是母子，不管發生任何事都一樣。」

身旁的婆婆說這句話時，聲音雖然不大，卻是無比嚴肅的告白，彷彿對著醫院所有人耳語，不容輕浮地回應。我點了點頭。

「那個時候直人眞的還很小。我們進入一戶人家，屋子燒起來了。」

對於這件事，婆婆應該也不打算詳細說明，只是低聲簡短帶過。

婆婆是在情報機關任職期間，執行某些任務的時候，收養了直人嗎？她說屋子燒起來，一開始聽起來像是比喻，但我很快意會到如同字面上說的，是房子失火了。

「我一直覺得沒能生小孩，是直人要來當我的兒子。我那口子也這麼想。」

我還是想不到要說什麼，婆婆應該也不希望我說什麼。

婆婆一沉默，現場一片寂靜。杳無聲息，雖然院內遠方傳來有人經過的腳步聲，但很快便消失，感覺像和婆婆兩人一起被嚴肅的夜晚森林包圍了一樣。

沒多久，冒出「噫、咕」的突兀又滑稽的聲音。我的身體隨著那聲音一晃一晃，因此我驚訝到底發生什麼事，不料旁邊的婆婆說：「宮子，妳哭個什麼勁？」不是平常那種嘲笑的語氣，而是甚至感到親密的口吻。我急忙伸手摸摸，揉揉眼睛，困惑自己到底在哭什麼，但即使自問，也得不到答案。

我們沒有交談，靜靜坐了一會。感覺像過了五分鐘，也像是一小時。

我有許多該問的問題、想確定的事。但我也確信，不管是任何一個，婆婆應該都不會回答。

「爸呢？他知道媽以前的工作嗎？要收養直人的時候，爸怎麼想？如果他不知道媽的工作，就這樣接納突然冒出來的別人的小孩——」

「那他就是個老好人、愚鈍的丈夫。」婆婆輕笑。

「我可沒這麼說。」我對公公沒有壞印象。

「如果他知道我的工作，也一樣是個老好人。」

「我可沒這麼說。」

「宮子啊，就算妳自以爲懂，但妳想到的絕對不是事實。」

這話雖然教人氣惱，但也因爲今天一整天從婆婆身上得知太多新事實，我完全說不出話。不過我還是想爭辯幾句，於是問：「我看到直人小時候的照片，媽幾乎都臭著臉看別的地方，那是以前工作的習慣，要時時提防周圍的關係嗎？」

婆婆一臉意外地「咦」一聲，不安地說：「照片上的我是那樣嗎？」

「是啊。」

「哼。」婆婆以鼻子應了一聲，就要掩飾地說「是啊，那是以前的習慣，要隨時提高警覺」，但我搶先指出：「什麼嘛，別假了，只是不上相罷了。」

最後，我們就是會變成這樣。

電視上播報著蘇聯撤出阿富汗的新聞，但我們自老家撤退的消息，卻未成爲街坊鄰居的話題。

我沒有說出口，一邊將領帶套上襯衫，一邊想著這件事。

餐具放著就好，晚點我再洗。

在餐桌上打開素描簿瀏覽的妻子說，接著又不服氣地丟出一句：「欸，媽完全不打算記住新年號嗎？」

「什麼意思？」

「媽寄來的信，到現在還是全部寫昭和。」

「她還不習慣啦。」事實上，公司製作的文件日期欄，年號也新舊混雜，修改工作沒完沒了。每次將「昭和」改爲「平成」，我都會有種寂寞的感覺，同時也覺得遠遠看到明日的日本，想抬頭挺胸，積極面對。

「可是我都講過好幾遍了，叮囑她如果要寫年號，就要寫對。可是，她就是要寫昭和，昭和六十四年。與其如此，乾脆不要寫日期算了，但她偏偏愛寫。反正我講的話，她就是聽不進去。」

「好啦、好啦。」我安撫道。就算搞錯日期年號，也不是世界末日，何必爲這種芝麻小事大動肝火？我實在百思不解。

去年年底，我們搬出老家，住進鄰區的公寓。宮子忽然這麼提議，母親也贊成了。我再三問母親，一個人留在老家不寂寞嗎？但每次母親都說「這才是最和平的做法」。

「或許直人也發現了，但我和媽就像磁鐵的同極，只要靠近就會互斥。不管我們再怎麼努力與對方和平相處也沒用。」宮子曾這麼說，還開玩笑：「難道是前世孽緣？」婆媳問題能夠簡單用磁鐵的比喻概括嗎？我不禁疑惑，但宮子說：「把兩塊磁鐵放遠一點，才是讓它們穩定相處的方法。」

「所以，妳才提議分開住？」

「分開住感覺很負面，但保持距離不是壞事，類似促使兩個國家和平相處的政策。」

「消弭貿易衝突。」

「啊，先不管那個。你看，媽意外地才華大爆炸。」宮子從餐桌上拿起一張大圖畫紙。約莫是昨天寄來的，上面畫著一個卡通化的蝸牛，不僅造型可愛，而且充滿躍動感，確實不像外行人的作品。

「這是媽畫的？」

「媽和我要一起創作繪本。」

我不懂這話的意思，忍不住反問：「什麼？」

「媽年輕的時候喜歡畫畫。我建議她：既然如此，從事發揮這項天分的工作如何？

不曉得怎麼聊的，最後變成我編故事，媽負責插畫，一起創作繪本。」

如果說「像扮家家酒」，宮子可能會生氣，但我有點傻住：「蝸牛的繪本？」

「蝸牛英雄。變身以後，就會變成鋼鐵之身。還會生出長槍，朗基努斯之槍。」

「妳說那個刺死耶穌的？」「聖槍。」「蝸牛身上生出聖槍？」「很有創意吧？」

「聽起來很有趣。」儘管嘴上這麼說，但我當然不是打心底這麼想。不過，宮子和母親一起做什麼，這件事本身我樂觀其成。

我忍不住質疑，住在一起不是比較方便合作嗎？但對於這件事，宮子沒有絲毫猶豫，說：「這樣比較好。住在不同的地方，用郵件討論，是最和平的。我們就是藉此得到妥協。」

「什麼妥協？」

「山與海的。」

「山珍海味？」我反射性地開玩笑。

看看時鐘，非出門不可了。「我去上班。」我快步走向玄關，朝跟上來送別的妻子揮揮手，出門去了。

經歷那場惡夢般的遭遇以後，幾個月過去，我背部縫合的傷口總算逐漸痊癒，但公司還是一樣混亂。有員工涉入犯罪，另一名員工差點遇害，說當然也是當然。被迫自殺的我是如何得救的？其實我自己也一頭霧水，一回過神，已躺在醫院病床上，動完手術，茫然搞不清狀況。面對警方，我只能據實說明。唯一確定的是，綿貫前輩遭到逮捕，查出超乎預期的諸多罪行。

警方模糊地告訴我，綿貫前輩承認他想嫁禍給我，但沒有說出工地當時發生什麼事。他似乎失去部分記憶，或許是撞壞了頭。O醫院詐領健保費的事，只能關門大吉。想到懷念地告訴我與父親的往事的前院長O醫生，我覺得很難過，卻無能為力。

「那個時候我看到妳和媽。」我說，妻子一臉遺憾地聳聳肩：「你神智不清了吧？我跟媽才沒那麼要好。」

我想也是，那應該是幻覺。

我坐上JR線，站在車門附近，漫不經心地望著窗外流過的景色。列車駛出車站，逐漸加速，建築物飛快被拋向後方。另一頭是清爽的藍天，綿花糖般飄浮的白雲慢慢變換形狀。

不知為何，眼前的情景突然消失，我看見一名陌生男子，年紀和我差不多，一樣靠在電車車窗上，心不在焉地望著窗外。我完全不知道對方到底是誰，卻有種親近感，或許我是在看自己的背影。

閉上眼睛。

我經常想起受傷動手術以後，在醫院病床上醒來的瞬間，睜開眼睛目睹的那一幕。是妻子，還有母親。

兩人看到醒來的我，表情頓時一亮，彼此對望，擁抱在一起。但緊接著，她們就像磁鐵的斥力發動，馬上彈開。一股暖意籠罩身體，感覺就像她們在為入睡的我朗讀繪本。她們那一瞬間的表情，我一定這輩子都不會忘記。

28

旋轉怪物

Spin Monster

記憶眞的很有意思。即使可以自然忘記，也無法叫自己「忘掉這件事吧」，憑意志力去忘記。越是討厭的記憶、不舒服的場景，越是刻骨銘心。

讓人不禁心想，如果能像電腦硬碟那樣，執行一個指令就刪除得一乾二淨，不知道該有多好。

✉

絕對不願回想起來的場面，會永遠烙印在腦海中。

當時，我們一家人沿著新東北高速公路北上。正値小學暑假期間，全家要一起去青森旅行。高速公路的自動駕駛是從我出生以前就已實際應用的技術，加上我們家剛買一輛白色的新款「繆斯」，號稱自動駕駛車的終極車款，可完全自動駕駛五百公里以上的路程，因此父親躍躍欲試。

那是兩天一夜的小旅行，但我沒想到竟連一夜都沒有住成。更進一步說，我完全沒想到對其他家人而言，會成爲「∞天零夜」的旅行。

那個時候的我，應該是坐在後車座，漫不經心地望著靜靜流向後方的景色吧。

我從小就鍾愛無敵蝸牛「卷卷」活躍的《鋼鐵蝸牛》的故事，所以約莫是用電子閱讀器看那本書。

父親坐在駕駛座，母親坐在副駕駛座，姊姊和我坐在後座，記得是從東京出發過了幾個小時，經過新仙台南交流道，姊姊說「我想上廁所」。如今回想，這句話就是將我們一家人的命運，往錯誤方的向扭曲的咒文。

父親用指頭點一下方向盤旁邊的螢幕，聽到「前往休息站」的應答聲，及該休息站販賣的各種名產。儀器發出的女聲口齒清晰，十分可靠，父親像完美駕馭一匹馬般得意。

「繆思」移動路線，平順前進，完全沒有碰方向盤的父親不停讚嘆「太輕鬆了」，或許是爲了徹底享受這樣的輕鬆，他翻起根本不想看的雜誌。

就在這時，一輛黑色車子超過我們的「繆思」，插進前方。是不同顏色的同款車，沒錯，那一輛也是新款「繆思」，是黑色的，也可說是披著汽車外皮的死神。「咦，居然超車。」母親話聲剛落，一陣衝擊襲來。好似一隻隱形的大手猛推我的肩膀一把，首先是眼前一片漆黑，睜開眼睛，發現世界正在旋轉。也許是離心力的關係，我的身體緊壓在車座上，完全無法動彈，也無法出聲。往旁邊一看，姊姊張大嘴巴和眼睛。我覺得自己像陀螺一樣轉了好幾十圈，但後來看到的新聞報導說是五圈半。高速公路上有監視器，其中之一拍到案發現場。轉了五圈半以後，車子往反方向彈開，撞上路邊的牆壁。反作用力猛烈，整個身體被彈飛，宛如球拍擊中的網球。事實上，沒繫安全帶的姊姊就飛出車外了。

下一幕我看到的景象，是醫院的天花板。

雖然沒有人立刻告訴我父母和姊姊當場死亡的消息，但我在醫院進行復健的期間，很快察覺八成只有我倖存。即使當時我才小學三年級，看到醫護人員一提到我的家人，態度便明顯不對勁，來探望我的祖父母眼眶含淚，便依稀明白事實。

復健當然辛苦，但有院方人員的鞭策鼓勵，我才能撐過來。

因此，最讓人難受的，不是復健和自己的身體狀況，或失去家人，而是別的。

那就是官司。

當時還是小學生的我，並沒有直接參與官司。包括保險手續在內，都由祖父母替我處理。祖父母溫厚沉穩，富有人望與信賴，而且是有錢人，非常可靠，因此身邊的人不用說，他們應該也沒料到，官司居然會鬧得那麼難看、變成一場醜陋的爭執。

自動駕駛程式有漏洞，加上休息區入口距離最近的監視器因事故遭到破壞，確實都導致狀況變得更複雜，但祖父母感情用事到令人害怕。他們無法理性面對官司，也造成莫大的影響。

彷彿要以其人之道還治其人之身，報復不斷升級，呈現出針鋒相對、互槓對抗的情勢，就連在我面前，他們也經常辱罵對方。

祖父母唾罵、侮辱對方家屬，窮追猛打地要求道歉。

令人驚訝的是，對方也完全一樣。

哪裡一樣？

首先，黑色「繆斯」上乘坐的，和我們一樣是一家四口。而且也和我們家一樣，只有男孩生還。

也就是說，在那個車禍現場，兩輛車子裡各倒臥著瞬間家破人亡的小學男生。

同時，對方也是那個男生的祖父母出面打官司。
這是祖父母之間的代理戰爭。
當時，我完全不知道打官司是怎麼回事，只希望這場讓原本溫柔慈祥的祖父母，變成面目猙獰的魔鬼般的可怕活動快點結束。
「就算散盡家財，也要搞垮他們！」祖父這麼說。他展現出近乎異常的執念，彷彿面對的是殺父仇人——正確地說，是害死兒子一家的仇人。然而，儘管祖父卯足了勁，官司最後卻是無疾而終。對方的祖父母，還有我的祖父母，雙方四人都陸續病逝。四人當中，一個死於癌症，一個死於肺炎。
雖然也不是松尾芭蕉的知名俳句描述的「夏草如茵地，折戟沉沙處，將士功名夢一場」，但這片草木枯萎的荒地上，只留下我孤身一人——正確地說，是我和他，在那場車禍中倖存的兩個同齡人。

喂，你就是水戶直正？
綜合學校四年級，十六歲的時候，有個男生轉學進來，明明完全不認識，他卻徑直朝著教室角落我的座位走來，喃喃地問。
喂什麼喂，怎麼這樣沒禮貌？驚訝之餘，我也覺得氣憤，但他接下來的話，讓我恍然大悟。「沒想到，兩個倖存者竟在同一所學校再會。」
我看到他的名牌，「檜山」。是毀掉我們一家，斬斷我人生的邪惡姓氏。一股寒意竄過背後，身體開始發抖，我當場蹲下。然後，我在全班驚訝的目光中，克制不住地嘔吐。

如今怎會又想起這些場面？

理由很清楚。就在剛才，我走出車廂之間的廁所時，在後方車廂看到他。

你就是水戶直正？

他的聲音在腦中某處響起。

檜山景虎在同一班新幹線列車上。怎會這樣？怎會這般冤家路窄？

自從綜合高中畢業以後，我便沒有見過他，也就是睽違將近十年。儘管如此，我才瞥一眼，立刻確信他就是檜山景虎，而不是相似的別人。

不是他的外貌和高中時代完全沒變的緣故。我還沒看出他有沒有變，就認出他了。

這時，我想起日向的話。

交往五年的她大我一歲，博學多聞，深思熟慮，讓人疑惑她在早我一年出生的期間，究竟累積多少經驗？

令人驚奇的是，我們會認識，也是因爲車禍。我走在路上，一輛計程車突然衝撞過來，當時日向恰巧在場。

我被撞成昏迷送醫，但沒有半個近親，日向擔心我，於是像親人一樣照顧我。我醒來的瞬間，她就陪在身邊。

一開始我十分警覺，懷疑一個陌生人爲何平白爲我奉獻這麼多？但我漸漸與她親近起來，自然而然地成了一對。

她曾這麼說：

「不知爲何，跟有些人就是不對盤。這種人最好盡量不要靠近。這是唯一的自保之道。」

是我莫名夢到檜山景虎登場的夢、被分類爲惡夢的夢的時候。我夢魘驚醒，日向非常擔心，所以我說明：「我夢到以前認識的人，我們天生相剋。」

於是，日向告訴我：「敬而遠之比較好。」

「是啊，我也不打算靠近他。」

但即使沒那個打算，還是會不期而遇。現在的情況完全就是如此。我走出新幹線列車上的廁所，回過頭，從門上的小窗望向後方車廂內部。注意到的時候，我已遠離現場。

是檜山景虎。

非逃離不可。

怎會碰上他？

自小三的那起車禍以來，我就有了幾個可說是弱點的禁忌。「檜山家」、「檜山景虎」不用提，「汽車」也是其中之一。我無法淡忘車禍帶來的恐懼，甚至沒有考駕照。

即使是搭乘別人的車子，只要是自動駕駛，我總會全身發抖、噁心欲吐，因此都盡量避免。

但無論如何就是躲不過，所以才叫「犯沖」嗎？五年前，我走在路上被車撞，陷入昏迷。住院幾個月後，雖然順利回歸社會，但這件事對我的「汽車恐懼症」造成致命的一擊。此外，「東北地方」也成爲我的死穴。由於是在乘坐自動駕駛的車前往青森的途中發生那場事故、那場衝撞、那場旋轉，日本的東北地方在我眼中完全就是鬼門關。每次旅行，我都選擇去西邊。

因此，新東北新幹線通車以來，這是我第一次搭乘。沒想到竟會在前往東北的路上遇到檜山景虎。

我慌得方寸大亂。儘管知道自己驚慌失措，卻無法壓抑焦慮。

怎麼辦？

也沒有什麼好怎麼辦的吧？又不能下車。

是不是最好在下一站下車？

下車？我可是在工作。我自問自答。

如果下車，下一班往新札幌站的班次很晚才發車，工作預定會全部亂了套。那有什麼關係？總比陷入不可挽回的事態來得好。不可挽回？只是遇到老同學罷了，會發生什麼事？比起這些，確實完成工作更重要。

「七上八下」形容得眞的很貼切，我的心臟突突亂跳，完全鎮定不下來。各種問答在內心掀起狂瀾，令我坐立難安。

更讓我驚慌的是，回到自己的座位時，旁邊坐著一名陌生男子。難不成是檜山？他什麼時候搶先我的？我一陣心慌，但其實不是。從新東京車站發車後，我旁邊的靠走道座位應該一直沒有人。我四下張望，車廂並未坐滿，會不會是搞錯座位？我從口袋掏出智慧卡感應，窗邊座位的靠枕小燈亮起。是我的座位沒錯。

「不好意思。」我向坐走道座的乘客打聲招呼，進到自己的座位坐下。朝旁邊一瞄，是個戴眼鏡的瘦臉男子。西裝打扮，年紀約四十多或三十多歲。如果是前者，那他看起來很年輕，但如果是後者，就是顯老。

眼前的全像投影開始播報新聞。鯨魚擱淺在太平洋沿岸、昨天過世的偉大音樂家的死因、政治資金管理法等新聞一則則顯示出來，接著播送大量廣告。以前有人建議我「就算多花點錢，也該買沒廣告的車票」，再也沒有比全像投影廣告更煩人的東西，而且會吵得人睡不著覺。但我第一次搭乘新東北新幹線列車，也想體驗一下這種煩擾。

「我想拜託你一件事。」一會後，旁邊戴眼鏡的男子忽然對我說。

「啊，咦？」

「沒時間了，我長話短說。」

「呃，你剛才不是坐在這裡吧？」我想問「確定這是你的座位？」。

「時間不夠，我就省去說明。」男子的口吻彬彬有禮，讓人頗有好感，但除此之外，實在啓人疑竇。「請你晚點讀一下這個。」眼鏡男子說，身體幾乎沒有動，只是改變右手的角度，遞來一只信封。

上面沒有寫收件人也沒有寫寄件人，看上去是毫無新奇之處的淡茶色信封，但我接過來翻到背面，立刻發現是安全性極高的款式。不僅是市區，是連車站和交通機關各處設置的感測器都無法偵測到的類型，而且信封角落的規格碼是我從來沒見過的。「這是……？」

「這是尚未公開發售的信封。你居然看得出不同，不愧是專業人士。」

對方這樣稱讚，我覺得很害臊，但立刻心生疑念：專業人士？他怎麼知道我做哪一行？

我正想開口，他已站起，留下一聲「再見」，準備離去，於是我連忙問：「你要坐到哪裡？」

他停頓了一下，尋思片刻，回答「到昨日的日本」。

什麼跟什麼？容不得我繼續追問，他便走向前方車廂，消失不見。

我起身想追上去。

然而，就在這一瞬間，背後竄起一陣可怕的冷顫，我當場坐了下去。

是檜山。檜山景虎走進這節車廂，不用看我也知道。我立刻轉向窗戶，假裝在睡覺，全身警報都在作響。

我閉著眼睛，心中默念「快點經過」，不料有人出聲：「不好意思，打擾一下。」

我嚇得差點當場跳起，但仍假裝揉眼睛。

我以為看到的一定會是檜山景虎的臉，卻是別人。「您好，我們是警察。」對方出示卡片，是警察組織的身分證。我經常在電影和電視劇上看到，但這是第一次看到實物。上面有立體畫像旋轉，浮現所屬單位和姓名。

居然現寶似地使用這種電子資訊，公家單位眞是有點時代錯亂。

數位化帶來的無紙化潮流不斷推進，在這個時代，只需要乘載資訊的數位資料便已足夠，再也不需要具備實體的物品。

直到二十年前，應該都是如此。

當時的人一直不正視數位化的資訊容易複製、方便修改、會留下紀錄等基本的缺點。光是累積的資訊遭到竊取、外洩，就會造成嚴重的損失。

一般認爲，二〇三二年的大停電扭轉了社會潮流，越重要的資訊，越會採取實體方式儲存，而非數位方式。祕密交談的內容，更是必須透過紙筆書信傳達，而非使用電子郵件。那場大停電是大量繁殖的多足類昆蟲導致發電廠系統當機，首都圈停電整整一天，雪上加霜的是，還有落雷來攪局。停電時的輔助系統沒有啓動，而且儲存政府機關資料的伺服器損壞了。重要資料應該會經常備份，然而排程程式卻沒有發揮作用，儲存的資訊幾乎沒有意義。從以前就常有人說「萬一資料消失，一切都毀了」、「資訊只要一傳上網路，永遠無法刪除」，但自從這場大停電以後，人們嚴肅討論起此一議題。衆人終於切身體會到，過度相信數位資訊，總有一天眞的會嘗到苦頭。

此外，我認爲除了這場大停電以外，還有一些小事促成了法律的修訂。

官員的不雅影片外流、某國會議員恐嚇搜尋服務公司，要求將散布在網路上關於他的負面新聞從搜尋結果除外的證據流傳到網路上，他飆罵要求刪除的嘴臉也在網路上傳播，我猜想是這些例子促使掌權者採取行動。從相當久以前，就有買賣網路搜尋紀錄的業者橫行，導致大眾對於搜尋行爲本身變得消極，這應該也不無關係。代客搜尋網路資料的業者出現以後，網路最大的優點「便利性」日漸消失。

而且，自數十年前開始，重要的事最好不要透過數位裝置或網路進行，早已成爲年輕世代的共識。

寄出的電子郵件立刻遭到複製或截圖儲存。以爲兩個人在講悄悄話，卻不知不覺被所有人看光。連一輩子一次的害羞告白，也被永久保存下來。爭論到底有沒有說過哪些話雖然無聊，但有些時候，這種狀況才是美好的。

若是紙資源的浪費會造成問題的年代也就罷了，但大麻槿等替代植物的計畫栽培有飛躍性的進步，如今沒有理由節制用紙。

數位或實物都不是萬能的，互有長短，應該視情況運用——近這十年來，這樣的風潮深植人心。因此，像我這種以人力運送手寫訊息的工作，也出現了需求。

「方便讓我看一下智慧卡嗎？」眼前的警官說。雖然穿便服，但應該是搜查人員。

沒有理由拒絕，我從口袋掏出智慧卡。對方以外形像一把短尺的感測器感應，上面應該會顯示我的身分資料及坐過哪些車站。「不好意思。」接著他又拿出另一個甜甜圈狀的感測器，以似碰非碰的距離掃描我的身體。

「出了什麼事嗎？」我問。

「不，沒什麼。」對方回答，但既然像這樣調查新幹線的乘客，不可能「沒什麼」。

「走吧。」附近傳來另一人的聲音。

我面前的刑警稍微退開，回頭望去。

他就站在那裡。檜山景虎。原來他跟這個刑警是一道的。他看到我，頓時睜大眼睛，退開一步。

這也難怪，我暗想。我懂你的心情。剛才我看到你，也是一樣的反應。驚嚇，接著一片混亂，感覺全身都在命令：「快離開！」全身汗毛倒豎，心臟如擂鼓般狂跳。血液發出嗶嗶警告聲，竄流全身。

「水戶？」他問：「你怎會在這裡——」

「啊，嗯。」

說出口的話很短，幾乎像是呻吟，但我的內心烏雲密布，很快就會雷雨交加。我有太多話想說，卻又覺得連隻字片語都不該與他交談。

「認識的人？」刑警看著檜山景虎。

「唔，嗯。」他應聲之後，望向我：「你在當信差吧？」

我沒問「你怎麼知道」。既然他是警察組織的一分子，只要搜尋，馬上就能知道我的職業。警方應該有這類資料庫，只看要不要查而已。

「你……」我有些呼吸困難，問道：「你在當警察？」

他的眼底掠過某種不穩的情感。是對我提出問題感到生氣，還是別種情感？

車內廣播響起。天花板的音箱傳出聲音：「本列車即將緊急煞車。」眼前的座椅靠背也以全像投影浮現紅色文字。「本列車即將緊急煞車，車身可能搖晃，請小心。」

緊急煞車？我才剛納悶，車身便猛地向前栽去。我不知道是真的響起煞車聲，或者只是幻聽。

站著的刑警差點失去平衡，但他靠在椅座上撐住。

「喂，檜山，在前面。走。」另一名刑警說。「可能出事了。」

那名刑警可能是上司或學長，檜山景虎沒有反對，頻頻瞄著我，離開車廂。

總算能呼吸了。心臟總算動起來了。我如釋重負地靠到椅背上，短促地喘著氣，像隻伸舌的狗。

時隔許久，再次面對面，他一點都沒有變。濃眉高鼻、特徵十足的大耳，這些外貌特徵不用說，刺人的冰冷眼神也一如往昔。瞬間，我腦中的播放機開始運轉。

綜合學校時代的記憶浮現。

那天我頭痛，上學遲到，正要走進教室時，看見檜山景虎在裡面，立刻躲到門邊。這一節應該是在音樂教室上課，他怎會一個人留在教室？我覺得奇怪，悄悄探頭窺望，發現他居然在查看我的課桌。他在做什麼？平常在教室裡，他從來不對我表示出任何興趣，彷彿把我當成空氣，怎會查看我的桌子？我不明就理，也無法質問，只好轉身離開。下課後檢查書桌，我非常害怕，但毫無異狀，我鬆了一口氣，同時也覺得詭異極了。

還有一次，我看到檜山景虎和貌似女友的高中生一起走在大馬路上。我和同班同學剛去音樂引擎晃了一下回來，朋友不假思索地叫住他「喂，檜山，在約會喔？眞羨慕」，並朝他走去，害我不知所措，又不好直接掉頭走人，只得縮著肩膀奉陪。看到我在場，他應該也很尷尬，但還是介紹正在約會的女友。主要都是朋友在和他說話，我無所事事，只好對著旁邊的女高中生露出要笑不笑的表情。「喂，你幹麼打人家馬子主意？」下一秒鐘，尖銳的聲音刺向我。咦？我驚訝地望去，檜山景虎正在瞪我。「我又沒怎樣……」我只能含糊不清地辯駁，窩囊極了。而後，檜山便帶著女高中生離開。

這是我想忘掉的回憶。

後來沒多久，朋友之間傳出八卦，說檜山搞上很多女人，到處發生關係。我叫自己不能好奇、不能在意。

於是，直到從綜合學校畢業，我和他幾乎沒有交流。

如果我的記憶正確，我們之間只有過一次像樣的對話。是綜合學校六年級，即將畢業前，在校舍屋頂上的對話。

新幹線遲遲沒有開動。

「本列車目前臨時停車，進行安全檢查。請各位乘客耐心稍候。」全像投影的訊息不斷播送著。

我從皮包取出平板電腦，本來想查詢轉乘資訊，但除非這班車停靠在某一站，否則應該無法移動，便打消了念頭。如果是幾年前，只要搜尋微紀錄，或許可從某個乘客貼的訊息得到資訊，但現在網路上充斥著假消息和暗號訊息，看了只會徒增混亂。

我看到信封。

是剛才坐在旁邊的眼鏡男子——眼鏡先生交給我的東西。「請你晚點讀一下這個。」

這到底是什麼？

那名眼鏡先生怎會坐在這裡？這會不會是危險物品？

我警覺地著手拆封，這完全是在停止的新幹線列車裡，沒有別的事情可做的緣故。裡面還有一封信。信中信，像俄羅斯套娃的機關。除此之外，還有另一張信紙。別人的信件不能擅自拆閱——不管是基於常識還是我的職業倫理，都是如此。但那張紙在預期我會看到的位置上寫著「請信差先生一讀」，因此我非讀不可。

開門見山地說，我想委託你案子。請將這封信交給我的老友。他的名字叫中尊寺敦，他的姓氏很特別，所以現在或許已改姓，以不同的名字生活。

由此我得知兩件事，並萌生一個疑問。首先我知道的是，寫這封信的人，也就是眼鏡先生，他知道我的工作。我的工作是收取別人的手寫信件，遞送給收件人。如果利用公家機關的郵務投遞服務，價格比較便宜，但因爲是公家機關，所有紀錄都會被逐一保存下來。儘管擔心資訊外洩和複製的風險，而從數位資訊改爲傳統紙張，卻經常發生郵差爲了賺外快而外洩、複製信件內容的案例。這時就輪到我這種自由業的獨立信差登場了。當然，或許有人會覺得自由業者不能信賴，但也可說是個體戶，更講求信用至上，最後，只有認眞、誠實並且辦事牢靠的人，才能在競爭中存活下來。

由此得知的第二件事，是寫下這封信的人，對老友的現在，也就是中尊寺敦目前的狀況並不清楚。只提到可能改姓的推測，並未確實掌握到實際上如何。

這就引出另一個疑問：

我要怎麼找到可能已改姓的收件人，安全把信送達？連收件地址都沒有。

繼續讀下去，就能解開這個疑問嗎？我懷著這樣的期待讀下去，事實上這封信大半的篇幅，都是在回答這個疑問。

✉

> 我和中尊寺是在大學認識的。我們都是電機資訊學院的碩士生。我對他的第一印象是，世上應該再也找不到像他這麼聰明、這麼冷漠，與我如此天差地遠，卻又如此相似的人。後來我才知道，原來他對我有著相同的印象。

娓娓道來般的開頭，讓我心生提防：他該不會打算又臭又長地說明下去吧？唯一值得慶幸的是，他的字體非常工整，不僅易讀，而且優美，光是看著就賞心悅目。

信上寫著他如何與中尊寺逐漸親近起來。由於一些契機，他們發現彼此都對γ摩可的作品敬愛有加，很快打成一片。

我當然也知道γ摩可。就像巴洛克音樂的巴哈、搖滾樂的披頭四、爵士樂的查利・帕克，在二十一世紀出現的JUROKU音樂，其中的代表就是γ摩可。JUROKU這種音樂類別能夠變得如此普及，γ摩可功不可沒，即使是否定γ摩可作品的人，應該也不得不同意這一點。

就連難說熟悉音樂的我都喜歡JUROKU，也認爲現在仍持續活躍、推出新作品的γ摩可是日本的驕傲。

信上提到，二十年前，當兩人窩在研究室裡聽γ摩可的時候，γ摩可仍是只有少數內行人才知道的樂團。現在雖然難以想像，但應該是眞的。

兩人在二十年前的研究室氣味相投，除了投入研究之外，也熱烈討論γ摩可。

「正確與否，只有直覺知道。但我們的直覺理當是對的。社會將在落後我們許多年的往後證明這件事。」

兩人身爲研究家，懷著這樣的信念做研究，對於γ摩可，也抱持著相同的看法。

實際上，他們眞的沒有看走眼。

鶴立雞群的γ摩可引起矚目，人氣爆發，一眨眼便席捲了整個音樂圈。

節奏如何、歌詞如何、旋律如何，最重要的是他們創造出來的和音！

評論家當然不用說，在一般音樂愛好者之間也蔚爲話題，原本逐漸成爲少數人嗜好的音樂欣賞，再次得到復興。如果沒有γ摩可，或許音樂早在二十一世紀便衰退。

然後，發生了那起悲劇。

成員遭到刺殺。就在γ摩可的演唱會當中，一名歌迷衝上舞台，刺死負責作曲的田中KANATA。觀眾席和舞台之間站了一排警衛充當防波堤，但歹徒就是警衛之一。當場被制服的歹徒，只是不斷訴說對γ摩可的熱情，完全不得要領，最後在審判期間自殺身亡。

諷刺的是，這起事件形同將γ摩可的知名度提升到另一個層次。網路上的觀看次數、歌曲的播放次數都創下新紀錄。關於田中KANATA刺殺案件的書籍汗牛充棟，網路上充斥著各種陰謀論。田中KANATA離世以後，剩下的四名成員塡補他的空缺，仍繼續推出創意十足的新曲，但都市傳說認爲「田中KANATA將音樂理論做成程式留下來了」。

我和中尊寺深夜聽著曲子，有一次做了這樣的約定：

如果有一天，γ摩可又有成員過世，我們就再一起聽他們的歌吧。我不確定是誰提議的，不過也許那時候的我們已察覺，有朝一日將會分道揚鑣。

好像情侶之間的約定——這是我第一個念頭，或許說「不倫之戀的情侶」比較接近。彷彿在表示：雖然總有一天我們會分開，但如果某個契機到來，到時我們再相會吧。直到十幾年前，同性婚姻似乎仍有些受到歧視，但如今已變得司空見慣。

啊——我驚覺一件事。

就在昨天，γ摩可的成員過世了不是嗎？我才剛看到鼓手杏ANTO的死訊。全像投影的新聞提到，記得是在報導死因已公開。雖然現代的癌症醫療有長足的進步，唯獨胰臟癌極難應付，新聞說杏ANTO也是與這種癌症纏鬥許久，仍不敵過世。

中尊寺提議，決定一個碰面的地點。他說，如果有一天γ摩可又有成員過世，就在青葉山青葉城的伊達政宗像前碰面。我們的研究室在青葉山，所以中尊寺才會選擇這個鼎鼎有名的觀光勝地吧。是仙台杜市的青葉山。

昨天在新聞上得知杏ANTO過世的消息時，我立刻想起中尊寺。

現在我們已沒有聯絡，我不知道他在哪裡。那個約定只是當時隨口一提，後來便從未再次提起。但如果他記得那個約定，或許會去青葉城赴約。

簡而言之，眼鏡先生希望我去那裡。如果中尊寺在那裡，就把信交給他。

而且，信上說報酬已匯入我的雲端銀行戶頭。我大吃一驚，取出智慧卡查詢，餘額確實增加了。

他怎會知道我的銀行帳戶？我們之間的接觸，明明只有剛才在新幹線列車上而已。居然單方面地匯款，我得還給他才行。我大略看了一下，他匯進來的金額比一般案子的報酬行情高上許多。

我再次重讀信件。

想達成二十年前的約定——這樣的內容或許可說是感人的。

但是不確定因素實在太多。二十年前，幾乎像閒聊一樣，只是隨口的約定，好比用淡墨畫在土牆上的塗鴉，即使隨著歲月經過剝落消失，也很合理。搞不好，對方連曾在土牆上塗鴉都忘了。雖然他還記得，但在對方心裡，非常有可能是疑惑：「有這回事嗎？」

即使對方記得這個約定，打算去青葉山，也不清楚會是何時。兩人的約定只是「如果發生這件事就見面」的模糊預定，似乎沒有說好「看到新聞幾小時後」或「成員死後二十四小時」之類明確的時間日期。從這一點也可看出，他們的約定並沒有多認眞。

就算去了，極有可能是白跑一趟。

不，比起這些問題，爲什麼他不自己去，而要拜託我？

爲什麼甚至願意花錢，也要我替他跑腿？

「各位乘客久等了。」

廣播響起，眼前也顯示文字。總算要出發了嗎？我嘆一口氣，然而，接下來的訊息卻非預期的「本列車即將開動」。「由於系統故障，本列車無法運行。請各位乘客暫時在座位上稍做等候，造成不便，敬請見諒。」

「稍做等候」是時下的病句吧？我挑起無謂的毛病。

✉

最後，我們被趕下車，徒步回到新仙台站。在鐵軌上行走的經驗相當新奇，但同時有種不知道列車什麼時候會撞上來的恐怖。當然，我也強烈地覺得「這下傷腦筋了」。打開小側背包，取出信封。上面寫著新札幌的收件住址，我接受東京都內一名高齡婦人的委託，遞送這封信。

既然新幹線停駛，今天是送不到了。雖然可從仙台機場坐計程車前往，但交通費會大幅增加。

我取出智慧卡點了點，打電話給委託人。對方是個高齡婦人，我說明狀況，她溫柔地說：「明天送也沒關係。我住札幌的兒子下次要開車來東京看我，我只是寫了張伴手禮清單，要他到時候帶給我而已。」

既然只是件手禮清單，我覺得用電郵或電話交代就行了，但委託人的兒子或許以前有過不好的經驗，變得相當神經質，不僅不相信電子資訊，也認爲電話可能遭到竊聽。「眞是的，連這都不放心，實在沒完沒了。」老婦人笑道。或許她正在接受最近很流行的高齡者治療，態度非常溫和，令人慶幸。我向她道歉，並且致謝。

我沿著鐵軌走回新仙台站，同時思考下一步的行動。

雖然要看其他新幹線的行駛狀況，但也可搭乘其他班次回到東京都內，明天再重新出發。或者，應該在新仙台住一晚，明天從這裡前往新札幌？前者要多花交通費，後者需要住宿費。

坦白講，我想要一個契機。

其實，我很想去送眼鏡先生交付的那封信。

想想把收到的報酬退還的麻煩，直接達成任務應該是最簡便的做法吧？既然我都在新仙台，繞去青葉山剛剛好。

內在的我如此遊說著。

我在尋找接下案子的理由。

簡而言之，我想知道二十年前的約定會是怎樣的結局。

即使對方記得約定並前來，也不知道會是什麼時間、會不會是今天。不過，去看看又何妨？

好奇心占了上風。

✉

第一次踏入的新仙台站比想像中寬廣，連要走出這五層樓的建築物，都讓我差點迷路。我找到導覽圖。如果前往青葉城的交通方式只有搭計程車或公車，我實在不敢坐車，打算走過去。不過，幸好有地下鐵可抵達。

我在宛如迷宮的站內移動，來到地下鐵月台，剛好正要發車。我一衝進車廂，門就關上了。

座位很空，但我不想坐，於是站在車門附近，靠在扶手上，透過窗戶看著前方。

眼鏡先生怎會知道我坐在新幹線的那個座位？

疑問浮上心頭。

如果他想委託我工作，事前透過正規管道聯絡我不就好了？

尋思至此，我回想起那封信的內容。

如果γ摩可的成員過世。

事實上，這則新聞是在昨天披露的，因此他是看到消息，才想到要寫信給青葉城的老友吧。要以正常途徑委託我，時間上或許太倉促。

我在網路上全天二十四小時接案，但最快也只能指定兩天後送件。

他大可以委託其他業者。這個業界還有許多同行。我自信一向認真完成工作，如果他是看上這一點，我很感謝，但我的知名度應該沒那麼高。

是誰推薦他嗎？有人說「若要找人送信，我推薦一個叫水戶的」嗎？自從人類發明語言以來，任何時代最重要的都是口碑嗎？

我靠在搖晃的電車上，漫不經心地望著窗外地下鐵隧道的牆壁，浮現腦海的又是檜山景虎。

剛才在新幹線列車上看到我的瞬間，他那僵硬的表情，應該就是我的倒影。身體僵硬、震驚慌亂，無法動彈。

就和在學校屋頂面對面那時候一樣。

綜合學校六年級，畢業在即的三月某天，回家後我發現把平板卡忘在教室裡，又折返學校。來到校門口時，不經意抬頭一看，發現屋頂上有個人影，我嚇一大跳。

有人要跳樓自殺嗎？我當下這麼想。

一回神，我已向前奔去。我衝進校舍，頭也不回地跑上階梯，甚至忘了在玄關脫下室外鞋。

幹麼這樣拚命？我對自己感到納悶，身體卻不由自主地火速趕往樓頂。彷彿受道看不見的繩索向上拉扯，無法抗拒。

抵達最上層，平常應該鎖著的門開了一條縫，我毫不猶豫地跑出屋頂。

站在那裡的是檜山景虎。

他站在幾公尺外。他看到我，頓時僵住。

情急之下，我轉向旁邊。

自從他轉學進來以後，我都一直小心盡量不要與他有任何接觸。他應該也是吧。

然而，怎會在畢業的前夕、在這種地方冤家聚頭？

我看到人影，擔心有人要跳樓，沒發現是你。

或許這樣解釋就好，但我沒有說出口。心臟跳得超快。我是在緊張、害怕，還是兩者皆有？

他的家人死在與我們家的車禍當中。我的家人被他們家的車子奪去性命。加上祖父母之間的官司訴訟，我們都因爲對方吃足苦頭，這是事實。

儘管我從未將他視爲敵人，卻覺得被絕不能碰見的天敵盯住了。

我並未敵視他，但他呢？

你是怎麼看我的？一直以來的疑問湧上喉頭，但我仍未能說出口。

我掩飾似地轉向旁邊，看到圍欄附近有個瓶子。是有人拿上來，忘了帶走嗎？回過神，我已撿起瓶子。沒有標籤，裡面是空的。瓶子有顏色——我舉到眼前準備細看，不料手一滑——

瓶子無聲無息滑落，慘叫般發出短促的聲響破裂。

怎麼會？

我明明握得很穩。我在內心說著，不是在對誰辯解。也沒有滑落的觸感。

我甚至只能推論，是不是有人把我拿著瓶子的手指，從瓶身上仔細地一根根扳開？若說瓶子注定要在這時候滑落，我還比較能夠信服。

檜山景虎就站在身後。

我一回頭，衣領被揪住。危險！來不及這麼想，全身的警示燈都亮起，警鈴大作。

檜山景虎瞪大雙眼，鼻翼翕張，右手高舉。我發現即將挨揍，體內瞬間發出著火的聲響。一開始，我打算懇求對方住手，但不知何時，另一種迫切的情緒充斥全身。這樣下去會被幹掉。我不能被幹掉。全身細胞彷彿都在大喊：起身對抗！不可以輸！

我身體一扭，惡狠狠地一把揪住他的右腕。

下一秒，他忽然放鬆力氣，吐出一口氣，小小聲地說：「開玩笑的啦。」

「咦？」

「鬧你的而已。」他臭著臉說，但我看不出到底有幾分是眞心的。

剛才的動作實在不像開玩笑。他應該是受到嚴肅、深刻的情感驅使——我也是如此。

他反覆深呼吸，像要讓自己冷靜下來，我也照著做。

一會後，他撇開臉。

我跟著望去，遠處的天空滲透出似橘似紅的色彩。一條斑駁的雲長長地橫亙其上，好似用刷子一把刷上的白漆，輪廓逐漸膨脹。多麼像鯨魚。如夢似幻、美麗伸展的點描白鯨，被夕陽照得燦爛生輝。鯨魚體內放射出一層又一層紅光，紅色與橘色滲染整片天空，逐漸擴散。我目不轉睛地盯著，雲朵的形狀緩緩改變，鯨魚慢慢融解。

雖然是一幕鮮豔美麗的夕照景象，卻令人隱隱不安。

「爲什麼就是會起衝突？」

我聽見這句話。沒想到檜山景虎會說這種話，我差點以爲是自己說的。

「衝突很容易發生。」

這次，我知道話是出自他的口中，也覺得他說的衝突，是指剛才抓住我要毆打的事。

「人類的歷史就是滿滿的衝突吧？」

「咦？」

「只是衝突與衝突之間有片刻休息罷了。」

「片刻休息？」

「絕對不可能有毫無衝突、全是平和寧靜的狀況。」

「世上沒什麼是絕對的吧？」

「絕對沒有。」他一口咬定。「無時無刻，都一定有人在發生衝突，這就是歷史吧。」

「你是指，某人的和平，是建立在別人的犧牲之上嗎？」

我預期他聽到這些話，一定會咂舌或擺出類似的不滿態度，沒想到猜錯了。

「衝突是不好的嗎？不是吧？衝突是一切的基礎、是根本。」

「根本？」什麼意思？我無法理解他這話有幾分認眞。

「可是，如果發生衝突，就會有人受傷，也會出現破壞。沒有衝突當然比較好。」

我想起小時候最喜愛的童書。那部作品最早是擁有聖槍與鋼鐵外殼的蝸牛活躍的繪本，後來改編成動畫和電影，現在已成爲無人不知、無人不曉的國民角色。全國各地都有它的主題樂園。主角卷卷有一句招牌台詞。

「不要爭吵比較好。」我想起那句台詞。「我瞭解想爭吵的心情，可是不要爭吵比較好。」心地善良的卷卷這麼說。

記得小時候，母親常在睡前讀卷卷的故事給我聽。雖然我處在半睡半醒之間，卻還是能感受到母親朗讀的繪本文字，安撫了孩子特有的不安和恐懼，讓內心的波濤平靜下來。

「考慮到個人的心情，或是眼前的社會，衝突或許是壞事。」檜山景虎說。「但站在不同層次上來看，衝突不會消失，和在實驗室裡攪拌燒杯一樣。不攪拌就無法進行實驗。」

是誰的什麼實驗？

「不衝突，什麼事情都不會發生。不會有任何進化。衝突會引起變化，創造出新的事物。星星也是如此。小行星不斷互相衝撞，衝撞的能量形成岩漿海。月亮是從許多的衝撞痕跡當中形成。水也是，由於隕石撞地球，才會生出水來。」

「呃，嗯，是啦……」我只是窩囊地附和。

「事物會朝盡量增加可能性的方向前進。攪拌、擴散。所以，衝突必須發生。衝突就是相爭。維持現狀、縮小規模才是不好的。創造、破壞、創造、破壞，甚至沒有意識到是在破壞吧。」

「誰的意識？」

「也不是誰，只是衝突不會消失。畢竟永遠衝突下去本身就是目的。」

他望著西沉的太陽照耀雲霞的天空。色彩和剛才不同，陽光也染上金黃色。如詩如畫的景色，很多時候比投射在大螢幕上的虛擬影像更不眞實，但這時的夕陽伴隨著寂寞的紅，讓人體會到一種活生生的觸感。

「如果是這樣，我們該怎麼辦才好？如果相爭是天經地義的事，我們只能接受嗎？」

「這是兩碼子事。衝突不會消失，就像雨水和風暴不會消失。但努力設法在其中安穩生活，是人的自由吧？」

「努力？」

「想在攪拌的燒杯裡拚命撐出平靜的時刻，需要努力。沒有努力，就沒有和平。即使努力，我也不知道能不能變得和平，但如果什麼都不做，一定會發生衝突。」

他說到這裡，忽然一陣風颳起。風在我和他之間捲起沙子，形成小小的漩渦，拉出螺旋狀的尾巴，接著消失無蹤，宛如敏捷的鼬從我們的腳邊一竄而過。

檜山景虎一副猛然回神的表情，呆呆看著我，走進門內消失身影，彷彿完全沒有發生過剛才那段對話。

✉

地下鐵從新仙台站往西前進，避開廣瀨川，經過南方的山間。得知通過地下的列車會爬上山時，我感到很奇妙，但實際坐在車上，只覺得行駛在平坦的路面。我在離青葉城址最近的「龍口溪谷」站下車。

搭乘透明的膠囊狀電梯從谷底升至地面。前方的山崖非常壯觀。也許是接近賞楓季節，部分樹木染上紅色或黃色，其間露出白色山壁。向下俯望，可體會到山谷之深，幾乎讓人毛骨悚然。

步出地面以後，就是普通的人行道。我行走在路邊葉片轉紅的樹木旁，但分不出這些樹是哪一種鵝耳櫪。

前進約一百公尺，來到青葉城址的範圍內。穿過大門，裡面有停車場，再過去是一塊近似小公園的區域。

雖然看得到壯觀的城堡，但我知道那是立體影像投射出的虛擬建築物。根據設置在一旁的說明板，戰國末期興建的這處「本丸」(註)，在明治時期遭到破壞，做爲兵營使用，最後消失無蹤。

無論任何時代，戰爭都會毫無道理地大肆破壞。在被敵軍摧毀之前，建築物就會因爲「戰事準備」先遭到破壞。

衝突是壞事嗎？不，是一切的基礎、一切的根本。

我又想起檜山景虎的這番話。

他說創造又破壞、破壞再創造，這樣的反覆就是歷史。

可是，由於發生衝突，使得如此壯觀的建築物灰飛煙滅，亦是事實。這樣不是太空虛了嗎？我在內心反駁，望著虛擬影像的本丸。裡面也重現大廳和城堡內部，我差點就要踏進去，忽然想起原本的目的，自覺不能悠哉閒晃，便又走出去。

我也想起匯入雲端銀行的報酬。

這是工作。

四下不知不覺變得陰暗，沒什麼觀光客，我彷彿偷偷潛入不該進入的地方。環顧四

註：日本城堡最中心的區域。

周，園裡各處都有監視器鏡頭。

我四處晃了一下，發現有個標示「←伊達政宗騎馬像」。

順著箭頭走去，景色開闊起來。那裡有可俯視市區的展望台，矗立著伊達政宗像。

雖然不大，但品味非凡的基座上，立著一匹威風凜凜的馬，伊達政宗就騎在馬上，俯視著仙台市區。那勇壯的姿態豪氣凌雲，我不禁跟著抬頭挺胸。

看到那個人影時，我差點發出驚呼。

從伊達政宗像看去的右邊深處有一片樹叢，並排著長椅。那裡光線昏暗，但坐著一名男子。

男子身穿夾克，及時下少見的藍色牛仔褲，交抱雙臂，蹺著二郎腿，姿勢邋遢地閉著眼睛，不知道是在沉思或是在打盹。

是中尊寺敦嗎？他還記得二十年前的約定嗎？

你又不是當事人，興奮個什麼勁？我冷靜地指出這一點。沒錯，我只是幾小時前在新幹線列車上突然接到送信的委託，在那位眼鏡先生和朋友的劇情當中，完全是個局外人，不過是在故事結尾突然冒出的小配角罷了。

但即使是小配角，希望也允許我在該感動的時候感動，該緊張的時候緊張。

「請問……」沒來得及猶豫，我已出聲攀談。

男子的頭髮蓋住耳朵，臉上布滿鬍碴。他閉著眼睛，沒有反應。

「請問……」我再呼喚一次，對方仍動也不動。

也許是故意不理我。我稍微加大音量，同時舉起手在他的眼皮前晃動。

男子慢慢睜開眼睛，注意到我，露出驚訝的神色，但也只有一眨眼的工夫。他的手伸向耳朵，取下耳機，動作慢到幾乎要讓人打哈欠，所以他沒聽到我的聲音嗎？

「請問，」我又說：「你是中尊寺先生嗎？」

他眉毛一挑。與眼鏡先生老實正經的氣質相比，這位眞的很隨便。我忍不住要懷疑：他們眞的是朋友嗎？「什麼事？」

「請問，」在我的人生當中，一天說最多次「請問」的紀錄是幾次？這個疑問浮現腦海。搞不好今天就是破紀錄的日子。

「有人請我送信。」「送信。」「沒錯，就是這個。」

「你是信差？」他蹙起眉頭，坐直身體，有些警戒地接過我遞出的信封。他說「好久沒收到實體信了」，發出短促卻沉重的一聲「啊」。也許是從正面的手寫字「中尊寺敦先生收」看出寄件人是誰。

「原來他記得？」他露出笑容。

我心中響起鈴聲，「你們約好了呢。」

「是啊。不過，那時候只是隨口說笑罷了。我和他都是。而且，我們完全無法想像，居然眞的會有其他成員去世。有趣的是，昨天看到杏ANTO去世的新聞，我意外地馬上就想起來。只是，我不認爲他還記得。」

「但你還是過來了。」

他咧齒一笑，「因爲我很閒。」比起害臊，他更像是炫耀。「每天在街上閒晃，聽電子搖滾樂消磨時間和金錢，在公園餵鴿子。所以，今天我一直待在這裡聽γ摩可。」

「果然是在等朋友。」

「算嗎？我們連什麼時候碰面都沒有說定。不過，如果他來了，我卻不在，不是很過意不去嗎？畢竟……」

「畢竟？」

「閒閒沒事做的人配合忙碌的人，不是天經地義嗎？」

「是嗎？」

「他沒辦法來，表示他很忙吧。」

「但他寫信給你了。」

「真是一板一眼的傢伙。」他打開信封。出於職業關係，我看過許多人拆信的瞬間。細膩的人會用剪刀，或是拆信刀，也有不少人嫌麻煩直接撕破。或許很像湊熱鬧的心態，但我喜歡看別人滿懷期待與不安，從信封裡取出信紙的樣子。

信封裡的信紙，比我預期中少。

若要抒發彼此都記得老約定的深深感慨，感覺需要更多信紙，但眼前的男子手中只有薄薄一張信紙，最多可能就是兩張了。

中尊寺敦看到信紙上的內容，頓時一驚。他睜大眼睛，緊接著蹙起眉毛。

上面到底寫了什麼？我正在疑惑，只見他取出智慧卡，開始操作。

看起來像不懂信上詞彙的意義，正在用字典查詢。

「原來如此。」片刻之後，中尊寺敦說。原來如此，是這樣啊。他的表情比剛才更凝重。

「怎麼了？」我忍不住好奇地問。這等於是實現與朋友二十年前的約定，應該會更開心或更感動，卻幾乎看不到這類情感，他的神色反倒頗陰沉。

他沒有回話，我再問了一次「怎麼了嗎？」他總算從智慧卡上抬起頭。

「既然送這樣的信給我，我猜他應該出了什麼事，所以查了一下新聞。」

「新聞？」

中尊寺敦聳聳肩，將智慧卡轉向我。畫面上浮現新聞內容。

「人工智慧『維列卡塞利』開發負責人意外死亡」。

「這個嗎？」我詳細閱讀內容，懷疑自己眼花了。上面說，人工智慧的權威研究家寺島寺雄，從新東北新幹線的高架橋上墜落身亡。寺島寺雄按下緊急停車鈕，強制新幹線停車，跳到鐵軌上奔跑。受此影響，乘客被迫離開列車，徒步走回新仙台站。新聞還附上寺島寺雄的立體照片，那張臉毫無疑問，就是把信交給我的眼鏡先生。「這是什麼時候的新聞？」

「剛才。就在不久前。」

「可是，我在新幹線列車上遇到這個人。就在一個小時前，他拜託我送信。」

「到底在搞什麼？」中尊寺敦立刻憤憤地說，像要啐掉腦中的混亂。事實上，他也做出搔頭的動作，彷彿要把混亂的東西抓起來丟掉。

「呃，這是怎麼回事？」

「我哪知道？」中尊寺敦不悅的口氣，反映出他自身的不安。「眞是的，到底怎麼回事？」

「信上寫什麼？」

中尊寺敦在原地走來走去，也許是想整理思緒。他聽到我的問題，手伸進口袋掏出信，一把塞給我。

信紙只有一張。這是寫給遵守二十年前約定的老友的信，我一直以爲上面一定寫滿文字，抒發懷舊之情，並讚揚兩人的友誼。沒想到，那張紙上只有孤伶伶的兩行直書字，空白到讓人連失望都不好意思表現出來。

你說的沒錯。

奧茲貝爾與大象。

上面只有這兩行字。

離開青葉城後，我尾隨在不斷往前走的中尊寺敦身後，但仔細想想，我根本沒必要跟著他。

把信交給收件人的工作已達成，更進一步說，我也見證二十年前兩名朋友之間的約定順利實現。

然而，中尊寺敦卻以我會一起行動爲前提，說「這邊，跟我來」。聽起來像是「如果不跟來會有危險」，我不由得聽從。他甚至囑咐「不要離我太遠」。

離開青葉城的範圍後，我往地下鐵車站走去，他粗魯地說：「喂，是這邊啦。」

「呃，我差不多要走了。」

「要走了？你放棄了嗎？」

「放棄？」雞同鴨講。哪有什麼放棄不放棄，我就是堅持送信，才能交到他的手中不是嗎？

「你眞是搞不清楚狀況。」他的表情就像看著迷途的孩子。

「狀況？」

「他會死，不是事故也不是自殺。」

「你是說把信交給我的那個——」寺島寺雄嗎？

「他明白自己身陷險境，所以把信託給你，好讓信可以交到我的手中。他是分身乏術吧。」

「那封信是什麼意思？」

上面只有短短兩行：

你說的沒錯。／奧茲貝爾與大象。

「還不清楚。」

「不清楚？還？」

「他應該是刻意故弄玄虛。」

「故弄玄虛的信有意義嗎？」

「當然。如果信在交到我手上之前，被別人搶走就糟了。如果上面寫著答案，不就被別人知道了？」

啊，原來如此——起先我這麼想。要是訊息有可能走漏，就必須故布疑陣。但連收到信的本人都看不懂，豈不是本末倒置？

或許是察覺我的疑問，中尊寺敦說：「應該很快就能想通。他一定是這麼考量的。他篤定如果是我，一定能想通。」

「上面寫的『你說的沒錯』，指的是……？」

「跟我來。」中尊寺敦聳聳肩。「聽著，既然他死了，表示事態非同小可，你可能也無法平安脫身。」

咦，怎麼會？我的驚愕都表現在臉上了。

「他的行動恐怕正受到全面徹查。他把信交給你的事，應該也會被查到。只要看看新幹線列車上的監視器，便一目瞭然。如果不跟我一起行動，你的位置就會被揪出來，遭到調查。」

「呃，我的位置怎會……」

「畢竟到處都是監視器，你應該知道，從智慧卡的資訊就可看出誰去過哪些地方。」

智慧卡結合身分證、錢包、上網等功能，非常方便，全世界絕大部分的人都在使用，但剛採用時，有人提出疑慮，說政府機關可能會用來監控民眾。官方似乎沒有肯定也沒有否定，但我不怎麼在意。我的感覺是，如果能因此減少犯罪，即使行動範圍稍微受到追蹤，也無所謂。要是能抓到罪行重大的歹徒，我反倒舉雙手歡迎。絕大多數的人應該都這麼想，因為我們有自信絕對不會故意作奸犯科。

「我又沒做什麼。」

「即使你自認為沒做壞事，警方也會認為你知道什麼，進而調查你，包括你的全身從頭到腳、你的住處從裡到外。你也不想這樣吧？」

「當然不想。」誰會樂意呢？

「那就跟我來。」

中尊寺敦從外套內袋取出一個小小的薄盒狀物體。

「那是什麼？」

「干擾器。不是什麼了不起的東西，不過帶在身上，可避免在監視器和感測器留下紀錄。」

「怎會有那種東西？」

「暑假的美勞作業。」

我以為他在開玩笑，而且一點都不好笑，所以客套地笑道：「老師看到一定生氣了吧？」沒想到他面不改色地說：「不只是老師生氣，警察還跑來調查我。就算我表示是自己設計的，他們也不信。」

我聞言大驚，中尊寺敦似乎誤會我驚訝的理由，補充解釋：「放心吧，這是進一步改良過的。」

我不知道該如何反應，他又勸道：「我載你，奉陪一下吧。」

腦中閃過車禍的記憶。不，與其說是腦中想起，更像是記憶流過血液，全身體溫急速下降。這時，我聽到中尊寺敦說：「不過是自行車。」

✉

或許小時候姊姊騎自行車載過我，但記憶模糊。長大以後的自行車雙載很新鮮，而且有點可怕。雖然有貨架，但坐起來難說舒適，屁股很痛。不過，中尊寺敦騎的自行車一口氣衝下青葉山，讓我連感覺屁股痛的空檔都沒有。自行車飛快滑過蜿蜒的馬路，感覺更接近滑降，我甚至無法開口喊「等一下」、「先停一下」，只能緊緊抱住眼前的他，也無暇去想什麼拚命抱住男人的身體令人抗拒。自行車傾斜得極爲厲害，好幾次我閉上眼睛，心想絕對要翻車了，卻都在千鈞一髮之際撐過來。我也看到中尊寺敦在即將傾倒的前一刻伸腳踹地。

爲什麼我會遇到這種事！即使如此哀號，聲音也不斷被吹到後方。

管他去死！我終於看開，自行車卻停住，中尊寺敦說：「喂，可以放開我了吧？」

我回過神，下了車子，幾乎要爲再次踏上地面感謝上蒼。

中尊寺敦氣喘如牛。「我們進去那裡。」他以目光指示對面的店。

那是一棟骰子狀的建築物，牆壁是純白的，正面寫著「新聞&咖啡」。

是不久前蔚爲話題的新聞咖啡廳。店內設有許多螢幕，播放著各種新聞，不光是國內新聞，也有相當偏遠的外國情勢，客人可一邊用餐，一邊觀看這些資訊。任何新聞都一樣，由於不同立場和信念的人解讀方式各異，客人經常因爲一些言行爆發衝突，引發問題。有人說，會變成坐在新聞咖啡廳裡，觀看「新聞咖啡廳顧客大打出手」的新聞。

店內人不多，但設置在各處的螢幕顯示出播報新聞的主播和事件畫面，造成一種人聲鼎沸的錯覺。

桌面本身就是大螢幕，可操作切換成任何一台新聞。

向過來服務的店員點了熱咖啡後，中尊寺敦觸摸螢幕。他並沒有特別選台，畫面出現海外情勢的熱門新聞影像。

新聞說，中東某國爲了獲取不遠處的別國地下資源，私下在深海挖掘隧道，東窗事發。被激怒的一方，也就是被偷挖隧道的國家除了抗議，也許是爲了展現不惜一戰的決心，派出大量最新型的潛艇前往對方國家的領海。

「這是偶然遭遇潛水艇的漁船所拍攝到的畫面。」隨著旁白顯示的畫面，是慌張的外國漁民說著「那是什麼?是什麼東西？」，及接連穿過海面船隻下方的大批潛水艇的黑影。

「感覺要開戰了，眞可怕。」我說。

或許是不會與日本直接相關，中尊寺敦興趣缺缺地冷哼一聲，切換頻道。

接著出現的是歐洲小國發生的凶案報導。雖然是殺人命案，但規模極大，某個小鎮與隔壁小鎮之間出現多名死者。兩邊的居民持斧頭和刀子等隨手可得的武器展開廝殺，要是發生在上個世紀，或許還能想像，這卻是現在的新聞，令人難掩驚訝。

「你知道這件事嗎？最早是因爲疾病。」

「疾病？」

「出現原因不明的疾病，四處蔓延，死了很多人。有流言說是隔壁鎮的工廠在散播病菌。」

「事實上眞的是這樣嗎？」

「不曉得。後來，工廠所在的小鎮也開始出現這種病，居民盛傳是另一邊的小鎮在進行報復。」

「然後就廝殺起來？」爲了這種原因？

「不管再怎麼宣稱人類是理性的，最後做出決定的仍是肉體，而不是腦袋。」

「什麼意思？」

「動物的原始反應支配了一切。一旦陷入疑神疑鬼的心態，這種狀況一點都不足爲奇。」中尊寺敦嘟噥著，手指滑過桌面。

「你要查什麼？」

「那傢伙的事。不過，在這裡搜尋會留下紀錄。」

「呃，寺島先生是在研究人工智慧吧？」

「維列卡塞利。」

「那是什麼？」

「人工智慧的名字。非要爲所有東西都取個名字才甘心，這就是人類。」中尊寺敦說。

「他和我從學生時代起，就一直埋首研究那玩意。」

「我不知道什麼是人工智慧耶。」

「你覺得是什麼？」

提問的是我吧？我忍不住苦笑。「從字面上來看，是像人類一樣的智能系統嗎？」

「實際上遠比人類聰明太多。簡而言之，就是基於經驗和知識來預測事物。不光是預測，還能夠分析出答案。」

「就像汽車導航？」小學的時候遇到的車禍似乎就要在腦中重播，我用力閉緊眼睛。

「是啊。根據地圖、目前位置、交通規則、塞車路段等輸入的資訊，導出前往目的地的最短路徑，相當類似。運用在汽車導航，就是到達目的地，運用在下棋，則是將軍的路線，總之就是分析出最好的方式。」

「完成了嗎？」

「過去有許多研究人員完成號稱人工智慧的東西，當中維列卜塞利以極高的精確度聞名。」

「是計算很快嗎？」

「不，是直覺敏銳。」

「直覺？人工智慧有直覺嗎？」

「旁人看不出邏輯的結論，就叫直覺。聰明的人工智慧，看起來完全就是憑直覺。」

「要怎麼教人工智慧學會直覺?」

中尊寺敦咧嘴一笑:「教不來的。只能讓它不斷累積經驗,自行學會,跟人一樣。」

「爲什麼開發它的寺島先生——」會死掉?

「不知道。」

接下來的一段時間,中尊寺敦默默看了幾則新聞。

「『奧茲貝爾與大象』是什麼意思?」

「天曉得。」

檜山,怎麼啦?看你一臉蒼白。別放在心上,寺島是自己跳下去的。

聽到聲音,我赫然抬頭。是剛才一起搜查新幹線車廂的學長。「心情平復後就過來吧。我去看車廂裡的監視器畫面。」

新仙台站裡設置了一個直方體的巨大氣球,是充氣搭建的臨時作業所,學長回去那邊了。

三十分鐘前,我們追捕在鐵軌上逃跑的男子寺島寺雄。和學長等其他搜查員一起在高架鐵路上奔跑，是一種頗新鮮的體驗，伴隨著緊張和恐怖，但如果我現在面色蒼白，絕對不是爲了這個理由。

而是水戶。

沒想到會在那裡遇見他。

我們接獲寺島寺雄搭上新幹線的消息，從新埼玉站跳上列車，接下來搜索各節車廂尋找寺島寺雄。發現水戶也在車上，我打心底震驚不已。

我全身僵硬，只覺得時間停止了。正確地說，或許是時光倒轉了。

小學的時候遇到的車禍，就發生在上高速公路交流道前。來自後方的劇烈撞擊，及旋轉的車中景象，一口氣從記憶的投影機播放出來。

當時還只是個小孩的我，只能在後車座蜷縮身體，不斷祈禱旋轉的車子停下來。車子靜止後，四下突然變得一片死寂。父母和姊姊都沒了呼吸，我一動也不動，害怕自己的呼吸是不是也快停了。即使經過二十年，那種恐懼依舊活生生地籠罩我的全身。

水戶一點都沒變。

正確地說，我還沒看出他哪裡沒變、哪裡變了，就先認出他。

全身皮膚都熱辣辣地顫抖。

他怎會在這裡？

爲什麼我們非得再次碰面不可？

我想起十六歲的時候。

我在那場車禍中失去家人，後來祖父母也過世，綜合學校的前三年，我寄住在上越地方的親戚家，第四年則投靠東京都內的親戚家。

轉學第一天，我坐在陌生的班級角落，突然一個同學站到面前，說：「喂，你是檜山嗎？」

誰這麼沒禮貌，劈頭就用「喂」問候別人？我驚訝之餘，也感到憤怒，但對方接下來的話讓我恍然大悟。「沒想到，兩個倖存者竟在同一所學校再會。」

我看到他的名牌，上面寫著「水戶」，緊接著我就像置身在高速公路旋轉的車中，一回神，已整個人狂吐起來。

每個人都遠遠圍觀，只有水戶冷冷望著我，我忘不了他那種眼神。

雖然想立刻離開這所學校，卻無處可去。我只希望剩下的三年能平安度過，不與水戶有任何瓜葛。對方應該也是一樣，我們別說交談了，甚至幾乎沒有任何視線交會。

少數關於水戶的記憶，全是些莫名其妙，而且令人不舒服的事。

有一天我上學遲到，正準備進教室，發現其他同學都去別的教室上課了，只有水戶一個人在裡面，嚇了一跳。我探頭偷看，發現他蹲著查看我的課桌。我當場開門走進去，水戶一臉蒼白地僵立。你到底在幹什麼？我想質問，卻說不出話，對方也一語不發，直接衝出教室。後來，我從同學的聊天中得知有人搶了他的筆盒，所以他才會查看全班的課桌，想找回筆盒。我早就隱約發現，水戶在班上相當引人側目。他很好強、言行乖僻，眾人都想和他保持距離。

我也在路上遇過水戶和貌似他女友的女生。當時我和朋友走在街上，偶然看見那一幕，朋友便出聲叫他。別說和水戶交談，我甚至無法接受待在他附近，因此只是撇開臉站著。不過，水戶似乎誤會我的眼神，突然厲聲說：「喂，你幹麼打人家馬子主意？」那語氣之凶，彷彿惡狠狠推了我一把，然後他就拉著女生離開。我嚇得愣在原地，朋友看到平常總是安安分分的水戶暴怒也嚇到，驚慌地問：「他怎麼啦？」

實在搞不懂水戶這個人——許多朋友都這樣說，我更是完全不想去瞭解。我並不恨水戶。那場車禍，我們毫無疑問都是受害者，卻沒有絲毫同病相憐的同志情感。

不要靠近他！

只要看到他，體內總會發出警報。

走進外觀宛如巨大橡皮球或氣球的簡易小屋裡，眾搜查員正利用平板電腦檢查監視器的影像。

搜查員學長抬頭說：「你來得正好。」

「發現什麼了嗎？」

「嗯，重播給你看。」

學長操作的終端機上的影像，在畫面上的臨時螢幕播放起來。

那似乎是新幹線車廂裡的監視器影像。是從通道前方俯瞰車廂內的角度。正對面——也就是與列車行進方向相反的一側的門打開，有人進來了。

「是寺島。」

確實是寺島寺雄，雖然不到快步，但他目不斜視地往前走。接著，他在車廂中央更靠近前面一點的雙人座，選靠走道座坐了下來。

不到一分鐘，另一名男子同樣從監視器影像下方出現。

心臟是先猛地一跳，還是先起了雞皮疙瘩？

現身的是水戶。他穿著樸素的襯衫，回頭看了一眼，然後前進。看到座位上的寺島寺雄，他停下腳步。

或許是沒料到有人坐在那裡，只見他取出智慧卡，確認自己的座位。

接著，水戶在寺島寺雄的旁邊坐下。確實，我就是在這個座位看到水戶的。那個時候他旁邊沒有人。

「這名男子是寺島的同夥嗎？」搜查員指著影像問。他是指水戶。

「我想不是。」學長推斷道：「他明顯很困惑的樣子。」

片刻之後，寺島寺雄站起來，消失在前方車廂。畫面停止，又倒回寺島寺雄離去之前。

「不過在這裡，這名男子看著寺島說了什麼。寺島極力不轉動頭部，但有可能把某些東西交給他。」

「交給他？臨時嗎？」

聽到有人質疑，想到水戶可能涉入此事，我一陣心慌意亂。

回過神，話已脫口而出：「這個人是信差。」

所有人視線都集中過來，學長高聲問：「檜山，你認識這個人嗎？」他是想起在調查乘客時，我們之間的那段對話吧。

「我們是綜合學校的同學，畢業以後就沒見過面，但他現在應該是信差。」

「信差是指遞送實體信的……」

「親手遞交信件的人。他叫水戶直正。」

學長吩咐「調查他的資料」，所有搜查員同時操作起自己的終端機。

「這會是巧合嗎？」學長說。

以爲他是在說我和水戶的事，我差點強勢回應「當然是巧合」，但他似乎是指別件事。

「寺島知道這個人是信差，才會在這時候找上他嗎？」

「不知道。」我只能這麼回答。

✉

「你在做什麼？」我問，但中尊寺敦只瞄了我一眼，大概是叫我安靜的意思。

他從腰包取出比智慧卡更小一些的黑色薄片，隨即放到新聞咖啡廳的桌子底下。手伸出來的時候，薄片已不見，應該是貼在桌面下的某處。

他觸摸桌面上的畫面，彈鋼琴般行雲流水地操作起來。

雖然不知道是怎麼辦到的，但可以猜出是利用剛才的黑色薄片劫持這具終端機。是要利用這家新聞咖啡廳來上網嗎？

黑色畫面列出一排排文字。出現英文小字，坐在對面的我看不懂，但中尊寺敦隨意動動手指，文字便消失又出現，不停地切換。

你在做什麼？

「不要一直看。」

「是。」

「不過，我也不抱希望。」他嘟噥道。

店員來倒水，我一陣慌張，但中尊寺敦完全不以爲意。

店員離開後，他咂了一下舌頭：「果然不行。」

「怎麼了？」

「不可能輕易進入呢。」

「進入哪裡？」

「維列卡塞利。」我花了一點時間，才想到中尊寺敦若無其事地說出的那個詞，是新聞中提到的人工智慧的名字。想到之後，我忍不住大聲問：「可以這樣做嗎？」

「怎樣做？」他說著，手再次伸到桌子底下，應該是拆下黑色薄片。只見他把東西收進腰包，站了起來。

「咦？」

這次的咂舌聲和先前不同，「不妙。」

「咦？」

「走吧。」話聲剛落，他已往店門口走去。「不用找。」他說道，將銅板遞給店員。大部分的客人都是用智慧卡付錢，店員顯得不知所措，但中尊寺敦不理會，逕自離開，我匆忙跟上。

「維列卡塞利是很厲害的電腦吧？」我邊追上去邊問。

「我不知道你說的『很厲害的電腦』是什麼意思。」

「有辦法進入裡面嗎？或者說，你進入它要做什麼？」

「那傢伙可能留下線索。不過理所當然，不可能輕易進入。連伺服器位址都找不到，而且搞不好有點露出馬腳。」

「露出馬腳？怎麼說？」

「我輸入指令，卻跳到奇怪的網址。那是陷阱。探查的我們留下了位置紀錄。」

「意思是，對方得知我們在哪裡嗎？」我忍不住東張西望，感覺街上往來的行人全是追兵。這下是不是很不妙？

「雖然目的是警告，但最好趁還沒被盯上，遠離那家店。」

「啊，好。」

回到停放自行車的地點後，中尊寺敦用指紋解鎖，踢開側腳架。

又要雙載了嗎？我這麼以爲，但中尊寺敦說：「在市區雙載太引人注意。」他推著自行車，我跟在旁邊。

這次要去哪裡？我問了好幾次，卻得不到像樣的回答。

我和不斷前進的他拉開距離。我也想過乾脆分頭行動，或是與他分道揚鑣，但忽然瞥見路上的監視器，不禁焦急起來。他說身上有干擾器，我不知道是眞是假，但一離開他，便湧起被利箭射穿般的恐懼，於是急忙又靠近他。

旁邊冒出一個年輕人，和我撞上。我道了歉，但對方沒有道歉，只顧著操作手上的智慧卡。

我沒空理他，繼續往前走，卻被叫住：「喂，你東西掉了。」

回頭一看，剛才撞到我的年輕人撿起一張紙遞過來。是寫著「你說的沒錯。／奥茲貝爾與大象。」的那封信。

信怎會從我的口袋掉出來？我納悶極了。中尊寺敦看向我，滿不在乎地說：「帶著也痲煩，剛才塞進你的衣服裡了。」

「可是，這不是很重要的信嗎？畢竟是朋友寫給你的信。」

「重要的是內容吧？才不是那張紙。」中尊寺敦頭髮很長，穿著這年頭幾乎看不到的牛仔褲，說話頗粗魯，外貌完全就是個沒教養的年輕人，但從年紀來看，無疑已是「好一把年紀的大人」。然而他說的話，每一句聽起來都像是信口開河，敷衍一時。

走了約五分鐘，我們來到一座寬廣的公園。約莫是舊仙台市的市公所和機關遷移到其他地方後興建的公園，占地相當奢侈。外圍有櫸樹環繞，除了零星陳列著立體雕塑以外，就只有長椅。

我們在其中一把長椅坐下。近旁的樹上也有監視器，直盯著這裡。

「眞的不會有事嗎？」

「會有什麼事？」

「我們不會被那個監視器拍到吧？」

中尊寺敦斜斜地抬頭看了看，說：「喔，那個沒問題。應該是以前的舊型號，我的干擾器可以搞定。」

「新型號的就不行嗎？」

「你是不是等一下就要問『我叫什麼名字了』？」一直問一直問，有完沒完？他看也不看我地嘆氣。倒不如說，自從初次見面，他從來沒有正眼對著我講話。雖然不認爲兩個大男人需要深情對望，但我發現他那種粗魯的口氣或許是爲了掩飾害羞。

「呃，你有沒有想起什麼？」

「想起什麼？」

「那封信的意思。」不管怎麼想，不解開這個謎題，就無法前進。「『奧茲貝爾與大象』，你有沒有想到任何相關的事物？」

「沒有。」

被斬釘截鐵地否定，我實在想不到接下來還能問什麼。「中尊寺先生怎會離開研究工作？」

我只是爲了喚起他的記憶，隨便拿話戳他而已，但他呆呆看向我問：「我有說嗎？」

「咦？」

「你怎麼知道我放棄研究了？我說過嗎？」

確實，我是從他邋遢的外表和怠惰的氛圍如此認定，並沒有聽他提過是否不做研究了。「你說自己很閒，整天餵鴿子。」

「或許可從鴿子找到通往人工智慧的線索啊。」

「喔……」

「開玩笑的。我純粹是待在仙台，成天遊手好閒。我只想不受任何人打擾，慵懶地過日子。畢竟人生就這麼一次，不是嗎？聽著，我不知道你明不明白，但要活得自由是很困難的。」

「從哲學上的意義來說嗎？」

中尊寺敦笑了。「是從相當現實的、物理上的意義來說。你知道為什麼我會帶著自製的干擾器嗎？甚至特地改良小時候的勞作。現今這個社會，不管做什麼都會受到監視。不，不對。與其說是監視，應該說是留下紀錄。所有行動都會透過監視器、智慧卡和上網紀錄，逐一記錄下來。一旦發生什麼事，立刻就會被找到，挖掘出一切行動。人很難從中獲得自由。」

「這樣啊。」我附和，但其實毫無真實感。

「在這層意義上，或許那件事就是讓我厭倦研究的原因。以前我跟那傢伙參與過一場實驗。」

「什麼實驗？」

「用人體進行記錄的實驗。」

「用人體？用監視器不就好了嗎？」

「監視器的數量和裝設位置有限，但人的話，範圍可以擴大許多。」

「範圍？」

「如果將人看到的景物記錄在外接硬碟裡，就能取代監視器。」

我完全無法想像要如何實現，於是半開玩笑地說：「那就像是一種人體實驗吧？」

「當然。」然而中尊寺敦卻一口承認，害我完全接不下去。「總之，我們也參與了這場實驗。」

「這跟人工智慧有關嗎？」

「人工智慧需要龐大的資訊。」他用下巴示意監視器。「路上的那些東西，是人工智慧的眼睛。只要蒐集紀錄，便能得到許多資訊。同樣地，如果透過人類來蒐集資訊，是最有效率的方法。」

「眞可怕。」

「事實上，應該比你想像的『眞可怕』還要可怕一萬倍。」

「什麼意思？」

「人工智慧這玩意，越是研究，越明白有多恐怖。一開始還能掌握，知道『原來如此，是根據這樣的邏輯思考來導出結論』，但隨著人工智慧逐漸進化，人類就完全摸不透它的思考邏輯了。雖然有些研究者想得很簡單，但冷靜思考一下，開發人工智慧，等於是創造出一個透過餵養資訊來進化的怪物。所以，如果數量龐大的人類行動全部留下紀錄，並拿來餵養人工智慧，將再也無法預測會發生什麼事，難道不是嗎？因此，我厭倦了。我想逃離創造恐怖怪物的工作。這可不是天眞地餵食怪物的時候。之後，我跟那傢伙發生爭吵。因爲我說這種研究不會有好下場。」

「然後呢？」

「那傢伙是個一板一眼的研究呆子。眞要說的話，只有γ摩可是例外。其實我們在大部分的事情上，總是意見相左。那傢伙老是說：中尊寺，你的思考太悲觀了。」

進化後的人工智慧會為人類派上用場。百年前的虛構作品中，預言人工智慧將失控反噬，但那完全是虛構的。由於虛構作品需要一個邪惡的象徵，會把一切都描寫成邪惡的。你仔細想想，一個設計成不會失控的程式，絕對不會失控。程式只會執行程式碼上的行動。中尊寺，你應該很清楚吧？

寺島寺雄曾這麼說。

「他眞是個傻子。只會執行程式碼的程式，根本不叫智慧。我們要做的才不是那種水平的東西。人工智慧沒有人能夠阻止。他才是心知肚明，卻只想滿足自己的好奇心和探索欲望。爲了享受試新車的快感，他告訴自己『這條路前方不可能是斷崖』。」

「越是禁止越想做，或許這就是人性吧。」

「什麼跟什麼？不是這個意思吧？」中尊寺敦瞧不起人似地說。

「後來呢？」

「你也知道結果吧？那傢伙跳下高架鐵軌死掉了。」

「啊，不是那個，我是指剛才提到的人體實驗。順利成功了嗎？」

「哦，那件事無疾而終。」

「無疾而終？」

「不管是研究還是國家工程，經常是一開始風風火火，後繼無力。一旦遲遲看不到結果、認爲賺不到錢，就會像退潮一樣，砍預算、砍人手，不了了之。任何計畫案都是如此。盛大開演，寂寞收場。我就是從那時候開始和大學保持距離，最後躲到仙台。」

寺島寺雄後來想必也繼續研究人工智慧。

中尊寺敦站了起來。「總算出現了，走吧。」

「咦，什麼東西？」

「搜尋店。移動式的。」

仔細一看，一名揹著背包、穿黃色夾克的年輕人，正穿過公園。外表不像搜尋業者，不過似乎就是。

中尊寺敦大步前進，注意到的時候，他已用銅板付了錢。剛才在新聞咖啡廳也是如此，我這才想到他不使用智慧卡付帳，是爲了防止留下付款紀錄。

年輕人幾乎不發一語。他放下背包，取出筆記型電腦。

是我從未看過的電腦款式，又厚又重，顯然相當有歷史。黑色蓋子傷痕累累，刻印著陌生的品牌名稱。

「技術者無時無刻都想接觸最先端的技術，但化石般的機器反倒成爲盲點。」

他的口氣像是在說，有老舊的終端機才找得到的漏洞可鑽。用來上網的機器也是我不曾見過的，外形就像幾十年前的手機，以有線的方式和電腦連在一起。

中尊寺敦似乎頗爲熟悉，俐落操作著。

他坐到長椅，將筆電放到膝上，敲打起鍵盤。我在旁邊坐下。

搜尋店的年輕人不知何時戴上耳機，背對我們，像是配合耳機裡的音樂搖晃身體。是爲了避免看到或聽到客人在搜尋什麼、尋找什麼資訊嗎？雖然看起來像是輕浮的年輕人，但或許自有他的一套職業道德。

「你要查什麼？」

「直搗黃龍感覺很困難，只能另闢蹊徑。我要查寺島給我的訊息。」

「寺島先生的訊息？信我不是交給你了嗎？」

「那就像是第一把鑰匙。」

「那是紙，不是鑰匙吧？」

「他是要我找出來。『你說的沒錯』，是承認他輸了。」

你說的沒錯。

奧茲貝爾與大象。

「他是想表達『我認輸了，助我一臂之力吧』。」中尊寺敦敲打鍵盤。「應該存在著只有我才能找到的祕密場所。我要侵入他的研究室伺服器，尋找他的存取紀錄。」

中尊寺敦的操作快得令人目眩神迷。我忍不住想，憑他如此出神入化的技巧，網路上任何資訊，應該兩、三下就能找到。另一方面，我也興起一個疑問：如果別人想調查寺島寺雄，不是也能像中尊寺敦這樣抽絲剝繭嗎？

水戶，你在哪裡？

我在臨時搭建的搜查總部看著螢幕，在心中問道。

水戶抵達新仙台站以後，搭乘地下鐵前往青葉城，到此爲止都一清二楚。智慧卡的使用紀錄也能輕易查明，搜查員都十分樂觀，認爲很快就能找到他。然而，不知爲何，進入青葉城，水戶的足跡就消失了。青葉城範圍裡的監視器沒有拍到他，也不知道他前往何處，搜查員認爲他還在青葉城裡，前往查看，但早已不見人影。

他消失到哪裡去了？

我們蒐集市內監視器的資訊，利用人臉辯識系統搜尋水戶，卻毫無所獲，這下狀況越來越不對勁了。

接著調查的是網路上的訊息。一般人會貼上網的，大半都是個人的牢騷埋怨、炫耀、爲了好玩胡說八道，但某些地方可能藏著突破口。我們對新仙台站到市區一帶的範圍內傳上網路的所有資料進行了過濾。

最後，眞的找到突破口。

「找到了！」學長第一個出聲。

影像立刻投放到桌上的螢幕。

那是個從未見過的年輕人。

應該是和女友在一起的時候拍到的。這個人顯然不是水戶，我疑惑到底哪裡「找到了」，有人說「啊，玻璃」，我才察覺。

兩人的身後有一家時下流行的冰袋店，打開的玻璃店門反射出人影。電腦分析出那是水戶的背影。

出現擴大畫面。

看起來像是水戶。不，那就是水戶。

照片顯示儲存在網路上的時間和地點，就在十五分鐘前，仙台紀念公園附近。

「可是，那一帶的監視器都沒拍到。」有人低吼：「到底是怎麼移動的？」

「用了干擾器嗎？」

「喂，檜山。」學長問：「水戶是那種人嗎？」

「學長是指哪一種人？」其實我根本不瞭解水戶是怎樣的人。

「有辦法對監視器通訊動手腳的人。」

「我們畢業以後就沒有再見過面。」

我嘴上說著，發現自己心跳加速。這是我第一次遇到搜查對象是認識的人，而且好死不死，居然是水戶。

這到底是什麼孽緣？

如果嫌犯的朋友或家人，你能維持平常心偵辦嗎？

這是新人研習的時候，考驗的題目之一。當然，每個人都回答「可以」。我也這麼回答。

「你怎麼有辦法出賣重要的人？」遭到這樣的刻意刁難，我解釋：「爲了守護社會秩序，這是必須去做的事。」

雖然是教科書的模範回答，但說出口的瞬間，我感到一股清徹的血液流遍全身的充實感。從以前就是如此。

規則必須遵守。

三更半夜根本沒有人，有必要停下來等紅燈嗎？如果有人這麼問，我是那種會理直氣壯地回答「交通規則就該遵守」的人。

每個人一點點地累積任性，「不會怎樣」、「睜隻眼閉隻眼」，會破壞整體秩序。小破口會造成大龜裂。

整齊的隊伍，必須無時無刻維持整齊。脫隊的部分，必須盡快剔除。只要是為了維持社會治安，犯罪的人，或是可能犯罪的人，即便是認識的人，也沒有必要手下留情。

更何況，我雖然認識水戶直正，但眞要說起來。他比陌生人還要陌生。談不上什麼出賣。面對他，我沒必要猶豫。

「不能追蹤他接下來去了哪裡嗎？」

搜查員又操作起終端機。

我也將搜尋範圍集中在公園周邊，想查閱監視器資料。這時，眼前忽然冒出水戶瞪著我的臉，嚇我一大跳，手中的終端機掉到地上。周圍的搜查員關心地問：「你還好嗎？」我急忙撿起來。

我自以為在搜查水戶，其實水戶也在調查我——這完全映證好幾個世紀以前就成了陳腔濫調的那句老話「窺視的人也正被窺視」。

我必須找到水戶，但另一方面，又不希望被水戶找到。想到這裡，我靈光一閃，不假思索地舉手發問：

「這座公園附近有沒有搜尋店？」

我只是想到水戶在搜尋的樣子而已。

如果不想留下紀錄，他非常有可能利用個體戶的搜尋店。

要是你在破壞規則，就別怪我心狠手辣。

✉

「不行，什麼都找不到。」中尊寺敦放開鍵盤，仰頭望天。「研究室的伺服器也連不上。」

搜尋店的年輕人依舊戴著耳機，在原地優雅踏步。

「那句『奧茲貝爾與大象』是什麼意思？是一種暗號嗎？」

「我剛才搜尋過，可是不太明白。那是二十世紀的童話，你知道嗎？」

我想起繪本《我是卷卷》，雖然是給孩童看的繪本，不過或許不能算是童話。「聽過這個標題。」

中尊寺敦讓我看筆電螢幕顯示的內容。上面刊登著〈奧茲貝爾與大象〉的全文，因爲不長，我很快就讀完。

有個叫奧茲貝爾的人欺騙大象，奴役大象爲他工作。虛弱的大象寫信給同伴，最後被同伴們救出，是這樣的故事。

由於信件而使得情勢逆轉，這樣的情節在身爲信差的我看來，很有親近感，但我不明白這則短篇故事想表達什麼。

「是在描寫資本家和勞工之間的關係吧？」中尊寺敦冷冷地說。

「寺島先生是想表達這件事嗎？」

「他才不是這種人。」我不知道這種人是指哪種人，這時中尊寺發出驚訝的一聲「嘿」。

「找到什麼了嗎？」

「我查了一下這篇〈奧茲貝爾與大象〉的解釋，看到有趣的東西。」

「有趣的東西？」

「最後一行有一個字不知道是什麼。」

「有一個字不知道是什麼？什麼意思？」

「『啊，不可以去河裡。』這是最後一句，但『啊』接下來的字無法判讀。」

我再次重讀螢幕上的童話，確實是「啊（一字不明），不可以去河裡」。刻意標注「（一字不明）」。

「頗耐人尋味。」

「就是啊。作者宮澤賢治到底寫了什麼？真教人好奇。」中尊寺敦說完，又逕自下結論：「總之，只是看不懂手寫文字吧。不知道是『啊你』還是『啊喂』，有沒有那個字都無所謂。」

被他這麼一說，或許真是如此，但這樣解釋未免太直接，怎麼不發揮一下想像力？

「不過，有趣的是『不可以去河裡』。到底是誰想去河裡？」

「不是大象嗎？」

「這則童話的第一句，是『這是某個牧牛人說的故事』。也就是說，這篇故事採用某個牧牛人說故事的體裁。牧牛人對著旁邊的孩子，或許是對著牛，說出『奧茲貝爾與大象』的故事，是這樣的套疊結構。」

「哦……」

「那麼，結尾就是在聽『奧茲貝爾與大象』這個故事的孩子突然想走進河裡，所以說故事的人提醒：喂，不可以。這似乎是最爲普遍的解釋。」

「這句話突然把人拉回現實世界。」就像講鬼故事常見的手法，以爲是在描述別人的經歷，講故事的人卻突然指著自己說：「都是你害的！」把人嚇破膽，類似這種感覺。

寺島先生想傳達的就是這件事嗎？

我想提出這一點，話幾乎都來到嘴邊了，但中尊寺敦瞪著筆電，一動也不動，害我不禁困惑。他看起來就像電池耗盡的人偶，讓我有種一個人被拋下的不安。

「啊……」中尊寺敦微微呻吟，「我想起來了。」聲音雖小，卻彷彿緊緊抓握了某些重要的事物。

「眞的嗎？」想起什麼了？

「對，我想起來了。不可以去河裡，這是老奶奶說過的話。」

「老奶奶？」意料之外的人物登場，我不由得懷疑自己聽錯。

「以前有一次我和他開車出門。爲了去看γ摩可的演唱會，我們去了富士，回程卻迷路了。汽車導航故障，不知道我們身在何方，一路開到八王子的深山裡。我們爲了借廁所，打擾了一戶民宅。那裡只住著一個老奶奶。」

「喔……」

「結果呢？」

「那戶人家前面有條河。我想洗臉，於是走近那條河。」

「一頭栽進去，被水沖走了。」中尊寺敦嘖了一聲，或許是想起以前出糗的樣子。「眞的很痛。河意外地深。」

寺島寺雄急忙趕來，和老奶奶用藤蔓代替繩索，合力救起他。

「那就是『不可以去河裡』？什麼意思？」

「越是禁止就越想做，不是嗎？聽到不可以去——」

「就越想去？」

「只能去找那個老奶奶了。」

「去八王子？」

他以爲從這裡過去要幾小時？我以爲中尊寺敦在開玩笑，但他一本正經，又敲打起鍵盤。我探頭看螢幕，上面顯示「租車公司」的預約頁面。

車！

體內響起警告聲，我嚇得面無血色。

但中尊寺敦毫不理會，在其他畫面輸入程式碼，似乎正在即興編寫更改資料庫的程式，以便利用別人的名義租車。

我要坐車嗎？看到我恐懼的反應，中尊寺敦也許是誤會了，解釋「只是改寫註冊資料，根本不費吹灰之力」，又接著說：「資訊眞的很奇妙，只要資料寫在那裡，人們就會當成眞的。租車也是，可以變成我早就預約好。在這層意義上，剛才在咖啡廳看到的新聞或許也是如此。」

「咦？」

「新聞不是說，中東某處有大批潛水艇出發了嗎？你也說就像是戰爭爆發的前兆。但那到底是不是眞的，我們完全不知道，只是新聞這樣說而已，實際上或許潛水艇甚至沒有離開港口。漁船拍到的潛水艇畫面，也不曉得是不是眞的。」

不知道什麼才是事實，或許是如此——想到這裡，感覺眼前的景色頓時傾斜。

「啊，這是什麼？」中尊寺敦說。

「怎麼了嗎？」

我望向中尊寺敦，只見他眉頭深鎖盯著畫面，似乎在瀏覽新聞網站。我以爲是中東潛水艇的事有了新進展，但他提到的不是外國新聞。「上面寫著，東京都內陸續有人食物中毒送醫。」

「喔。」我不覺得是什麼罕見的情況。

「上面說有二十名健康的成人因此死亡，眞多呢。」

「是吃了什麼東西？」

「還在調查。」

「喔。」我依然不覺得哪裡值得關注。

「不過，部分地區傳出是有人在散播病原菌的說法。」

「什麼意思？」掠過腦中的，是發生在歐洲的可怕事件。有工廠散播病菌！我們要報復！然後大開殺戒的那則新聞。「那是……」說到一半，背脊竄過一陣寒意。我立刻察覺緣由，與在新幹線列車上之所以打寒顫一模一樣。

「最好快走。」我說。「警察要來了。」

是檜山景虎逼近了。

✉

坐在副駕駛座上，我都快魂飛魄散了。差點在車禍中喪生的記憶復甦，我拚命塞回腦袋深處。那種感覺或許近似關上門板，防堵從通道氾濫而出的可怕事物、怪物般的東西。不管再怎麼全力圍堵，還是會從門縫一點一滴地滲透進來。我聽見母親那時候的呢喃：「啊，超到前面了。」還有爲了享受自動駕駛功能，雙手放開方向盤的父親說：「眞是太輕鬆了。」緊接著，小學生的我乘坐的新車開始旋轉。在後座閱讀心愛的繪本、描寫蝸牛英雄活躍的《我是卷卷》的我像個陀螺，不斷往旁邊翻滾，然後被拋甩出去。

「你就那麼不放心我的開車技術？放心，這年頭除非要特技，否則不可能出車禍。想要出車禍還比較困難。」駕駛座上的中尊寺敦對我說。

啊，是的。

這就形同在清醒的狀態下飽受噩夢折磨。我緊緊抓著安全帶，不斷使勁。如果閉上眼睛，眼皮底下就會播放那起車禍的場景。如果睜開眼睛，就害怕擋風玻璃會再次上演相同的慘劇。兩種都不想看，我只好一下睜眼一下閉眼。

「如果快撞上東西，就會自動減速。車體也是可吸收撞擊的材質。」中尊寺敦向我說明。「尤其是出租車，這部分的配備比一般家用車更齊全。」

這輛車是從新仙台的租車停車場開來的。原本應該要檢查駕照碼，確定是本人，但中尊寺敦竄改租車行的資料庫，用假的登記資料租車。

「不，我知道車子很安全。」

「那你是懷疑我的開車技術？」

「不是的，只是有過不好的回憶。」

「你是在約會的時候撞車了嗎？」

「咦？」感覺他話中帶刺，被戳了這麼一下，腦袋裡的東西彷彿全漏光，瞬間無法思考。「不是。」我急忙搖頭，「我站在路上，一輛計程車衝過來，害我住院了。」

「什麼？」

「因爲我陷入昏迷。」

「騙人。」

「咦？」我又愣愣地反駁：「我沒有騙人。」

也許是我的語氣很重，中尊寺敦的表情顯得有些抱歉。「我不是懷疑，只是沒想到會是昏迷住院的大車禍，嚇了一跳。」

「發生車禍後，以前的事我只能想起片斷。」

慢慢想起來就行——日向如此安撫焦急的我。

「喪失記憶？實在太慘了。」

「我剛才想起來，那天我原本要去聽演唱會。」

「我沒有懷疑你。」

「啊，對了，是γ摩可。那天我要去聽γ摩可的演唱會。」

中尊寺敦的眼神一亮：「你有去聽演唱會？」

我發現他在嫉妒。「啊，不是，是翻唱。」

「翻唱？」

「翻唱樂團。和γ摩可一模一樣的γ摩可。」

知名如γ摩可這樣的天團，當然會出現演奏他們曲子的業餘樂團。JUROKU音樂運用各式機材，難以完全模仿，但也有許多以程式演奏的部分，透過分析，可達到某種程度的相似。

「什麼啊，原來是翻唱。」他鬆一口氣，但語氣頗瞧不起人。

「只要幾乎完全模仿，就和原創沒有兩樣了。」

「哪有這種事？有原創才有模仿。」

「如果原創消失了呢？」我本身對於那個翻唱樂團並無特別的感情，卻忍不住辯駁，也許有些接近鬥嘴。「如果原創消失了，翻唱樂團就變得很寶貴。」

「才沒那種蠢事。」說完後，中尊寺敦拉回話題：「怎麼會扯到那裡去？」

「是在講車禍。我討厭坐車的理由。」

「去聽翻唱樂團演唱會發生的車禍嗎？」

「嗯。不過眞要說，最大的理由還是小時候遇上的車禍。」這肯定才是大魔王，是我最嚴重的心理創傷。

「你小時候也碰過車禍？」

我有些煩惱，不知道該吐露到什麼程度。我也可以接著說「除了我以外，家人全死了」，但又不想引來對方同情，於是只說：「受了滿嚴重的傷。」

或許是我的口吻肅穆，中尊寺敦意外認眞地看待這句話。「因爲車禍，全家都受重傷嗎？」他的語氣不像之前那麼輕佻，「眞的很不幸。」

我媽最後一句話是「啊，超到前面了」——我說出沒必要透露的細節。以死前最後一句話來說，這句話實在太悠哉。這件事更象徵了車禍的無情。

中尊寺敦沉默片刻，茫然地開口。應該是聽出我在那場車禍中失去家人。

「聽到這種事，會覺得可以預先準備好遺言，還算是幸運的。」

他是想到寺島寺雄嗎？寺島寺雄留下了訊息。

中尊寺敦放開方向盤，按下顯示地圖畫面的導覽系統按鈕。

車子已進入埼玉縣。

機器報出休息站的名稱，宣布車子即將停靠在那裡。我忍不住尖叫，因爲我想起兒時的慘重車禍，就是在即將進入休息站前一刻發生的。我不由得抓緊安全帶。

「去一下休息站。你不想上廁所嗎？」

我連回話的力氣都沒有，一心一意只希望車子快點到達某處停下來。

對我們一家人而言，休息站入口完全就是死亡的象徵、絕望的場所，因此隨著車體往旁邊移動，我幾乎快當場昏厥。或許我已翻了白眼。

有人拍我的肩，我驚覺起身。「看來你眞的很不舒服，抱歉。」中尊寺敦似乎很爲我擔心的樣子。

「我沒事。」雖然這麼回答，我卻感到一陣噁心，急忙摀住嘴巴跳下車，衝進廁所。

✉

即使在廁所把胃裡的東西全部吐光，可怕的記憶依舊沒有離開腦海。我開門走出隔間，發現中尊寺敦就在門旁，嚇了一跳。

「我不是想黏著你，只是不能離太遠，否則會被監視器拍到。」

我反射性地環顧廁所裡的牆面，「連這種地方都有監視器嗎？」

廁所可說是最爲私密的空間之一，應該很難設置監視器。

「就算不會錄影，也可能進行人臉認證。」

由於中尊寺敦帶著可干擾無線通訊的自製干擾器，我整個放下心，進廁所毫不設防。

我洗完手，走到外面。

「在追查我們的，是你認識的人嗎？」

「咦？」

「逃離仙台的時候，你的態度像是認識追查我們的人。」

「啊，不是，是警察。」說完後，我轉念一想，也沒必要隱瞞。「其實他是我綜合學校的同學。我們在新幹線列車上碰巧遇到。」

「他在追寺島嗎？」

「應該沒錯。多年沒見，我嚇一跳。」

我們穿過伴手禮攤位林立的建築物。可以查詢前往目的地的路線和天氣的資訊區裡，許多人單手拿著智慧卡在查資料。我覺得每個人都在輸入追蹤我們的資訊，腳步自然而然加快。

從建築物回到停車場，中尊寺敦說：「你眞倒楣，居然落得被朋友追捕。」

「他才不是我朋友。」

脫口而出的聲音比預期更大，我自己也嚇一跳。

「爲何這麼生氣？」

「啊，沒事。」

「你跟他有仇嗎？」

有仇？那不是仇恨之類的吧。如果要說的話，我們在同一場車禍裡失去家人，接近唯一能分享那種沉重打擊的同志。然而，體內萌生的反感，卻是同志之間絕不會有的情感。「我跟他是沒仇啦。」

「就像天敵嗎？」

「天敵？」

「就像老鼠和貓、介殼蟲和叫什麼的瓢蟲。」

「叫什麼的瓢蟲？」我想到發音相近的「本末倒置」（註），但還知道顧及禮貌，沒有說出來。

「世上有那種不是個人冤仇，而是一出生就互爲仇敵的例子吧？青蛙和蛇也是。這麼一提，蝸牛也有。」

我想起那一套繪本。蝸牛擁有鋼鐵外殼，以朗基努斯之槍打倒敵人。不知爲何，我從小就很迷這個故事，不只是電子書，還買了實體書，一有空就拿來讀。

「怎麼了？」中尊寺敦走向我們開來的出租車問。「你想到什麼嗎？」

「啊，沒有。」與那場車禍有關的一切，我幾乎都感到厭惡，避之唯恐不及，唯獨《我是卷卷》一直很喜歡，一直是書迷。我是在想這件事。

中尊寺敦聽完我的話，沒什麼興趣地說：「那套繪本喔？我小時候也很喜歡。」

接著，我注意到有個孩子在停車場裡跑來跑去。

孩子在車輛之間穿梭，向前直衝，然後一個橫切，又繼續往前衝，像在玩鬼腳圖。

註：日文中，瓢蟲（テントウムシ，tentomushi）與「本末倒置」（ホンマツテントウ，honmatsutento）有部分同音。

年紀約五、六歲。一開始，我只是懷著溫馨的心情看著，心想這孩子真活潑。但看著他的頭飛快移動，漸漸擔心起來。

孩子一心一意，全神貫注，當然完全沒有想到停車場的車子會突然發動，甚至有可能不明白車子撞過來會發生什麼事。

我聽到大人呼喊著像是孩子名字的五音節。他們完全失去孩子的行蹤。大人越是叫喚，孩子越是興奮地跑走。

我追了上去。

或許沒必要理會，但萬一出事就太遲了。

太危險了。

最近的汽車都裝有感測器，可偵測靠近的人或物體，在衝撞之前緊急煞車，但突然跳到前方的人，實在無從閃避。然後，這個孩子感覺隨時會跳到車子前面。

父母怎麼不好好看緊？

一輛小貨車開進停車場。

就在這時，孩子像聽到無聲的「預備，跑！」指令，邁步向前衝，而我連想都沒想，直接飛撲上去。

應該是千鈞一髮。

我抱著孩子，在地面翻滾好幾圈。

哎呀，我第一次看到有人救孩童的場面，簡直像電影中的一幕。中尊寺敦在車裡不停說著。

「說夠了沒？」從埼玉的休息站到進入東京的路上，他不曉得提過多少遍：沒想到眞的會有人去救快被車撞的孩童，哎呀，眞是看到經典的一幕。

「不過，那孩子的爸媽，哪有人是那種態度的？你把孩子帶去給他們，他們也沒好好道謝。」

「沒辦法，他們又沒看到發生什麼事。」我淡淡回答，其實頗爲失落。我救了他們的寶貝兒子，父母應該會喜極而泣吧？應該會說「你是這孩子的救命恩人」，感激到幾乎要抱上來吧？我暗自想像，甚至想好怎麼回應：「沒什麼，我只是做了應該做的事而已。」

然而，當我壓抑著興奮把孩子帶過去，或許是孩子受到突如其來的驚嚇大哭，父母嚇了一跳。不僅如此，他們甚至把我當成弄哭孩子的可疑人物，頓時提高警覺，說「謝謝」也明顯是言不由衷。

最後是中尊寺敦出來打圓場：「你們家的孩子差點被車撞死。他衝到車子前面，本來就要被撞了，是我們救了他。」

「我們」？功勞變成兩個人的，我覺得哪裡怪怪的，但由於他口沫橫飛、誇大渲染的說明，那對父母隱約明白究竟出了什麼事。停止哭泣的孩子儘管口齒不清，卻也說明了狀況。於是，兩人總算眞心誠意地向我道謝。令人頭疼的是，他們的感謝非常極端。「你們救了我們兒子的命，不能讓你們就這樣離開，請務必讓我們表示一點誠意。」他們熱忱地抓著我們不放。我們說在趕時間，準備離開，他們便說：「請至少留下聯絡方式。」

由於實在不能透露個人資訊，我們好不容易逃進車內，別說救命恩人了，簡直就像逃犯。

我們走新東北高速公路，在新久喜白岡交流道進入新圈央道。

「總覺得越來越恐怖。」

「咦？」追兵追來了嗎？我忍不住回頭查看。

「不是啦，我是說社會新聞。導覽畫面不是有新聞嗎？有一群人手持斧頭攻擊車輛傷人。」

或許是切換成自動駕駛模式，畫面底下出現跑馬燈新聞。中尊寺敦放開方向盤，看著那些新聞。

不知道是搶劫還是有其他理由，但聽到一群人手持斧頭攻擊別人，心底不禁湧出毫無眞實感的恐懼。

「有空追我們，怎麼不去抓這些人？」

我還是一樣，只能把全副心力放在忍受坐車的恐懼。大概是全身緊繃，雖然只是坐著，手腳卻都痠痛起來。

我不認爲自己放鬆了戒備，腦中卻浮現小學那時候的恐怖場景，讓全家喪命的旋轉場景，於是急忙甩開那段記憶。不要想，什麼都不可以想，我這麼告訴自己，不知不覺睡著。忽然有人拍我的肩膀，叫我起來，我才發現自己睡著了。

「到了嗎？」我驚醒坐直，同時大聲問，仍處於睡迷糊的狀態。

「到哪裡？」

「還哪裡，就八王子的目的地啊。到了嗎？」

不可以進去河裡。

從〈奧茲貝爾與大象〉這行文字聯想到的八王子的民宅，應該就是我們的目的地。中尊寺敦說，那裡住著一個老奶奶。

我環顧四周，這裡是寬闊的停車場。約莫已下高速公路，附近有民宅。車子總算停住，我放下心中一塊大石。

「呃，那條河在哪裡？」

「別問我。」中尊寺敦表情嚴肅地說。

「不問你，要問誰？掉進河裡的是你吧？」

「我和寺島是迷路才去到那幢民宅。那是迷路的結果，怎麼可能記得在哪裡？」

他自信滿滿地這麼說，我只能嘆息著應一聲：「喔。」

「趁你在輕鬆睡大覺，我憑著記憶，開車到好幾個地方查看。可是，我發現不會像以前那樣迷路。我想得太簡單了。」

「也不知道是哪條河嗎？」

爲了想起記憶中的景色，中尊寺敦也搜尋了八王子附近的山區和河川，開車前往查看。「我覺得是多摩川的某一條上游。」

「這是哪裡？」

「高尾山舊址的停車場。」

「如果去到那裡，你能確定就是那個地方嗎？」

「你只要出一張嘴發問就行，眞輕鬆啊。」中尊寺敦說完，立刻從口袋取出智慧卡開始操作。「我搜尋以前的圖片檔，找到當時的照片。」

「什麼照片？」

「迷路的紀念照。後面有拍到那戶人家，我們的目標就是那裡。」

我望向螢幕。上面拍到一幢房子，木造瓦頂的外觀相當罕見，前方站著三個人。

「拍下來當溺水的紀念嗎？」

照片中的中尊寺敦與現在幾乎沒有兩樣。應該說，無論以前或現在都看不出年齡嗎？現在難說年輕，以前也難說老成。看得出他頭髮濕答答的，站在旁邊的是寺島寺雄。在新幹線列車上碰面時，我沒仔細注意他的臉，不過看得出肖似新聞照片上的面容。

「這個老太婆……」中尊寺敦說完，改口「老奶奶」。「她叫我們拍張照。」

「爲什麼？」

「她說可以留下回憶。」中尊寺敦語帶苦澀，「不管我臭著一張臉，就準備相機拍起來了。」

我重新端詳那張照片，兩人中間站著一名婦人，一臉滿足地微笑。聽到是「老奶奶」，我一直以爲會是一張宛如枯樹的面容。「好年輕，她幾歲啊？」

「不曉得，應該年過花甲了吧。」

「看起來不像。」婦人抬頭挺胸，姿勢挺拔，從微笑的嘴唇中露出的牙齒也很漂亮。兩個年輕男人困惑地站著，她卻露出遊刃有餘的燦爛笑容，顯得落落大方。剛這麼想，我忍不住驚呼：「啊！」

「怎麼了？」

「沒事。」「啊，原來如此。」中尊寺敦點點頭，似乎理解我的反應。「你一定是想，如果這個時候她已年過花甲，八成早就翹辮子了吧。是有這個可能。不過最近長壽的老人，要活過一百歲根本不成問題。她看起來是在深山僻野過著閒雲野鶴的生活，搞不好意外頑強地活著。」他接著說：「而且，寺島留下叫我去那裡的訊息，表示就算老奶奶不在，去了也是有意義的。」

「不，不是這樣。」我的心跳加速，「她應該還活著。」

「什麼意思？你會看相喔？」

「不是，我知道這個人是誰。」眞的嗎？我彷彿聽見自己如此質疑。

「咦，你認識這個老太婆——老奶奶？」

「這個人是節宮子。」

「節宮子？誰啊？」

「繪本《我是卷卷》的作者。」那套繪本系列我從小就愛不釋手，即使說是我的人生伴侶也不為過。我實在太喜愛了，當然對作者也很好奇。網路上能找的訪談我都看過，也參加過只舉辦一次的簽書會。當時我很擔心會不會來的都是小孩，但實際前往一看，從大人到小孩，各年齡層的讀者都有，我一方面鬆了一口氣，卻也有些沮喪：原來我並不特別。「應該就是她。」

「繪本作者？」

「《我是卷卷》的作者。中尊寺先生剛才不是說，你小時候也讀過？」

「每個小朋友都讀過吧？」

「就是那位作者。」我不禁提高話聲，完全沒想到居然會在這種地方和節宮子連繫在一起。

中尊寺敦直盯著智慧卡上顯示的照片，彷彿無法理解狀況。「可是，那個時候她完全沒提。二十年前，《我是卷卷》早就問世，怎麼不表明她就是那部作品的作者？」

「沒必要特地說明吧。」作者本人沒有參與的動畫和電影後來也持續推出，但沒有新的繪本續集。雖然舉辦過簽書會，不過是出版全集特裝版時，做為紀念而舉辦的。

「或許她在心情上已是退休狀態。」

「如果是那套繪本的作者，不是應該超級富有嗎？那個老奶奶住在深山裡的老房子耶。」

「每個人花錢的方式不一樣。」說完，我靈光一閃，再度發出驚呼：「啊！」

「這次又怎麼了？」

「或許我知道。」我聽見這有人低喃，接著才發現是自己的聲音。

「知道什麼？」

「很久以前，節宮子曾爲新聞網站寫隨筆。」

「什麼是隨筆？」

「就是散文。」

什麼是散文？中尊寺敦的表情像是想接著問。

「她寫了搬家的事，還有新的環境。她從東京都內的家，搬到這裡。」

「這裡？」

「我們所在的這一帶。文中詳細描述了她從自家看到的景色，及每天散步回家途中，會經過地藏像前面。」

爲什麼我連這些細節都記得？因爲讀到這篇文章，我非常興奮，心想或許只要去到那裡，就能見到我尊敬的作家。住家附近的景物就是描寫得如此鉅細靡遺。但我無法想像實際見到她，我要做什麼、要告訴她什麼，當然也沒空只爲了這個目的去尋找地藏像，這個念頭就此擱下，不過那篇隨筆讓我留下了印象。

「如果是散步可到的範圍，她家或許就在地藏像附近。」

「對啊。」我說。

「地藏像在哪裡？我們立刻過去。」

「我怎麼可能知道地藏像在哪裡？」

「喂喂喂，那要從何找起？你在鬧我嗎？」

「只要讀過那篇隨筆，應該就能查出大概的地點。」

「哪裡可以讀到？就算要搜尋新聞網站登過的文章，智慧卡也沒辦法。只能再去找搜尋店了。」中尊寺敦準備返回車內。

「這樣的話，」我說：「要找我朋友幫忙嗎？」

「朋友？誰？」

「她叫日向。」我們交往五年了。「她是圖書館的館員，應該有辦法在職場搜尋新聞文章。呃，智慧卡可以借我嗎？我用它聯絡看看。」傳送訊息和語音通話會洩漏發訊的定位資訊，但我猜中尊寺敦的智慧卡應該有特別的防範措施。

「借你是沒關係，可是不會危險嗎？」

「咦？」

「警方正在追捕你，你同學的搜查員也在追捕你。」

「我只是無端被捲入。」我只是送個信而已。

「不管怎樣，你的女友應該早就被盯上了吧？不光是你住的地方，那個叫日向的女人在哪裡工作，警方應該也查出來了。如果隨便聯絡，兩、三下就會追到我們頭上。」

這一點我當然也考慮過。不過，我還是覺得「應該不會有事」。「我們的關係幾乎沒有公開。」

「什麼叫沒有公開？」

「幾乎沒有人知道我和日向在交往。」我沒有家人，也沒有朋友，不僅如此，甚至沒有固定去用餐的餐廳。我會定期光顧的頂多只有理髮廳，但也沒有在那裡提過日向的事。「她也在小時候父母雙亡，幾乎沒有朋友。」

「世上眞有這種事嗎？」

「哪種事？」

「你跟那女人都沒有家人、沒有朋友？就這麼巧？世上有這麼剛好的事嗎？」

「就算有也不奇怪吧？喏，我不是說以前曾被計程車撞嗎？」

「被撞到昏迷那一次？」

「日向那時候就在附近。她只是剛好在場，卻幫我叫救護車，陪我到醫院。然後，我們就親近起來了。」

「附近剛好有這麼熱心助人的人，眞是太好了。」中尊寺敦調侃，但我沒空理他。

「總之，我只能拜託日向。」

我也不是意氣用事，逕自操作起智慧卡。點下背起來的號碼，傳來嘟嘟等候聲。如果有什麼不對勁，要立刻掛掉啊。

中尊寺敦悄聲對我說，我點點頭。雖然我說和日向的關係無人知曉，但也不敢斷定絕對如此。

如果日向一直不接電話，我恐怕會承受不了不安，立刻按下結束通話鍵。對方看到的是我以外的智慧卡ＩＤ，她很可能根本不接。然而，她立刻就接聽了。我搶在她出聲之前說「我是水戶」。

「水戶？咦，怎麼了？ＩＤ不一樣耶。你弄丟智慧卡了嗎？」

「由於一些緣故，我借用別人的卡。」

「說來話長嗎？我要怎麼幫你？」

「妳總是這麼善體人意。」

「恭維就不必了，快說吧。」

「希望妳幫我查一下新聞網站以前的文章。」

眼角餘光瞥見中尊寺敦擔心的視線。「妳知道節宮子嗎？」我對日向說明：「喏，就是《我是卷卷》的作者。」

✉

「檜山，你會暈車？」

八人座警車駕駛座上的學長問我。我坐在副駕駛座，臉盡量對著窗外裝睡，以免被人看出我不舒服，但學長還是看出不對勁。

「不是，以前我出過車禍，所以怕坐車。」我沒有說出就是在那場車禍中，認識我們正在追捕的水戶直正。

「放心吧，高速公路自動駕駛的車禍率非常低。」

「嗯，我知道。」

那場車禍也是發生在高速公路自動駕駛的時候。後來過了近二十年，自動駕駛技術更加成熟，但學長放開方向盤的模樣，讓我將旋轉的車中的父親身影重疊上去了。他會不會在下一秒就被拋出去，就此喪命？我害怕得不得了，手腳繃得緊緊的。

檜山太守法啦。

我想起剛開始求職的時候，朋友這樣對我說。記得是大四的求職活動，雖然規定某個日期以後才開放面試，但實際上形同虛設，我對此感到憤憤不平。朋友的口氣聽起來總有點像在嘲笑。

大概是我的心底深處，有著小時候那場車禍造成的恐懼。我不知道那個時候我們家的車和水戶家的車有沒有遵守交通規則，但那個時候一定有人做了某些脫離一般規則的行為，所以我們每個人的人生都被撕毀了。為了避免憾事再次上演，不僅交通規則要遵守，一切的規定都應該要遵守。

我不認為世上有任何事物比法律和規定所維護的秩序更重要，因此不知不覺間，我已開始準備公職考試，想成為警官。

「現在過去還來得及嗎？」後面其他的搜查員說：「他們也不斷在移動。」

「就算來不及也得去吧。」另一名搜查員理所當然地說。

「可是，水戶跟中尊寺到底是什麼關係？」「那個人還不一定就是中尊寺吧？」

「從狀況來看，幾乎確定就是吧？」

監視器拍到新幹線列車上寺島寺雄和水戶直正接觸的場面。水戶直正怎會跟這件事有關？我驚訝極了。而且抵達仙台以後，水戶直正便行蹤不明，也就是他逃過所有監視器和感測器的監視，益發令人吃驚。

水戶直正不是一個人行動。

仙台紀念公園的搜尋店證實這件事。老闆說「反而是跟他在一起的另一個男人主導」。搜尋店老闆是個沒禮貌的年輕人，但記憶力很好。他詳細說明同行男子的特徵，於是查到了中尊寺敦這個人。

中尊寺敦曾是個研究者，現在幾乎沒有工作，以前和寺島寺雄就讀同一所大學，查到這些以後，搜查員全都沸騰起來：「就是他！」從狀況來看，這名男子一定也有關係。警方立刻向中尊寺敦的大學同窗打聽，但幾乎沒有人與他相熟，得到的情報全是「中尊寺討厭社交」，但還是打聽到他在就學期間駭入大學的內部網路，竄改成績。有幾個人說若是中尊寺，要動手腳不被監視器拍到，根本易如反掌。同時不消多久，就查到寺島寺雄以前和中尊寺敦是同一研究室的同學。

「也就是說，寺島寺雄寫了某些訊息給中尊寺嗎？然後，水戶負責運送這個訊息？」

這樣就說得通了。水戶應該只是被牽扯進去。

令人不解的是，爲什麼水戶直正繼續和中尊寺敦共同行動。是中尊寺敦爲了利用水戶直正而帶他走嗎？或是，不知道內情的水戶直正被欺騙或說服，與中尊寺敦一起行動？

由於知道監視器和智慧卡的資料無法指望，兩人離開仙台紀念公園後的足跡，警方轉爲依靠網路上的一般民眾貼文來追蹤。除了自動搜尋相關關鍵字以外，也地毯式地查閱網路上漫天飛舞的一般民眾留言。

我們很快注意到東京都內剛發生的某起事故的相關資訊。環繞二十三區的首都高速道路都心環狀線似乎發生追撞事故，但據說這些追撞車輛當中，發現多名手腳遭到捆綁的人。車上的人大半都已死亡，因此這些人是遭到綁架，或是有其他理由，狀況依舊不明。還有不良集團以斧頭攻擊通行車輛的案件。

「斧頭？」一名搜查員說：「Oh, no!」（註）這個冷笑話博得了一點客套的笑聲。

這是不是跟水戶他們有關？我尋找更進一步的情報，卻沒有任何線索。

在這當中，我注意到熱門話題排行榜上的某則訊息。有一段影片引發話題，附上的關鍵字是「助人」、「溫馨」、「戲劇性的一刻」、「高速公路休息站」、「埼玉」、「救命恩人」。

影片拍到休息站停車場救人的一幕。拍攝者似乎正在用智慧卡幫自己和朋友拍攝在休息站的紀念影片，畫面角落剛好拍到差點被小貨車撞到的小孩，和男子救人的一幕，他把這部分放大上傳到網路上。

發生有人把別人綁起來、或是拿斧頭攻擊別人的事件，但也有救人的事件。幾乎就在理由不明的可怕事件發生的同一時刻，發生了孩童九死一生、保住一命的事件，是嗎？網路上也懷著這樣的感慨，對這段影片讚譽有加。

影片拍到將小孩送還給父母的男子，我的呼吸瞬間停住。

是水戶。我全身僵硬，彷彿連喉嚨都凍結，片刻之後，才擠出聲音報告：「他正開車前往東京！」

註：斧頭的日文發音為「ono」，音近英文「Oh, no.」。

不管水戶打算去哪裡，我都能找到他。我就是會不由自主地發現他。我甚至覺得就算閉上眼睛，隨便往一個方向指，都能猜中水戶所在的位置。

我的身體不禁一陣哆嗦。

✉

交往的這五年之間，我隱隱約約察覺到，日向眞的很優秀。儘管沒有詳細說明我的狀況，她卻沒有多餘地追問，立刻找到節宮子的隨筆文章，傳訊息過來。

「那個女的可以信任嗎？」中尊寺敦看似粗枝大葉，對日向卻十分戒備。

「什麼意思？」

「我覺得你和那女人認識的過程很不自然。呃，你遇到車禍，她……」

「是計程車往我撞過來，她剛好在附近，陪我一起去醫院。」

「世上哪有這麼好康的事？要是你跟那女人在車上，然後遇到車禍，那還說得過去。」

這是什麼話？我正想反駁，竟看見日向坐在汽車副駕駛座的一幕。她就坐在我旁邊。也就是我坐在駕駛座上，抓著方向盤。

我開車？光是想像，背脊就一陣顫慄，腿都軟了。

你眞的可以開車嗎？

我沒事啦。

聽到這樣的對話，我用力搖頭。這到底是哪門子幻覺？

我急忙把注意力拉回智慧卡收到的訊息上。

文章內容幾乎和我記憶中的一樣。節宮子搬出都內的公寓，猶豫著是不是要離開東京，移居地方都市，朋友剛好介紹八王子的老房子給她，她非常中意，當下決定搬過去。那裡不只有山，附近還有河川，雖然交通有些不便，但生活起來，心情非常寧靜。節宮子以樸實不造作的文字淡淡寫下這些，並記下每天散步看到的景色，及天天看到的地藏像。

「把住家周圍的環境寫得這麼仔細，簡直就像鼓勵讀者找到這裡。」看完文章的中尊寺敦有些目瞪口呆地說：「太沒有戒心了。」

「如果是有狂粉的歌手或明星也就罷了，或許不會有人拚命去找出《我是卷卷》的作者的家。」畢竟連對那部作品感情極深的我，都沒有付諸實行了。

當然，雖然寫得很詳細，但隨筆文章並沒有附上地圖。要找到具體的地點，需要深入分析。我們在智慧卡上叫出地圖，確定方向，並參考中尊寺敦以前造訪的記憶。

隨筆中提到「早上，對面山頂的通訊天線被太陽投射出影子，感覺像婆婆監視著我，總讓我一陣心驚」，因此我們尋找附近的通訊天線位置，更進一步縮小範圍。三十分鐘過去，中尊寺敦鎖定兩處，說著「大概知道了，不是這裡，就是這裡」，操作汽車的路線搜尋畫面。

車子在泥土路上前行，發現一座幾乎毀壞的橋，過橋之後，便進入一條小山路。車子駛過畫出平緩螺旋的小徑，下了山，便進入與河川平行的路。由於道路實在太蜿蜒曲折，無法自動駕駛，所以由中尊寺敦駕駛，但他的開車技術即使恭維也稱不上平穩，光是坐在車上就快昏倒的我，更是宛如置身地獄。因此，當他停車說「可能是這一帶」時，我眞的打心底覺得得救了。

好一段時間，我都只能癱在副駕駛座上調整呼吸，好不容易下車時，卻沒看見應該先下車的中尊寺敦，慌了手腳。一和他分開，我就陷入位置曝光、被警察蜂擁包圍的恐懼。

車子停在山路旁，從這裡往森林前進，沿著小路走下去，就來到河川附近。

「喂，你看，眞的到了。」原本蹲著在河邊洗手的中尊寺敦站起來，高聲對我說。

「就是這裡嗎？」

「太厲害了。都過了二十年，卻一點都沒變。」

「喔。」

「我們懶散過日子的時候，河水也一直在勤奮地工作。」

河川流動算是在工作嗎？也可說河水只是懶散地流過去吧？

「你看。」他指的方向確實有座地藏像。這時，後方傳來另一聲「咦」的驚呼，嚇我一大跳。

被搜查員發現了嗎？會不會一回頭，就有一把槍指著我？我提心吊膽地望去，發現是一個束起白髮的婦人，面露微笑。

「咦，你又來溺水了嗎？」

沒想到會演變成這樣。我在和室坐墊上跪坐著，盯著對方端出來的咖啡杯，總覺得置身夢境。

眼前就是那位《我是卷卷》的作者。幹麼不吭聲？你不是書迷嗎？中尊寺敦戳我，我一開口，卻結巴起來。「謝、謝謝您讓我們到家裡、府上、貴府……」我只能語無倫次地說。

如果公開的年紀是眞的，節宮子應該九十幾歲了，但她姿勢挺拔，皮膚有光澤，看起來十分年輕。不論男女，現代許多人爲了抗老而進行各種保養，所以現實上年紀越大的人，越難從外表看出眞實年齡。不過她的外表看不到人工除皺或拉皮的痕跡，白髮和臉上的皺紋都相當自然地保留下來。儘管如此，她卻給人俐落年輕的印象。

「您眞的是節宮子女士嗎？」

「幹麼懷疑？你不是看到照片，就說是她嗎？」

「因爲看起來實在太年輕了。」

「你嘴巴眞甜。」她也不特別害臊地說：「大概是我的內在和以前完全沒變。而且我媽——我婆婆生前也活力十足，所以我必須繃緊神經對抗她，才會沒空變老也說不定。」

我不知道該如何回應，只能曖昧地點頭附和。

「或許你們很難體會，但婆媳問題是很嚴重的。在昭和的泡沫經濟時期，有核武問題、婆媳問題和西武獅太強這三大難題。」

「這樣啊。」雖然不是囫圇吞棗地同意，但我遲遲難以接受尊敬的對象在眼前說話的現實。

中尊寺敦似乎聽出是無聊的笑話，冷哼一聲，笑道：「老奶奶連笑話都老掉牙到不行。」

「哎唷，是哪個溺死鬼被老奶奶從水裡撈起來？」節宮子伶牙俐齒地回敬。

中尊寺敦苦笑，搔搔頭。「今天我替妳帶了個狂熱的粉絲過來，幫他簽個名吧。多虧有他，我才能找到這裡。」

萬一節宮子以爲我是糾纏不清的恐怖粉絲就糟了。我拚命解釋，以前看到新聞網站上她搬家的文章寫得實在太詳細，所以依據上面的線索尋找，沒想到眞的找到了，最重要的是，我們並沒有意圖不軌地糾纏的念頭。

她一副心不在焉的模樣，所以我問：「呃，怎麼了嗎？」

「喔，」她瞇起眼睛，「那篇文章啊，好懷念。我也是人太好了，才想把自己的住處告訴媽吧。是我大人有大量。」

「媽？大人？」告訴媽？這是什麼意思？

「是說我婆婆啦。我丈夫過世以後，我一個人搬來這裡。」

「丈夫過世」這幾個字她說得特別快，彷彿仔細看著這幕景色，感情會克制不住地氾濫，只好快步通過一樣。單身的我完全無法想像，長年廝守的伴侶從世上消失，會是多麼可怕的一件事。

「我沒有告訴媽這裡的地址。」

「都是這樣的。」中尊寺敦端起杯子喝了一口。

「都是這樣？」

「因爲有丈夫，才能把婆婆當成母親看待吧？如果少了中間的丈夫，就是無關的兩個人了。」

「也不能一概而論。」節宮子以規勸的口吻說，接著又說：「我和婆婆的情況很特殊。雖然我們的感情——」

「不差？」

「惡劣到家。」她笑得像二十幾歲的年輕小姐。「不過，在超越這些的層次上，我們似乎最好保持距離。」

「什麼意思？」超越這些的層次？

「我們只要待在附近，就會衝突不斷。該說是疑神疑鬼，還是互相較勁？總之，就是會惡意刁難對方、被對方刁難，懷疑對方、被對方懷疑。」

「那是哪門子紛爭啊？」

「眞的很不可思議。明知一定會惹對方生氣、會把氣氛搞砸，就是忍不住要酸人、就是要感情用事，不是道理或邏輯說得通的。完全就是天敵。」

我正想到最近才剛聽到「天敵」這個比喻，中尊寺敦就說：「天敵嗎？老鼠和貓、介殼蟲和叫什麼的瓢蟲。」

「你們聽過山族和海族的故事嗎？」節宮子問。

「山族？海族？」我反問，但中尊寺敦應道：「就是那個嗎？世上有繼承山的血統和海的血統的兩派人馬。」

「對。聽到保險業務員提起這件事，我半信半疑，但過了二十年左右，我發現到處都有這樣的故事在流傳。像是瀨戶內海的小島就和山族海族有關，山族海族與當紅漫畫的關係也被拿來討論。」

「明明就是常見的都市傳說。說什麼山族的人和海族的人相遇就不會有好事，還說以前的歷史事件也都與他們有關不是嗎？妳居然信這一套？」

「我是想表達，我和婆婆完全就是死對頭，讓人不禁希望眞有其事。」她的口氣聽不出到底有幾分玩笑。「畢竟有見證山族海族之爭的裁判。」

「裁判？像體育裁判那樣嗎？」

「簡直可疑到了極點。」中尊寺敦好像沒在認眞聽了，我卻覺得在腦中登場的檜山身影變得越來越大。

「所以搬來這裡以後，我猶豫很久，最後還是沒有把地址告訴婆婆。不過，這樣也沒什麼困擾啦。像是工作上的事，傳訊息就能處理。以前也就罷了，現在即使分隔兩地，也有太多方法可以聯絡。」

「工作？」

「插圖是我婆婆畫的。」

「What?」我忍不住驚呼，但並不是故意要拿「What」來影射「畫」。

「插圖是婆婆畫的，文字是我寫的。我們一直這樣合作。咦，這件事我沒說過嗎？」節宮子顯然在裝傻。我從來沒聽過《我是卷卷》是兩人合作。對於《我是卷卷》

和作者，我向來比別人更熱烈關注，連我都不知道，絕對是未公開的祕密。

「關係差到甚至不能見面的兩個天敵聯手創作？是開玩笑的吧？」

「是不是很感人的佳話？公開場合都由我露面，或許社會大眾都以爲是我一個人的作品。」

「我一直都這麼相信。」

「衝突不會消失，我們只能互相妥協活下去。我就是在身體力行這件事。」

我想起繪本裡的台詞。卷卷說：「我瞭解想要爭吵的心情，可是，不要爭吵比較好。」沒想到這是作者的眞心話。「那麼，後來都沒有新作品，是因爲……」

「插圖還是非婆婆來畫不可。」聽到年過九旬的老人落寞地提起更年老的人，我有種被拉進錯視畫的感覺。彷彿時間和年齡的壁壘消失，周圍的高低前後差距全都不見了。

「那是什麼感覺？」中尊寺敦大剌剌地問。

「什麼感覺……？」

「天敵死掉不見了，妳有感想？」

節宮子「呵呵」輕笑，溫柔地嘆了口氣：「當然很寂寞啊。」

「看起來一點都不像。」

「人寂寞過頭，就只能笑了。以前提起買保險的事，婆婆說『烏鴉嘴，保險是會死的人才買的』。」

「人都是會死的。」

「就是說吧？可是，婆婆的口氣就像認定她絕對不會死。然而，她卻走了。」她再次輕笑。「我心愛的丈夫也走了，只剩下我一個人。不過，這樣的生活也很平靜，滿不錯的。」

「抱歉，打擾您清幽的生活。」

「不會啦、不會啦，偶爾有客人也不壞。」節宮子應道，然後若無其事地說：「不過，這也不算完全意外。」

中尊寺敦的眉毛抽動了一下：「這話是什麼意思？」

「嗯？」

「妳早就料到我們會來？」

或許他是害怕我們的情報早已洩漏，有某些能掌握我們行動的機制。事實上，我也提高警覺，害怕屋中某處藏著搜查員。

「表情別那麼可怕，又不是在亡命天涯。」她平靜地說，彷彿知悉我們的一切狀況，我益發緊張。

「稍等一下。」她起身後倏地消失，動作靈活完全不像九旬老婦。我忍不住懷疑她會不會其實是節宮子的女兒或親戚。

被留在客廳的我和中尊寺敦面面相覷。

「寺島先生怎會叫你來這裡？」「如何？身爲鐵粉，死而無憾了吧？」

兩人的話撞在一起。

「是啊，一陣混亂害我差點忘了。不過，我們會來這裡，是因爲那傢伙留下的訊息。」

我們從〈奧茲貝爾與大象〉的最後一行「不可以去河裡」聯想，才會來到王八子的這座深山。

慢慢走下樓梯的腳步聲傳來。對方看起來身體健朗，所以我完全不擔心，但這時我才想到以她的年紀，光是上下樓梯都可能有危險，連忙起身要攙扶，但節宮子已抱著一個小盒子進入客廳。

「你們要找的是這個吧？」她發出「嘿咻」一聲，把一個像保溫瓶的機器放到地上。

中尊寺敦爬也似地靠過去觸摸，「好老舊的電腦。」

他打開疑似蓋子的部分，出現鍵盤。

「大概是半年前擅自放在這裡的。」

「放在這裡？誰放的？」「寺島嗎？」「那時候跟你在一起的、看上去很老實的年輕人。」

「寺島先生來過這裡嗎？」

「對，來得很突然。他好像花了很久的時間，在這一帶進行地毯式搜索，才找到這裡。我請業者配送食材，他是向對方打聽到的。不過怎麼說，即使過了二十年，也一點都沒變。」

「什麼沒變？」

「那一個老實又謹慎，這一個全靠直覺和衝勁。絕對不會溺水的人，和一定會溺水的人，完全是二十年前的印象。人是不會變的。」

「喂喂喂，別以爲人老了就能隨便說別人壞話啊。」

「又不是壞話，而且溺水是事實吧？」

「呃，寺島先生留下那個東西嗎？電腦？他有說什麼嗎？」

「沒有。」

「什麼都沒有？」

「他突然跑來，說很懷念，所以過來看看，好像也知道我的職業，請我簽名，但看在我眼裡，那態度顯然是在撒謊，一目瞭然。不知道他的目的是什麼，所以我假裝受騙，在我泡咖啡的時候，他說忘記鎖車，在屋裡屋外來來去去。由於我是個老人家，他看輕我了吧，但我對人不自然的行動非常敏感。我馬上發現他把這東西藏在二樓的壁櫃裡。大概是認定我都這把年紀了，幾乎不會上去二樓吧。」

「他默默留下這東西嗎？」到底在打什麼主意？

「應該是料定我來到這裡以後，會四處尋找，自行發現吧。交給你的信也是，那傢伙應該是絞盡腦汁，想出用最少的線索來引導我的方法。」

「要是我在你們來之前就上西天了，他要怎麼辦呢？」

「應該是賭妳不會死吧。換成我也會這麼賭。不管怎麼看，妳都會比我更長壽。」

「你看起來命也很硬啊。然後，他離開以後，我馬上就發現這東西。想瞞著我行事，太天眞了。然後，我猜接下來應該會是你來拿這東西。」

「妳的直覺眞靈敏。」

「我以前在那類組織工作過。」
「又在說不好笑的笑話。」中尊寺敦嘲笑道。
我重新審視那台電腦，「意思是，這裡面隱藏著什麼嗎？」
「大概吧。」中尊寺敦說，沒徵求許可就找起插座。
我望向節宮子，想爲擅自跑來，又未經允許任意行事道歉。只見她交抱著雙臂，面露微笑：「眞讓我想起現役的日子。」

✉

「請問，您不再出書了嗎？」
「出書？」
「《我是卷卷》的新作品。很久沒有推出新作品了。」說完，我「啊」地驚覺：「剛才也說過，您婆婆不在了。」
「喔，那件事啊。我說的『現役』，不是指繪本那邊，而是在那之前的工作。」
「在那之前？您以前是做什麼的？」
「全職主婦，再之前是特務。」
聽到節宮子的玩笑，正在打鍵盤的中尊寺敦冷哼一聲，似乎在嘲笑。他不知何時接上客廳的螢幕，畫面顯示著某些文字。

接下來的時間，我只是呆呆看著中尊寺敦噠噠噠地敲打鍵盤操作電腦。

至於節宮子，她從飯廳搬來椅子坐下，看著中尊寺敦工作，一副「讓我見識你的本領」的表情。「這麼一提，」她忽然想起來似地說：「剛才我看到新聞，聽說東京都內發生了恐怖的事件。」

「恐怖的事件？」

「有一群人拿斧頭攻擊家庭旅行的車子。」

「喔，那個新聞。」斧頭和家庭旅行的組合，我的腦袋到現在都還無法完全接受。

「被攻擊的車子，車牌都是西邊的吧？」

「西邊？」

「明明東西對立應該早在昭和時期就結束了。因爲戈巴契夫的努力。」

「什麼夫？」

「不久前，好像傳出有人在河裡散播病菌的流言。然後東邊的區民裡，有人宣稱那是都內西邊的區民幹的。」

「二十三區還有分東西嗎？」

「從地理上來看，當然有東西之分。反正有人很生氣，怒氣沖沖地要報仇，拿斧頭攻擊車子，是這樣的情節。就算畫成繪本，感覺也沒有人要買。」

「這件事是眞的嗎？」

「很荒唐吧？但對立永遠不會消失。只要和平的狀態持續一段時間，就會有人跑出來在地上畫線，說：『這條線再過去都是敵人，我們必須從他們手中保護這邊。』」

「做這種事有意義嗎？」

「跟剛才提到的山族海族的傳說一樣。我是在得知這個傳說的時候，聽人家說的。人類是透過對立來進化，在無風的狀態下，就像一灘死水，只有發生衝突，才會出現變化。有了變化，人才會進化。」

對立，這個詞摳挖著我的腦袋。有個東西像頑固的痂一樣緊貼在上面，當然是檜山景虎。

如同攪拌燒杯的道理。維持現狀、縮小規模才是不好的。創造、破壞、創造、破壞。

我想起從綜合學校畢業前，在校舍屋頂和檜山景虎的那段對話。

「是爲了激起對立，散布有人在河裡散播病菌的謠言嗎？」

「或許有人持斧頭攻擊別人的事也不是眞的。」

「咦，這話是什麼意思？新聞上明明這樣報。」

節宮子筆直看著我，問：「你認爲是實際發生了某些事，然後變成新聞嗎？」

「我想也有一些事情沒有被新聞報導。」

「我不是這個意思，即使實際上什麼事也沒發生，卻在新聞報導後，變成眞實發生的事。」

「順序反了吧？」我聽不太懂。

「或許根本不用遵守順序。不過，可怕的事情隨時都在發生。人類只要放著不管，一定會互相衝突。如同把東西放開，自然就會掉落。」

「呃，其實，」我無法按捺地說出口：「有個認識的人，我跟他就是不對盤。或者說，我跟他有著奇妙的緣份。」

「咦？搞不好你們是山族和海族。」她的語氣明顯是在打趣。

但我無法一笑置之。

若說檜山景虎和我的關係，如同都市傳說般的天敵，那就可以信服了。我甚至希望我們就是如此。

這不是我和他之間犯不犯沖的問題，而是更巨大、宿命般的斥力造成，個人是無能爲力的。希望有人這麼對我說。「眞是這樣，我反倒覺得還有救。」

「你們是什麼關係？」節宮子這麼問，應該是想讓我發發牢騷，但聽到我描述兒時的車禍、在綜合學校的重逢，還有這次不僅是在新幹線列車上不期而遇，甚至遭到他以搜查員身分追捕，她逐漸變了臉色。

她目不轉睛地盯著我，我不禁感到害羞。

「是藍色的。」

「藍色？」

「你的眼睛。你看，我也是。」聽她這麼說，我仔細一看，確實她的瞳眸顏色就像將大海或天空封閉其中。「聽說這是海族的特徵，你也一樣。然後對方——檜山是嗎？他的耳朵大嗎？」

「耳朵？」總之，那就是山族的特徵嗎？我挖掘記憶中檜山景虎的長相。「好像滿大的。」

節宮子點點頭：「或許喔，搞不好。」

「呃，這代表我和您是親戚嗎？」如果眞有海族的血統，而我們是後裔，那麼是不是近似親戚？

「或許不到親戚這麼近的關係，不過一路往上回溯，或許在原始時代之類的時代，有個一樣的祖先。」

「喔……」我頗爲困惑，也覺得若要回溯到原始時代，所有人的祖先不都是同一個嗎？

「你的附近有沒有裁判？」

「裁判？」

「剛才不是提過，我身邊有個保險業務員？就是他告訴我山族和海族的事。」

「他會做出輸贏的判決嗎？」

「不會支持任何一方，類似在一旁觀戰。」

「要這種裁判幹麼？」我更無法理解了。

「如果你和那個人是被捲入山族和海族的對立，有裁判在附近也很合理。」

「我沒什麼朋友。」

「或許有個不是那麼親，卻莫名其妙老是在身旁晃來晃去的人。裁判角色——我不知道能不能算是一種角色，擁有山族和海族兩邊的特徵。藍色眼睛和大大的耳朵，只有一隻眼睛是藍的，一隻耳朵比較大。來找我的那個保險員就是這樣。」

嗚！我忍不住呻吟。

水戶，你的眼睛好藍。

我想起日向以前說過的話。她食指指向我，然後指著自己的右眼說：「我只有這隻眼睛是藍的。」由於人體意外地並非左右對稱，我並未放在心上。日向是裁判？腦中浮現的這個疑問，不知爲何讓我一陣膽寒。「可是，您說的那位保險員是男的吧？」

「你身邊有這樣的人嗎？不一定是男的喔。」

「咦，可是……」

「自古以來，裁判都會在不同時代、不同地方，守望著山族與海族，所以和年齡性別都沒有關係。」

「就算您這樣說……」

我想起是何時與日向親近起來的。是那場車禍。五年前，計程車突然衝過來，撞得我昏迷住院。

「必須留心的是，」節宮子補充：「一旦對立，就會漸漸爲了對立而對立。」

「爲了對立而對立？」

「會扭曲事實，爲了根本不需要對立的事發生衝突。也不是你來我往，總之會逐漸變本加厲。就像我曾深信婆婆是殺人凶手一樣，會發生這類的情況。」

「殺人凶手？什麼意思？」

我覺得這一定是玩笑，於是反問，但節宮子豎起指頭說：「安靜。」

中尊寺敦一直靜默無聲地盯著螢幕。因爲他實在太安靜，我幾乎忘了他的存在，但這時他放開鍵盤，抬起頭。

「有車子靠近。」

節宮子才剛說完，窗簾外便依稀浮現紅光。那毫無疑問是警車的警示燈。

✉

不一會，門鈴響起。出現在室內對講機螢幕上的是兩名西裝男子，他們報出警署名稱，說：「北山女士，有事想請教一下。」

節宮子的聲音突然變得拖泥帶水：「咦，會是什麼事？等一等，我馬上就過去喔。」接著，她將架子上的鑰匙圈拋給我。上面畫著《我是卷卷》的主角。「聽我們說話。」

「聽？」叫我跟鑰匙圈說話？我不懂她在開玩笑還是認眞的，頓時手足無措。她用關切魯鈍部下的眼神看著我，指著先前明明沒有的胸針狀飾品說：「這飾品是麥克風，鑰匙圈可接收聲音，拿近耳朵就能聽到。」然後，她便前往玄關。

喂，水戶，外面什麼情況？

中尊寺敦敲打著樣式老舊的鍵盤問。那種前世紀遺物般的鍵盤，我只在以平成時代爲舞台的電視劇中看過。

「節宮子女士在外面說話。」

我將鑰匙圈拿開耳邊回答。

「上門的是警察嗎？」他的目光完全沒有從螢幕上離開，我就像在和他的後腦勺對話。

「應該是。在找我們。」

「他們怎會找到這裡來？」

我拿著鑰匙圈，膜拜似地湊近耳邊。

「妳有沒有遇到什麼問題？」是警察的聲音。問題？還真模糊。

「最近的警察業務，也包括關懷老人嗎？」節宮子一改先前將鑰匙圈交給我時的俐落言行，換上老人味十足，或者說符合年紀的態度。「真要說有什麼問題，最近雜草變長了，可以幫我除個草嗎？」

「不是說那個啦，有沒有這樣的人跑來這裡？」另一名警察的口氣粗魯許多。也許是在出示我和中尊寺敦的臉部照片。「狀況不太妙。」我反射性地說：「該怎麼辦？」

「還能怎麼辦？只能從這個盒子裡，找到那傢伙留下的答案。」中尊寺敦敲打著鍵盤。畫面上開了許多小視窗，看起來像波浪起伏，原來是細小的文字列不斷流過。

「這是維列卡塞利的原始碼。雖然不曉得是怎麼帶出來的。」

「人工智慧的？什麼是原始碼？」

「程式。程式的文章。」

中尊寺敦瞪著畫面。畫面上橫排著宛如英文句法或數學函數、算式的文字列，以驚人的高速往下滾動，這樣有辦法解讀嗎？

「我只是在掌握結構，然後找出線索。找到寺島留下的東西。」他這樣回答。搶先回答我的問題的他，感覺也像是人工智慧。

這兩名年輕人是危險人物嗎？

節宮子的聲音透過《我是卷卷》的蝸牛傳來。

從照片來看，這兩個人長得很老實啊。

「我想遠從古埃及時代就有這種說法：人不可貌相。這兩個人在策畫危險的陰謀。」

「危險的陰謀？比如什麼？」

「萬一他們被逼急了，不曉得會做出什麼事，就算是對老人家，也不會手下留情。」

「你們也一樣吧？」

她的態度從容不迫，我忍不住佩服。是身爲家喻戶曉的名作創作者的經驗、來自歲月積累的威嚴，或者她原本就是泰山崩於前面不改色的個性？不管是我們來訪，還是警察上門，她都沒有半點驚慌的模樣。

「老奶奶，那是誰的車？」警察粗魯地問。從他的語氣，我想像是一個肥胖的老鳥警察。

「哦，那車子啊，不曉得什麼時候就停在那裡了。」

「是出租車。」「去查一下。」「是。」

兩名警察對話。我向中尊寺敦轉述情況。

「爲了租那台車，我竄改了車子的資料。那時候用的ＩＤ是僞造的，應該不會馬上就查到是我們租的。」他盯著螢幕匆匆地說。「啊！」

「怎麼了？」

「就是這個嗎？」

「找到什麼？」我轉身一看，先前彷彿在螢幕上逆流的文字列停止了。

「有自毀路徑。」

「自毀？」

「裡面嵌入刪除自己的邏輯，不過寫得很複雜，免得曝光。」鍵盤聲輕盈彈跳著。

我腦中浮現在兒童卡通上看過的骷髏頭按鈕。只要按下去，機器人就會自爆。「意外……」我情不自禁地說：「意外地單純。」不過看螢幕上大量文字列幾乎全被數字塡滿的狀況，光是要看出骷髏頭按鈕藏在哪裡，本身就難如登天吧。

「那麼，只要按下那個鈕就行了嗎？」

「什麼鈕？」

「啊，沒事。」

「只要把這些又臭又長的程式碼，從控制台畫面輸進去……」

我不懂什麼叫又臭又長的程式碼，正想反問，鑰匙圈傳出聲音。「北山女士，這輛車子有點可疑。」是警察。分不出是有禮貌還是沒禮貌的警察聲音。

「咦，好可怕。」節宮子擔心地回答，但也許實在是太假惺惺，警察步步近逼：

「是不是其實躲在家裡？」

「我現在單身，就算養個小白臉，別人也無權置喙吧？」可能是她在走動，傳出踩過沙礫的聲響，接著是細語呢喃般的倉促話聲：「我會爭取時間，騎屋後的機車離開。」

我盯著《我是卷卷》的鑰匙圈。

「喂，外面情況怎樣？」中尊寺敦問。他取出了智慧卡。

「可能不妙。屋子後面有機車，最好騎車快閃。」

「我拍個照就走。」

「拍照？」

「喏，你看這程式碼。」

我望向畫面。上面並排著大串英文字母和記號，我連是不是程式都看不出來。中尊寺敦伸手指著說「從這裡」，然後捲動約兩頁畫面的長度，「到這裡。」我猜程式碼的意思，應該就是程式的文章。

「這就是停止維列卡塞利的魔法咒語。量這麼多，當然不可能背下來。」

「複製到記憶卡之類的呢？」

「這台電腦主機太老舊了，沒有對應的插槽。拍下來是最聰明的方法。」

《我是卷卷》的鑰匙圈發出尖銳的聲音：「從庭院入侵了！」接著，傳來玻璃門拉開的聲響。啊！驚叫的是我，還是中尊寺敦？發現人影的時候，從屋外進來的黑色制服警察已站在眼前。

雖然一定正處於戒備狀態，但對方肯定也嚇到了，瞬間愣在原地。我們也一樣。中尊寺敦半跪坐在電腦前，我則是半彎著腰，而警察直挺挺站著，像小朋友在玩一二三木頭人，全都定格在原地。

誰第一個行動？最慢的絕對是我。

警察的手伸向腰間，掏出手槍。中尊寺敦應該是出於無意識的行動，作勢起身，抬起眼前的電腦主機。

槍聲震醒了我。

我發出尖叫。只能中尊寺敦身上噴出的零件碎裂開來，我嚇得以爲他是機器人，晚了好幾拍才發現遭到破壞的是電腦。

中尊寺敦露出「啊」的表情，回頭看我。

壞掉了——是這種表情。

用來停止維列卡塞利的程式毀了。

感覺就像必須小心翼翼搬運的蛋、應該要爲了全世界而孵化的蛋，居然一下破光了。

覆水難收。

我茫然若失，警察再次舉槍對準我們。我幾乎是連滾帶爬地跑過去大喊：「中尊寺先生！」鑰匙圈發出聲音：「快離開！」

中尊寺敦還抱著主機。主機被一槍粉碎，早就壞掉了，因此我說：「那沒救了。」

我們沒工夫帶著多餘的累贅逃亡。然而，他卻夢囈似地低喃「不行，我不能沒有它」，不肯放下電腦。

槍聲再次響起。

那聲音沉重得宛如神力投手使盡渾身解數投出的一球。

我一個哆嗦，抱住頭。

警察大喊。中尊寺敦也定住了。

他們接到什麼指令？我不禁擔心起來。

上頭下了什麼命令？「生擒」這個字眼有點老派，不過他們是打算盡量不傷害我們，把我們活捉到手，還是被命令一旦有危險，即使當場格斃也在所不惜？從常識來看，就算我們眞的犯了罪，頂多也只是詐欺罪，而且手無寸鐵，應該不會對我們開槍，然而，眼前的警察那緊迫的表情讓我不安起來。倘若我們硬要逃離，他是否不惜傷害我們？

「慢慢轉過來。」警察說。

與我面對面的中尊寺敦，膽戰心驚地轉過去。

「不許亂動。」

完了，到此爲止。

舉起雙手，表明投降。中尊寺敦依然抱著被粉碎的電腦主機，就像抱著受傷的親骨肉。

警察右手舉著槍，左手抓著棒狀物體，應該是電擊警棍。這是我第一次看到眞的電擊警棍，威力恐怕和電擊槍差不多。

「別動喔。」

氣氛一觸即發的室內突然響起平靜的聲音，彷彿在輕輕撥動緥緊的線。

警察後方出現人影，是節宮子。

事發突然，警察一陣驚愕，同時約莫是察覺危險，迅速轉身。

對方是高齡的老人家啊！

如果是平時，我一定會出聲制止，但事情發生在轉瞬之間，我只能眼睜睜地看著。

警察轉向後方，伸出去的不是手槍，而是拿電擊警棍的手。

「住手！」我不假思索地撲向警察。與其說是覺得必須保護節宮子，更是全心全意只想救助一直以來保護著我的蝸牛英雄。

我不知道發生了什麼事。

一回神，只見警察身體扭曲，微微呻吟。抓著電擊警棍的手被節宮子扯到身後。節宮子以流暢的動作、折衣服般的輕巧，將警察推趴在地上壓制住，看起來幾乎不費吹灰之力。

一名老婦人輕鬆打倒警察的景象，毫無眞實感。

她與我對望，甩了甩手，是在叫我們快走。

我們拚命衝出房間。雖然想要前往後門，但不知道後門在哪裡，只想盡快離開屋子，於是打開剛好看到的玄關門。我害怕門外會有另一名警察埋伏，暫時煞住了腳，不料中尊寺敦從後面一頭撞上來，害我撲倒在地。

我急忙爬起來。

悄悄探頭窺望院子，遠處的警察發現我們，立刻衝過來：「站住！」

我和中尊寺敦急忙掉頭，聽見一陣聲響。再次望向庭院，節宮子正從屋子裡跳出來。不管從體格還是年紀來看，顯然都是她屈居下風，豈止是不利，根本就是以卵擊石。

然而，她動作迅捷。只見她一腳踢起庭院的水桶，在半空中接住，一把罩住警察的頭。警察等於是被戴上了水桶。

緊接著，節宮子逼近警察，宛如一條蛇般纏住他的身體。下一秒，不知道是什麼原理，警察以趴伏的姿勢癱倒在地。

快走吧——她向我們投以催促的眼神。

我們奔向屋後。

「那個老奶奶到底是何方神聖？」連中尊寺敦也不禁嚇慌了。

「是繪本作者啊。」現在的九旬老人與過去的九旬老人有二十歲的差距，這樣的說法流傳已久，但節宮子還是太驚人了。

掌心一陣鈍痛，我把鑰匙捏得太緊。捏得太用力，都陷進皮膚裡了。「中尊寺先生，你會騎機車嗎？」

「不知道，應該沒問題吧。」

我鞭策打結的雙腿，衝到屋後。倉庫旁邊有一台黑色機車，是美麗的流線形重機，款式或許很舊了，但看上去幾乎就像新車。

「那還能動嗎？」我指著中尊寺敦寶貝地抱在懷裡的主機問，並期待他會回答「沒問題」。

然而，他一副驚醒的樣子，粗魯地將主機拋開：「怎麼可能？都被打爛了。」

我不安得快腿軟了。「呃，那照片呢？拍下程式了嗎？」塡滿整個畫面的大量文字列才是我們需要的東西。

「還沒拍到就被打爛了。」

「那——」

「完了。可憐的奧茲貝爾，被大象踩扁了。」中尊寺敦戲謔地說，表情卻十分分猙獰。

我幾乎要全身癱軟，好不容易才撐住。也就是說，用來破壞維列卡塞利的程式，在記錄下來之前就消失了。

不是恐懼，而是大失所望。我們到底是來做什麼的？換句話說，其實我還沒有眞正體會到維列卡塞利的可怕。

我想起在新幹線相鄰而坐、只見過一次的寺島寺雄。他賭上一切的遺願沒能實現，這件事更讓我受到打擊。

「總之，快逃吧。」中尊寺敦跨上機車，發動引擎，車體宛如甦醒的野獸般震動起來。

「你怎麼有車鑰匙？」

「我隨便按一下就發動了。鑰匙不是在你手上？」

我坐上聊備一格的後座，正要回答「我才沒有鑰匙」，想到《我是卷卷》的鑰匙圈。原來那也是機車的鑰匙嗎？

一道沉重的巨響傳來。以爲是機車爆炸，結果不是，是有人從背後開槍。倒地的警察亂槍打鳥，幸好沒打中——才剛這麼想，另一發子彈便從我近旁擦過。

機車往前衝，我急忙伸手抱住中尊寺敦。和騎自行車衝下新仙台青葉山的坡道那時候一樣，我只能閉上眼睛，委身於向前衝刺的生物。

宛如野獸咆哮般的巨大聲響，震動著身體。

我只想平平靜靜過日子，怎會遇上這種事？爲什麼平靜的日子非遭到破壞不可？我到底造了什麼孽？

「不攪拌，就沒辦法做實驗。」

這句話再次浮現腦海。剛一想起，便立刻被機車的速度甩到後方。

和攪拌燒杯一樣。維持現狀、縮小規模才是不好的。創造、破壞、創造、破壞。

從前方高速飛來的聲音穿過腦袋，又被甩到後方。

機車右傾過彎，我的身體跟著打横，檜山景虎的身影從馬路前方躍入腦中。

爲什麼紛爭不會消失？

那個時候他說，紛爭就像天氣，沒辦法停止或消失。

機車重心不斷左右移動，爬了很長一段坡，然後又平緩下降。

「我認爲處在混亂的狀況中，是一個人最受到考驗的時候。」

我又聽到別的聲音。彷彿從記憶角落輕飄飄浮現的這句話，一開始我以爲是檜山景虎的話，但馬上想到不是。是日向說的。

那是五年前，我車禍住院，終於恢復意識的時候。

雖然意識恢復，卻失去一切的記憶，我連自己是什麼人都不知道，惶惶無措。

日向告訴我，陷入混亂的時候，就是我受到考驗的時候。她沒有遠離陷入半瘋狂的我，而是冷靜地安撫我，因爲有她，我的記憶才能像切斷的線又重新連上般慢慢恢復。

風聲粗暴地颳過耳邊，彷彿要打擾我的思緒。我爲時已晚地發現，我們沒戴安全帽，頓時一陣毛骨悚然。這不只危險，而且未戴安全帽騎機車的違規行爲，應該立刻就會被設置在街上的監視器逮到。

在山路即將結束的十字路口遇到紅燈，總算停下機車時，我好不容易開口問中尊寺敦：「我們要去哪裡？」然後，我也提醒：「我們沒戴安全帽，很不妙。」

中尊寺敦抓著握把，低頭看著下方。我以爲他沒聽到，更大聲地說：「中尊寺先生！我們要去哪裡？還有，沒戴安全帽會被抓！」

但他依舊沒反應，我不禁感到害怕，綱要準備下車，他突然轉過頭來：「有訊息。」

「訊息？」

「機車的通訊功能。這燈號是顯示收到訊息。」

「誰傳來的？」

我問的時候，中尊寺敦已點開訊息。雖然不知道揚聲器在哪裡，但我聽到男人的聲音。正覺得聲音模糊不清，隨即傳來一道格外響亮的罵聲：

「也不想想妳幾歲了！」

總算抵達東京，原本我以爲會被召回搜查總部，沒想到收到命令：「檜山，你去那邊。」

我還沒來得及回答「是」，就被趕上箱形車。

儘管極不願意坐車移動，但也不可能拒絕。我緊緊閉上眼睛，要自己別去意識到正隨著車體晃動，並告訴自己不是在高速公路上已是萬幸，一心一意忍受著。

百般折騰後，總算抵達的地點是圖書館。數十年以前，這裡是收藏紙本的機關，現在已全面數位化。彷彿由三個巨大管子重疊而成的外觀十分新奇，不只是提供資訊搜尋，也成爲知名的觀光景點。

「聽說這裡的職員是女友。」

「誰的女友？」

「你的好同學的。」

學長是在說水戶直正，我當然知道這是玩笑話，卻無法寬容地接受，反感可能都表露在臉上了，於是學長說：「檜山，幹麼表情這麼可怕？」

「我對那傢伙幾乎一無所知。」

要怎麼稱呼他才合適？這個問題讓我猶豫了一下。他難說是朋友，也不是熟人。他是陌生人，但又不到陌生人那麼無關。

「那個職員是怎麼查到的？」進入建築物時，我提問。入口有安檢門，但我們對站在附近的警衛出示入館卡，就放我們進去了。

「我們徹底調查了水戶的周邊，不過這傢伙孤獨得驚人。」

「這樣嗎？」我沒有說「那不是跟我一樣」。

「查不到任何朋友，也沒有家人。小時候父母在車禍中喪生。或許舉目無親、孑然一身，指的就是像他那樣的人。」

我也一樣。

「除了送信工作的委託人和收件人以外，他幾乎沒有和任何人接觸，所以我們本來打算放棄，認爲這條路行不通。」

「可是，最後不用放棄了？」

「他的住處的通訊器接到訊息。語音訊息。接起來一聽，是一個女人，我們立刻聯絡她。談過之後，她承認和水戶交往。」

「她是這裡的職員嗎？有什麼反應？」男友突然被警方追捕，即使陷入恐慌也不足爲奇。或許有些人會爲了保護男友，把警方視爲敵人，採取冷漠的不合作態度。

「哦，非常鎭定。她叫日向恭子。」

「是傻掉無法反應嗎？感覺會不會配合？」

「或許是警方向她說明水戶直止不是主犯的關係吧。警方告訴她水戶只是被捲入，她便透露之前曾接到水戶的聯絡。」

「水戶聯絡那個女人嗎？」水戶直正的智慧卡應該沒有任何使用紀錄。

「約莫是用中尊寺敦動過手腳的智慧卡，進行匿名通話。水戶拜託她找過去的新聞文章，並傳給他。」

「新聞文章？什麼文章？」

「繪本作家節宮子寫的隨筆。」

「喔……」

「令人驚訝吧？」

「是想逃進繪本世界嗎？」

「我也這麼猜想。」

據說，日向恭子告訴警方：「他可能去了這名作者的家。」

「去作者家？去那裡做什麼？」

「那套繪本對水戶直正意義非凡，所以女人推測他可能是想去見作者。聽到這件事，我覺得未免太荒唐，沒當一回事。但讀了一下那篇所謂的隨筆，發現雖然沒有寫出住址，但可從文章內容查出住家所在地。」

「就算是這樣，一般人會因此照著文章去拜訪繪本作家嗎？」這不是在遭到警方追捕的狀況下會採取的行動。

「沒錯。不過，也不是完全不可能。爲了愼重起見，我們派當地警察過去查看。」

我們在寬闊的管子內部筆直前進。左右並排著搜尋用的終端機，也有一些利用者坐在看上去很舒適的座椅觀看影像。

走進掛著「小會議室」牌子的房間一看，桌子對面就坐著那名女子，日向恭子。我一進去，日向恭子立刻抬頭。對望的時候，她看起來笑了，我覺得猶如芒刺在背，微微頷首。你們認識？學長應該是在開玩笑，但我鄭重否定：「不，不認識。」

「呃，他是——」學長指著我說：「水戶直正的同學。」

「嗯，對。」日向恭子的說法彷彿從一開始就認識我。

「她要求警方，找到認識青少年時期的水戶直正的人。」直至這時，學長才總算揭露我被帶來的理由。「幸好，檜山，你就在我們單位，省了到處去找的工夫。」

「妳為什麼想知道水戶的青少年時期？」

學長取出智慧卡，似乎是接到通訊，他站了起來。「檜山，好好炒熱氣氛啊。」學長留下這句話離開。

室內突然陷入寂靜。

即使不算資深，其實是菜鳥的我，也曾多次面對證人或涉案關係人。這些人大部分不是驚慌失措、語無倫次，就是持反抗態度，保持緘默，也有迎合警方般主動招出一切的人，但眼前的日向恭子似乎不屬於任何一種。她顯得滿不在乎，甚至看不出是否對我們感興趣。

「妳是什麼時候認識水戶的？」

「我不小心幫了天平的這一邊。」

感覺像拋出的球變成雞蛋被扔回來。我太疑惑了，差點漏接那顆蛋。我想像蛋在桌上砸破的景象，幾乎要伸手去擦。

「回答我的問題。」我想要再次發問，結果又變成雞蛋丟回來：「因爲如果不那樣做，天平就會失衡。」

是打擊或緊張導致她神智錯亂嗎？或者，她原本就是說話牛頭不對馬嘴的電波女？

「你和水戶是只要靠近就會衝突的關係。以磁鐵來形容，就是相斥的兩極。一旦你們的距離拉近，必定會發生爭執。」

「這到底是在——」

接下來，日向恭子彷彿在陳述健身房入會方案與注意事項，說起「有些人各別隸屬於山族和海族」。她不帶感情，平鋪直敘，教人不禁懷疑是不是預先背好講稿？她說，世上有繼承山族與海族血統的人，兩者注定在任何一個時代都會相爭。我覺得完全就是童話故事或都市傳說之類的鬼扯淡，卻無法打斷她。雖然也是因爲她講述的口吻，但更重要的是，或許我期待她口中的山族與海族的紛爭，能夠解釋我和水戶直正的關係。

看不順眼的人、犯沖的對象、討厭的人——這些都無法形容我對水戶的嫌惡。那是更沒有道理的情感，如果是源自上輩子的宿怨，與這輩子無關，還比較能夠說服我。

「我是負責見證山海兩族紛爭的角色。」

「看戲的觀眾嗎？」我的口氣變得不悅。

「類似裁判吧。」

「妳該不會隨身帶著紅白旗？」

「雖然不是旗子……」日向恭子指向自己的眼睛。她的眼睛怎麼了嗎？我訝異地一看，發現那隻眼睛異於另一隻，是藍色的。接著，她稍微撩起頭髮，只有一邊耳朵是尖的。聽說人的臉並非左右對稱，但她左右兩邊未免差太多，令人困惑。「山族與海族一旦靠近，就會發生紛爭。可能有一方獲勝，也可能兩敗俱傷。當然可能互不靠近，離得遠遠地過完一輩子，這也是絕大多數的情況。但其中有些人不管再怎麼小心謹慎地保持距離，仍會無法避免地狹路相逢。水戶和你應該就是這樣。」

「哪樣？」

「冤家路窄。那時候我會在水戶附近，恐怕就是這個緣故。」

她的口氣像是在說，不是有比賽所以請來裁判，而是有裁判，比賽才會發生，我指出這一點。

「你很敏銳。」她依舊面無表情。「這部分我也不清楚。不過，山族與海族即將發生衝突時，裁判一定會在場。」

「我該慰勞一聲『辛苦了』嗎？」

「警方向我詢問時，我會說出繪本作家的事，是認爲站在平衡的觀點上，幫你們一把比較好。因爲水戶現在有別人跟著。」

「妳是指中尊寺？」

她沒有回答這個問題，只說：「要讓天平維持平衡，果然很困難。」

妳到底在瘋言瘋語些什麼！或許我應該給她來點下馬威，可是脫口而出的，卻是求助般的問題：「我們會怎樣？」

「至少應該會再見面。」

「這要是超越時空再會的男女就好了。」

下一秒，眼前浮現我面向水戶直正，舉槍瞄準他的景象。畫面一清二楚，如同正在播放的立體影像。開槍，心中的我冷靜命令。做個了結。幹掉他。絕對不能輸給他。

黑影抬起我，鼓譟著劇烈搖晃，妨礙我進行理性思考。

如果是爲了守護社會秩序，我會毫不猶豫地開槍射擊水戶。一部分的我也這麼想。全怪偏離正軌的水戶直正不好，我沒必要裹足不前。

一會後，學長回來了。他拍拍我的肩膀，我們一起離開。

「看來似乎是眞的。」

「什麼東西是眞的？」

「中尊寺和水戶在繪本作家的住處。」

眞有這種事？我大吃一驚，回望剛離開的會議室。眞的就像那女子的預測？

「總之，上頭下令要抓到他們。兩人在煽動暴動。」

「暴動？」水戶直正會做這種事嗎？

「上頭同意開槍。」

「咦？」

我忍不住反問。那傢伙是這麼窮凶惡極的歹徒嗎？高層的指示，帶有想盡快抹消水戶直正和中尊寺敦的強烈意志。當然，我並不打算反對或抗拒，但腦中塞滿問號。由於我才在想像正面射擊水戶直正的情景，更覺得眞實無比。

只要兩人靠近，一定會發生爭執。

剛才那女子說的話在耳畔響起。

我陷入無關自己的意志，被迫向前走的感覺。彷彿左右和後方都被牆壁堵住，只剩下前進一途。

✉

出現在我們面前的，是個富態的圓臉男子。他身穿西裝，姿勢挺拔，應該年過五十。說好聽是慈眉善目，說難聽是毫無威嚴。

那是透過通訊傳來的立體影像。我們的影像一定也投射在對方那裡。

「我媽都九十多歲了，我以爲她應該不會再亂來，可是有時候她仍會騎重機亂跑。你們能相信嗎？九十多歲還騎重機！即使跟以前的人比起來，九十歲還算健康，但這也太誇張。」他說。「所以我動了點手腳，只要有人騎車，我就會接到通知。」

「那台機車上也有追蹤裝置嗎？」中尊寺敦說著，上氣不接下氣。雙腳好像實在踩累了，於是他說：「休息一下吧。」我也差不多要瀕臨極限，所以欣然同意，把鞋子從踏板上移開。

這裡是新八王子市內的公園。有木頭和繩索打造的運動設施，土地一半都是池塘，我們現在就乘坐在地塘裡的天鵝船上。雖然叫天鵝船，但並非全是天鵝造型，也有賽船或龍等造型，都是兩人乘坐，可合力踩踏板在池裡划來划去。

「也不想想妳幾歲了！」約半個小時前，我們聽到機車傳出斥責的訊息。我們困惑地與對方通話，發現是來自節宮子的獨子。「節宮子女士把機車借給我們。」我們說明，他草草自介叫「北山由衣人」，隨即下達指示：「請到我接下來說的地方。那裡很安全。」

「咦？」

「我媽會把機車借人，肯定是發生某些特殊狀況。請到我接下來說的地點。那台機車不會被路上的政府監視器拍到。」

「可以匿蹤是嗎？」

「用以前的說法，是這樣沒錯。」

這種事眞的能做到嗎？我萬分疑惑。而且，他指定的地點是公園裡的池子，還叫我們坐上天鵝船，這當然也引起我們的戒心。一般都會懷疑，這是爲了將逃亡中的我們逼上絕路的計謀，或是捉弄亡命之徒的惡作劇。

但我們還是聽從了，因爲自稱北山由衣人的男子說「那座公園的安全性我可以保證。一般警察查不到」。與其說是信任他，倒不如說是中尊寺敦很感興趣。

「有這種地方？如果眞的有，我務必要去瞧瞧。」看來是身爲技術者的好奇心贏了。

我沒有反對，是因爲現在我連一根稻草都想抓，而且覺得既然是節宮子的兒子，絕對可以信任。或許這可說是對《我是卷卷》極致的愛，盲信到了不可理喻的程度。

然後，我們遵循機車上顯示的引導來到公園，坐上池中的天鵝船，便出現北山由衣人的立體影像。

「都內有幾處由我們管理的地點，可安全地進行交談，但你們那一帶只有這座公園，眞不好意思。而且，還請你們坐上這種東西。」他首先致歉。

「這到底是什麼？」

「看上去只是普通的船，但外界無法竊聽到任何訊息。由於工作性質，我們經常需要進行極機密的交談，況且在市區和道路上，通訊資訊都已變得毫不設防。」

「請問，由衣人先生，您的工作是……」

「巧的是，我在我媽以前的職場工作。」他靦腆地搔搔頭。「不過，並不是靠父母的門路進去的。」

「繪本作家嗎？」

「是更之前的職場。令人驚訝的是，聽說我的祖母以前也在這裡工作。啊，我們家的事不重要。你們現在沒工夫管這些吧。」

「你怎麼知道我們的名字？」中尊寺敦的話聲十分陰沉。

「兩位前往公園的期間，我大概查了一下，也和家母取得聯絡。」

「啊，節宮子女士沒事嗎？」我激動得幾乎要撲向飄浮的投射影像。

「家母沒事。雖然我很驚訝，她都那把年紀了，居然還有辦法上演那種全武行。那兩名警察，我們處理好了。」

我無法想像他說的「處理」是什麼意思。

「警方卯足了全力在搜捕兩位。」

「是喔，我都不知道。」中尊寺敦諷刺地回應。

「警方認爲，兩位是東京都內暴動事件的主謀。」

中尊寺敦直起身體，「什麼跟什麼？那些事眞的跟我們無關。」

「暴動事件？」聽到完全意料之外的話，我忍不住看向他。

「兩位知道都內現在正發生嚴重的暴力事件嗎？有人攔下行駛中的車子，打人或投擲斧頭。」

「新聞有報。那是怎麼回事？」

「起初以爲是年輕人結夥鬧事，但情況似乎更複雜棘手，我們也才剛開始正式展開情報蒐集。」

「複雜棘手？」

「據說，都內的東西兩側居民互相累積極深的恨意。借用以前流行的說法，就類似仇恨值爆表吧。起因是有人在河裡散播病菌的假消息。雖然不清楚是眞的相信，或只是搭便車，總之，東邊的居民採取近似暴動的行動。」

「然後，那些暴動事件的主謀是我們嗎？」

「我們陸續接獲這樣的情資。」

連中尊寺敦也不禁啞口無言。半晌後，他總算說：「新聞可以亂報來路不明的流言嗎？」

「報新聞的人可能不認爲是流言。」

「饒了我吧。我只是在遠離都內東西問題的仙台，悠閒地過日子。對東京來說，那裡可是北北東呢，北北東！」

「不管身在何處，都有辦法煽動民眾。」

「誰要幹那種事？」

「我們會遭到追捕，是收到某人的訊息，跟暴動一點關係都沒有。」我說。

「你是指寺島寺雄吧？維列卡塞利的開發者。」

「你知道？」中尊寺敦問。

「寺島先生將什麼訊息交給水戶先生？」聽他的口氣，應該也掌握了我的職業。

「他拜託我的事很簡單。只有一個單純的請求。」

「什麼請求？」

「破壞維列卡塞利。」

這時，北山由衣人的影像亂掉，雜訊也變得嚴重。我以爲只是通訊品質的問題，但北山由衣人的情緒似乎也和影像一樣亂了套，低喃：「眞奇怪。」

「哪裡奇怪？」

「這裡的通訊第一次出現這種問題。」

「是電波障礙或磁氣問題之類的吧。」

「這不是一般設備，不應該會有這種問題。」

「不可能發生的問題，遲早會發生。凡事都有第一次，就是這樣吧。」中尊寺敦說到這裡，北山由衣人的影像倏地消失，好似泡沫破裂。

四下突然落入死寂。天鵝船上只剩下我們兩人。我把頭伸出天鵝船外東張西望。

沒有比池中的小船更毫無防備的地方了，我突然害怕起來。無路可逃，被周圍的人看得一清二楚。我們是不是像傻傻自投羅網的兩隻鳥？體內冒出陣陣寒意。

我想像警察包圍池子的景象，慌忙站起，害得天鵝船失去平衡，水花四濺。

沒看到警察。

「最好離開這裡。」中尊寺敦說。

我們比剛才更用力地踩著踏板。由於太焦急，小船左右蛇行，好不容易折回出發點。

回到碼頭，下了小船，總算鬆一口氣，如同字面般感到踏實。

顧碼頭的老人意興闌珊地招呼一聲，拉回天鵝船的繩索。

接下來到底該怎麼辦？

和北山由衣人的通訊，就那樣中斷沒關係嗎？

我邊走邊想，望向身旁，發現中尊寺敦不見了。

消失了？

我像被鬼故事嚇壞的人渾身發抖，但回頭一看，他落在後方。他不知何時停下腳步，宛如電池沒電，一動也不動。

怎麼了？我走近他問。

他依然僵在原地。

我心生害怕，忍不住用力搖晃他的身體。

「喂，幹麼？」他總算有了反應。

「看你一動不動，想說你怎麼了。你在思考下一步該怎麼辦嗎？」
「不是。」
「不是？」不是想這個問題，還有什麼問題好想？
「剛才那個人不是說了嗎？什麼暴動事件主謀的。」
確實，那件事完全出人意表。「所以，警方才會卯起來追捕我們嗎？」
「我從以前就最痛恨團體行動，怎麼可能率領群眾做什麼，對吧？」
「怎會問我？」我對中尊寺敦認識又不深。
「到底是誰在散播這樣的謊言？」
「我也不知道。只是，煞有介事的謊言，意外地很容易滲透。」
「什麼叫煞有介事？你是說，我看起來會策畫都內的東西戰爭嗎？」
「不是啦。」我左右搖手，彷彿在驅趕射過來的透明箭。「一個人會逃離警方，一定有某些理由。如果這時候有人說是他參與最近發生的犯罪事件，就很容易讓人相信，大家會覺得難怪、原來如此。」
他的表情依舊難以信服，我又舉了別的例子：「你們喜歡的γ摩可，不也是這樣嗎？」
「γ摩可怎麼了？」他面露怯色，像吃了出其不意的一擊，我感到有些痛快。
「成員的田中KATANA過世以後，傳出各式各樣的流言吧？有人說他把自己的音樂理論寫成程式留下來，所以γ摩可才能繼續活動。還說田中KATANA在樂團裡原本就受到孤立。」

「那是胡扯，音樂才不是依靠理論就能如何的。當時，人們都說田中KATANA才是γ摩可的中心人物。事實上，或許眞是如此。但另一方面，由於田中KATANA被神格化得太厲害，應該也有一群人不承認少了田中KATANA的γ摩可。這些人想要相信就是田中KATANA留下了什麼，樂團才有辦法繼續活動。追根究柢，這類流言搞不好是γ摩可周圍的生意人想出的主意。爲了盡量炒作田中KATANA的死亡，從中獲利，才編造出這類流言。」

「你也是他們的歌迷，這番意見還眞是客觀。」

「不能有客觀的歌迷嗎？總之，流言雖然會自然傳開，但也有許多是人爲刻意散播。**Spin doctor、spin controller**，到處都是。」

「那是什麼？」

「爲了讓某人擁有特定的形象，進行公關操作，就叫spin。政治家常幹這種事。這些專家以前稱爲spin doctor，也就是政治化妝師。」

「那樣的話，」我說：「指稱你是暴動主謀的新聞，也是這類人的操作嘍？可是，做這種事，誰能得到好處？倒不如說，有必要這樣大費周章逮捕我們嗎？」

公園裡很安靜，每當有風吹過，落葉飛舞的聲音聽起來就特別清晰。

「確實，就算寺島寫信給我，也不會導致世界滅亡，更不是危險到需要全面動員逮捕我的事。」

「對啊，感覺有些誇張過頭。還是，寺島寺雄就是被視爲這麼危險的人物？」

「他拜託我的事，是停止維列卡塞利。雖然不是什麼值得讚揚的行爲，但也不值得警方拚命追捕。」

中尊寺敦又定住了。只聽得見風聲，也許是平日的傍晚，公園裡完全沒有人影，甚至讓人不禁擔心：公園空蕩蕩，眞的沒問題嗎？

「啊，原來如此。」

「你想到什麼？」

「拚命追捕寺島寺雄和我們的，會是什麼人？應該是會因此蒙受其害的人。凶手就是被害人死掉，可以獲得最大利益的人。妨礙某人的傢伙，就是最看不順眼那個人的傢伙，自古以來都是如此。」

「蒙受其害？」

「最無法接受寺島寺雄的行動和我的行動的傢伙，就是他在散播假消息。因爲他非常困擾，想要阻止我們，對吧？」

「可是，這次的情況，那個人會是誰？」

中尊寺敦的表情像是在說「你還沒想到？」。「寺島寺雄將他一手創造的維列卡塞利視爲威脅，所以把破壞任務託付給我。那麼，最焦急的人，就是我要破壞的對象本人。」

「本人？」

「維列卡塞利啊。」

「咦？」這麼一說，確實是順理成章，但維列卡塞利是人工智慧，也就是沒有意志和感情的機器，我覺得不可能具備「困擾」或「焦急」這類感情。難以想像它會是指示

「這兩個人是危險人物！逮住他們！」的幕後黑手。

「據我猜測，維列卡塞利已聰明到人類鞭長莫及的地步。不管任何時代，聰明又握有權力的人，都會擔心自己的性命。危險必須排除。搞不好人工智慧小弟得到數量龐大的資訊，分析之後，害怕起寺島寺雄來了。預測到開發者的寺島寺雄打算毀滅它，覺得這下不妙。」

在被父母殺死之前，先下手爲強。

維列卡塞利這麼想嗎？

不知道人工智慧是什麼形狀，我想像著有個巨大的外殼、冰冷無情的四四方方盒子將寺島寺雄壓垮的景象。

「那些新聞也是維列卡塞利發布出去的嗎？」

「很有可能。新聞才是沒有實體的資訊。顯示在新聞咖啡廳的畫面上，人們就會全部當眞。只要寫下標題，就會變成事實。」

「節宮子說過類似的話。」不是發生什麼事才變成新聞，而是播出新聞以後，才有了事件。

「或許都內的斧頭傷人事件也不是眞實發生的。不，最早的原因是出現流行病，說什麼傳聞工廠散播病菌。」

又是傳聞。

「搞不好連這些都是捏造出來的。維列卡塞利不斷發布新聞，意圖引發紛爭，在東西兩邊灌輸仇恨。」

不攪拌，就沒辦法做實驗——檜山景虎說過。所以人才會發生衝突。

維列卡塞利在煽動人類互相衝突、對立？

「如果是維列卡塞利在阻止我們——」

「該怎麼辦？寺島的絕招消失，電腦裡的自毀程式也沒有了。」

我們走回停放重機的停車場。這時，一輛灰色箱形車經過對面的十字路口，開了過來。

警察發現我們了！山窮水盡了嗎？我已有心理準備。只見灰色箱形車開進停車場，畫了個圓，粗暴地停下。氣壓式的滑門打開的瞬間，我預期會有武裝警察跳出來。因爲不打算抵抗，我準備好要舉起雙手，發展卻異於我的想像。

「讓你們久等了。」下車的是剛才在立體影像中看到的北山由衣人。

駕駛座無人，是自動駕駛模式。光是聽到這件事，我就快昏倒，但駕駛座後方全以氣墊包覆，因此只要設定成看不到車外景色，可說就像處在狹小的房間裡。我拚命要自己如此相信，並且默念「這不是車、不是車，是房間」，努力穩住身體。

車內的座椅擺設很像新幹線車廂的座位，我和中尊寺敦是對著行進方向，北山由衣人則與我們面對面。

他似乎立刻從東京都內動身來接我們，在池中天鵝船上的對話，也是在這部行駛中的車子裡進行通訊。

「先到我們機關來吧。」

「那是什麼機關？」

「這次的行動完全是非官方的，或者說是我獨斷獨行，無法幫上太大的忙，但總比騎著家母的機車四處亂晃要來得安全。」北山由衣人說：「呃，剛才我們談到哪裡？」他歪起圓臉回想，「對了，我們接到情資，指出兩位是都內發生暴動的主謀。」

「那是假消息。」中尊寺敦說出剛才推理的內容。「是維列卡塞利爲了盡快逮到我們，杜撰出來的事實。可能那些事件本身就是捏造出來的。」

「維列卡塞利？」

「剛才我不是也說了？開發者寺島拜託我，要我設法阻止人工智慧老弟，所以維列卡塞利生氣了。」

「不阻止會有什麼後果嗎？」北山由衣人的遣詞用句一貫彬彬有禮，我覺得自己像是他的長輩。

「它甚至可對新聞動手腳，把我塑造成十惡不赦的歹徒，什麼事情都做得出來。」

「維列卡塞利和日本的政治圈有關吧？」

我望向北山由衣人問，他聳了聳肩。看起來像是肯定，但他應該不打算明確地說出口。

「以前有一部電影，描寫人工智慧失控，引發核子大戰吧？」

「不，核戰太異想天開，還是該說不合理？對人工智慧而言，沒有利益可圖。」

「搞不好——」我說。這是我剛才想到的事。

兩人的視線轉向我。

「搞不好，它是想讓人類相爭。」

沒有變化，就沒有進化。爲了引起變化，必須攪拌。

因此，它想要引發紛爭，是不是？

紛爭完全就是攪拌。

檜山景虎就站在那裡。不是現實中，而是在我的腦海裡，他看著我。我第一次發現他的雙耳很大，而且尖尖的。

你的眼睛是藍的。

檜山景虎才剛喃喃說著，下一刻我便身處旋轉的後車座。旁邊是一臉緊繃、全身僵硬的姊姊。

那場車禍的旋轉，至今依然持續著。

你就是水戶直正？轉學到綜合學校的檜山景虎傲慢地問我。

下一秒，我坐在新東北新幹線的座位，漫不經心地望著流過車窗外的景色，檜山景虎出現：「水戶，你怎會在這裡？」

「喂，你沒事吧？」旁邊的中尊寺敦搖晃我的身體，我赫然回神。「你突然發愣，居然還呻吟起來。是坐車的心理創傷害你不行了嗎？」

「這也是原因之一。」我說著，望向北山由衣人。

「怎麼了嗎？」

「不，節宮子女士告訴我，世上有互相對立的山族與海族。」腦中的檜山景虎會一直陰魂不散，應該是這個緣故吧。

「那件事啊。」北山由衣人苦笑。「她從以前就很喜歡這個故事，說我祖母是山族，她是海族。」

「由衣人先生不相信嗎？」

「畢竟聽起來很假。哦，我祖母和母親確實關係很差，兩人難得見上一面，可是每次見面都一觸即發。婆媳之間火花迸射，幾乎都要燒到旁人了。父親真的很可憐。」他面露微笑，似乎頗同情不在場的父親。「看到父親，我瞭解到什麼叫夾心餅丈夫。他完全就是個典型的夾心餅丈夫。」

「令祖母是山族，令堂節宮子女士是海族嗎？」說完，我發現一件事。「既然如此，由衣人先生就是繼承兩邊的血統？有這樣的情形嗎？」

「這個啊……」北山由衣人點點頭，態度像被問到他的專業領域。「其實，父親和祖母沒有血緣關係，總之，父親是養子。所以，母親才能和父親結婚吧。」

「海族和山族不能結婚嗎？」

「據母親分析，」北山由衣人聳聳肩，「如果要說的話，我是繼承她海族的血統。」

「一樣呢，我也是海族。」我打趣地說。

「喂喂喂，」中尊寺敦歪嘴一笑。「這種迷信的東西，血型方面就夠多了。什麼我也是海族，你該不會真的信那一套吧？再說，假設你跟那個警察真的是水火不容——山海不容好了，你怎麼知道哪邊是山族，哪邊是海族？也可能他才是海族啊。」

交談期間，箱形車順暢地在馬路上前進。這不是車子，我告訴自己。這只是個小房間，所以不可怕。

為了將注意力從行駛的車中轉移開來，我面向中尊寺敦，用指頭扳開上下眼皮，強調瞳眸：「聽說眼睛是藍色的，就是海族。」

「眼睛？什麼跟什麼？」

在節宮子家聊到這件事時，中尊寺敦應該也在場，但他全神貫注在解讀電腦內容上，應該完全沒聽進去。

「喏，你看，我的眼睛是藍的。」

我望向一旁，北山由衣人拉下眼皮做出鬼臉。「我的眼睛也是藍的，是遺傳到母親。」

「眞拿你沒辦法。」中尊寺敦說著，湊過來看我的眼睛。兩個大男人彷彿深情對望，我覺得有些害羞。

我看見注視著我的眼睛裡的眼睛。

宛如兩兩相對的鏡子，眼中的眼睛不斷延伸下去。

我預期中尊寺敦會不屑地說「又不怎麼藍」，別開目光，意外的是，他遲遲沒有轉開視線。我幾乎要懷疑他是在開玩笑了。

他默不作聲，一動不動地直盯著我的眼睛。

「怎麼了？」我按捺不住，先移開視線。

中尊寺敦依然睜大眼睛看著我。

「到底怎麼了？」我再次問，但他不說話，表情嚴肅到令人背脊發涼。「你該不會要說自己是山族吧？」我調侃地說，他的神色依舊凝重。

是我的臉哪裡不對勁嗎？我擔心地摸了摸臉。

中尊寺敦好不容易開口，卻是對著北山由衣人說：「不好意思，找個可以買飲料的地方停一下，我想休息。」

「休息？但我們沒這種閒工夫。」

「別這樣說，拜託。找一處停車吧。」

✉

路邊有智慧卡超市，箱形車平順地滑進停車場，應該是北山由衣人操作的。

「喂，水戶，你去買。」

「咦？」

「去買飲料。」中尊寺敦的態度像在吩咐管家。

「我又不想喝。」我正想反駁，中尊寺敦說：「一直坐在車子裡，你也很難受吧？」這麼一說，我確實也想呼吸一下外面的空氣。

「風險會增加，」北山由衣人對下車的提議相當消極，「盡快進入安全的場所才是對的。」

「一下子而已，沒關係啦。水戶只要坐車就會不舒服。」

「是嗎？」

「你沒查到嗎?」中尊寺敦似乎看穿北山由衣人應該早就調查過我們的周邊資料。

「新仙台泉休息站入口的車禍。」北山由衣人果然知情。「還有，在新吉祥寺也出過車禍。」

「什麼?」中尊寺敦問。

「是那個啦，五年前，我被計程車撞到。」我說明，北山由衣人補充「水戶先生開的車子和計程車相撞」。看來他的情報似乎並不完美，我感到棋高一著，糾正道：「不是啦，我又不會開車。」

「可是，紀錄上是你開車。」

「紀錄上或許是，但我記得的可不是這樣。」

最後，我還是下了車。對於受人差遣，我並不感到抗拒，因爲跟我平常的工作性質很類似。不過，我還是想要下車呼吸新鮮空氣。

我將北山由衣人給的智慧卡放進口袋，走進店裡。他說這張卡片在認證時，會將我變成別的身分。店裡沒什麼人，我把果汁和食物放進購物籃，前往結帳櫃檯。將購物籃放上盤子就會自動結帳，這時我看見店內的全像投影，是在播放新聞。

應該是新聞台無人機拍攝的畫面，是從上方俯瞰的角度。

上面是國道。卡車和公車在路上打橫形成路障，多輛車子被堵在那裡。很快地，手持木材和鐵棍，甚至是斧頭等刀械的人，不知道從哪裡冒出來，陸續包圍停下的車子。只見他們將駕駛從車子裡拖出來，群起圍攻。

我難以想像此時此刻，日本居然上演著野蠻的攻擊者大開殺戒的景象。

影像也拍到車上乘客被許多人扛著，宛如落網的獵物般被搬走的樣子。

智慧卡超市裡的幾名客人，也一樣茫然無措地看著這一幕。

畫面突然切換，居然出現中尊寺敦的臉。新聞說，有人在網路上散播煽動這場暴動的訊息，這個人就是主謀。我一陣緊張，胃絞成一團。

果然，這個假消息被當成事實，四處宣傳。

這種事能允許嗎？我好想到處抓人提出質疑。

畫面接著顯示似曾相識的車子。我驚訝地望向店外，是我們剛開過來的北山由衣人的灰色箱形車。

被發現了。

北山由衣人說車子很安全，但敵人、維列卡塞利更勝一籌嗎？

我急忙衝出店外，跳上車子，說「那、那個——」，焦躁與害怕導致聲音卡在喉嚨裡。我指著智慧卡超市，連指頭都在發抖。

大事不妙，這輛車子被查到了。

我想要這麼說，卻擠不出半個字，只是不斷吸氣。

然而，儘管我沒有說明狀況，中尊寺敦的表情卻肅穆無比，我覺得不太對勁。

車子發動，再次駛出馬路。

我注意到北山由衣人不見了。

「他在前面的駕駛座。不是在開車，我請他查一些東西。」中尊寺敦指著用氣墊隔開的前方說。

「那個，剛才店裡的新聞——」

「水戶，你冷靜聽我說。」

他的聲音和我的聲音重疊在一起。我才要叫他冷靜聽我說。我想告訴他：冷靜聽我說，這輛車子曝光了。

中尊寺敦不理會，繼續說下去。「我有好消息和壞消息。」他用了老掉牙的說法後，改口說「不對」。「我有還不錯的消息，和對你的人生十足震撼的消息。你想先聽哪一個？」

我以為又是他那一套玩笑，但他的表情實在太嚴肅，我不禁感到困惑。還不錯的消息？對我的人生來說十足震撼的消息？叫我選一個，我也答不上來。不，那個「對我的人生十足震撼的消息」讓我好奇得不得了。

他兀自說了起來：「先說還不錯的消息吧。」這個消息很簡潔。「或許還有方法可以摧毀維列卡塞利。」

「咦？」

「雖然可能性很低，只是並非零的程度。」

「怎麼摧毀？」

「用寺島的程式。」

「咦，程式不是不見了嗎？」我想起被砸得稀巴爛的電腦主機。

「或許保存下來了。」

「保存下來？在哪裡？」

他用了「或許」，也令人在意。中尊寺敦吸一口氣，沉默了一下。我忍不住想調侃「你好像在下定決心要求婚」，但他的表情正經八百，實在很難開玩笑。

「你記得我之前提過的，以前我和寺島寺雄做過的研究嗎？」

「人工智慧的研究？」

「類似它的準備階段。人工智慧需要的是資訊。人工智慧小弟必須吃下龐大的資訊，才會越吃越胖，越來越聰明。」

「具體來說，你們做了什麼？」他之前提到用人取代監視器，但應該不是把人整個變成監視器。

「把人變成監視器。」

「那只是一種比喻吧？」

中尊寺敦頓了一下，像是語塞，接著乾脆地否定「不是比喻」。

「我們把攝影機植入人的眼睛裡。」

「咦？」這種事可能嗎？倒不如說，這種事能允許嗎？

「只要那個人在活動，他看到的各種影像就會成爲紀錄保存下來。我們就是在研究這種技術。」

「等一下，這——」

「怎樣？」

「從人道角度來看，不是太那個了嗎？」

「什麼意思？」

「就算獲得同意，把一個人看到的東西全部記錄下來，從常識來看，也未免太過分了。這實在太踐踏受試者的隱私。」

「聽著，我就直截了當地說出要點。」中尊寺敦加重語氣。

「說什麼？」

「你應該在節宮子的家看到電腦畫面了。就是維列卡塞利的自毀程式碼。」

「我？我看到了啊。」只瞥見上面顯示許多文字列。「你該不會要說我背起來了吧？」

那麼龐大的量，不可能一瞥就背下來。

「我不認為你背下來了。但只要你瞥到一眼，就會留下紀錄。」

「紀錄？」

「你的右眼植入了攝影機。」

「嗄？」

腦袋一片空白。攝影機？

這時，我總算漸漸發現，中尊寺敦眉頭深鎖，不是感到困擾，而是內疚。

我不禁屏住呼吸。

「什麼意思？」

「你的右眼——」

「什麼意思？」我無法理解。

「所以，你看到的一切，應該都做爲資料保存下來了。」

這傢伙在說些什麼？我恍惚不解。

我仍無法回話。

「你剛才不是說了嗎？就算受試者同意，把攝影機植入人眼未免太過分。你錯了，我們並沒有取得同意。」

「呃，」我總算擠出聲音：「呃，中尊寺先生——」

「與我們簽約的醫院如果收到需要動大手術的傷患，就會植入攝影機。在那個計畫案中，我們也做了這樣的事。剛才看到你藍色的眼睛，我就發現了。你小時候車禍動過大手術，就是在那時候被植入了攝影機吧。」

「你在說什麼？」

「剛才你去買東西，我請他——請北山由衣人查了一下。查詢那場研究的受試者資料，以及紀錄的保管地點。」

我伸手掩住右眼。

「我們現在要前往那裡，取得你看到的程式碼。」

就在這時，車子緊急煞車。區隔駕駛座與後座的氣墊變成透明，看得見前方座位的北山由衣人。他回頭說：「前面堵住了。」

擋風玻璃前方停著好幾輛汽車，彷彿形成屏障。

你是受試者之一，對不起。

中尊寺敦的聲音，彷彿從幾光年以外的地方傳來。

✉

要讓天平維持平衡，果然是件難事。

那聲音在腦中縈迴不去，是水戶直正的女友日向恭子說的話。她眞的是那傢伙的女友嗎？

從容不迫、露出睥睨一切的神情，還自我介紹說她就像是裁判。

什麼比賽的什麼裁判？

「檜山，你來得正好。過來。」

肩膀被拍了一下，我嚇一跳。轉頭一看，是其他單位的學長。臉上的鬍碴是他的正字標記，姑且不論「精心修整的鬍碴」根本語義矛盾，總之那鬍碴很適合他。這個學長在警察學校很照顧我，這是畢業後第一次見到他。

「怎麼了嗎？」我連寒暄「好久不見」的機會都沒有，就被他強行拖走。

我才剛從電子圖書館回到搜查總部，而且自從搭新幹線去仙台以後，就連續不斷地行動，差不多需要休息了，學長也說「晚班後你幾乎沒睡吧？眼睛很紅，去小睡一下吧」，因此我正在前往休息室小睡的途中。

「你認識水戶吧？」

「啊，是。」這件事似乎已是搜查員周知的消息。「他是我綜合學校時代的同學。」

「所以，你對他多少有些瞭解吧。你有空嗎？」

我不敢說「想去睡一下」，只好問：「是不是有什麼進展？」

「剛才有市民通報，目擊到疑似中尊寺和水戶乘坐的箱形車。」

「在哪裡？」

「從新八王子往東開去。稍早前，我們確定中尊寺敦和水戶直正人在八王子的民宅，所以可信度很高。」

「是繪本作家的住處吧？聽說派搜查員過去查看，後來呢？」

「被幹掉了。」鬍碴學長的表情有些歪曲。

「被幹掉了？」

「兩個都送醫。傷勢不嚴重，不過實在很厲害，被搞到動彈不得。」

「動彈不得？」

「關節脫臼，還有下巴被重擊昏倒。那傢伙應該是被打到神智不清，以為自己是被老太婆幹掉的。」學長笑道。

「老太婆？」

「那個繪本作家。要是有身手那麼高強的老太婆，警方早就挖角過來。」

「就是說啊。」不是讓她畫什麼繪本的時候。

我甩開籠罩全身的睡意，經過通道，不知不覺來到戶外，注意到的時候，已坐上搜查車。我累了。四肢百骸沉重無比，最重要的是腦袋陣陣鈍痛，但我只能服從。服從？

服從什麼？學長的命令？不對，是更巨大的事物。

學長剛才說「你來得正好」。也就是說，我眞的只是剛好經過。

我覺得有股巧合以外的力量在作用，是聽到日向恭子那段話的緣故嗎？

不管再怎麼想要避免，我還是會被拉過去。拉去水戶直正那裡。

車子在高速公路上奔馳。車速原本就很快，沒多久又加速。緊急狀況用的警笛也打開了。

「噢！」一旁的學長說：「好像抓到了。」他在看搜查用的智慧卡。我沒接到通知，是只聯絡權限比我更高層級的人嗎？

「被逮捕了嗎？」水戶終於落網？

「還沒逮捕。有熱心民眾看到新聞，發現他們，幫忙把人攔下來。」

「攔下箱形車嗎？」

「我們請民眾拖延時間，直到轄區刑警趕達。他們眞是拚了，強行把馬路堵起來。熱心民眾眞令人感謝。」

這不也是一種犯罪行爲嗎？我欲言又止。爲了守住規則而破壞其他規則，豈不是本末倒置？但就算我這麼說，只會引來上級的蹙眉。「那傢伙有那麼危險嗎？」

學長瞄我一眼，畫中夾帶嘲笑：「他是你的朋友，所以你難以置信吧。」

「不是這樣。」我忍不住粗聲粗氣地答道。我絲毫沒有要替水戶直正說話的念頭。被誤以爲我是在包庇老朋友，實在令人惱怒。不只是惱怒，未免太屈辱。「我只是覺得，他才沒有那種能耐。」

「歲月會改變一個人，而且很多人不知道自己的斤兩，偏要做些出格的事。」

我沒認眞把鬍碴學長賣弄聰明的話當一回事。我拚命壓抑著，坐在行駛車輛中被激起的恐懼。我很想閉上眼睛直接睡著算了。睡魔就在旁邊繞來繞去，只要招手，立刻會來把我帶進夢鄉，但有可能挨學長的罵。

我睜著眼睛，卻神遊太虛。我只是努力蓋住腦袋，隨著車身搖晃。

稍一鬆懈，當時的景象總會如河川氾濫般湧入腦袋。就是二十年前，坐在正要開進新仙台泉休息站的新款「繆斯」車中的景象。我坐在後座，看著父親停止自動駕駛功能，切換成手動駕駛，握住方向盤。副駕駛座上的母親開玩笑地說：「以前自動駕駛比較可怕，現在反而比較怕爸爸開車。」就在下一秒，背部遭到一陣往前猛推的衝擊。沒有痛楚，身體朝斜前方飛去。「繆斯」開始旋轉，我們一家人隨著離心力被甩來甩去。天旋地轉。

「喂，你該不會睡著了吧？」旁邊傳來呼喚聲，我發現到達目的地了。

或許我睡著了。肉體是有極限的，想要靠毅力、氣魄和專注力來克服疲勞和睏倦，非常困難。我知道睡魔正從背後擁抱上來。我覺得自己差不多已瀕臨極限，但還是被學長推著下了車。

現場氣氛比想像中森嚴。國道其中一側，中央分隔島的這一邊，前往東京的三線道並排著好幾輛汽車，形成路障，還有許多人圍觀。

「感謝熱心民眾的協助。」鬍碴學長輕笑。

「眞是熱心得驚人。」

「抓到中尊寺敦和水戶直正的人，或是將他們交給警方的人，有獎金可領。」

「眞的嗎？」

「網路上流傳著這樣的消息。」

「是誰散播這種消息？」我反射性地問，但也明白這就像是掬起一把海水，問「這是從哪條河的上游流過來的」。網路上的消息不可能追溯到源頭。

「不是聽說東京的東西兩邊反目成仇了嗎？這一帶大概就是東西的境界吧。」

「如果是的話，會怎樣？」

「這一帶的居民，每一個都殺氣騰騰。不管任何紛爭，最爲劍拔弩張的都是邊界。過度的緊張會讓人做出離譜的事。只要發現箱形車，有人提議把路堵起來，大家就會紛紛摻一腳湊熱鬧。八成就是這樣吧，獎金的假消息只是又稍微推了一把。」

我們趁著綠燈移動到對向車道，舉起智慧卡，表明警方身分，分開人群，鑽過車陣之間。

幾名搜查員抵達，舉起手槍戒備。槍口對準靜止的灰色箱形車。

鬍碴學長問：「狀況呢？」一名制服員警說明：「我們也剛到。許多民眾包圍那輛車子，不讓車子開走，我們剛剛才讓民眾後退。」

灰色箱形車沒有動靜，就像提高警覺、伺機而動的動物。是猛獸，還是草食動物？不管怎樣，都可能突然反擊。

「查到車輛資料了嗎？」

「好像不太清楚。」

什麼叫不太清楚？我拿出智慧卡，叫出搜查小組內共享的資料庫。這裡管理著每一名搜查員查到的情報，只要在權限範圍內，都能夠閱覽。

確實有這輛灰色箱形車的資料。沒有失竊紀錄，車主是都內的博物館，不是一般民眾的私家車。但向博物館查詢後，對方卻回覆他們沒有這輛車子。

「或許是麻煩的車。」

「怎麼說？」

「可能是某些組織僞造登記的車。」

我不懂學長說的組織是什麼。難道是犯罪組織？

現場的搜查員包括我和學長在內，總共有五人。從智慧卡中各搜查員的定位資訊地圖來看，大部分的警車都正趕往這裡。

「怎麼辦？」我問，學長說「只能用老方法」，掉頭走出去。

我納悶著他要做什麼，只見他打開停在背後的其他警車車門，發動引擎。但他不是要開車，而是要使用車內電子儀器吧。他拿出麥克風，對著前方箱形車喊話。

「你們被包圍了，立刻下車。」喊話重複兩次。

學長關掉麥克風，問：「一直都是那樣嗎？狀況呢？」前面的搜查員回應：「我們抵達後就一直是那樣，大概十分鐘了吧。」

這裡的狀況透過多名搜查員臉上的眼鏡，傳送到搜查總部。耳機裡傳來總部的指示：「如果人不出來，同意向箱形車開槍。」

聽到指令，鬍碴學長打開麥克風。「我數到十，如果不出來，警方將會開槍。」

學長淡淡地倒數計時，剩下「三」的時候，箱形車的車門動了。後方看熱鬧的群眾——或者該稱他們爲熱心民眾？人群鼓譟起來。

舉槍的搜查員渾身緊繃。

車子裡走出兩個人。

一個是穿西裝的陌生男子，面龐有些圓胖的中年人。他高舉雙手，表情一片茫然。總部應該正在進行臉部掃瞄，搜尋居民登記資料庫。接著慢慢走下車子的男子，還沒有看到全身和臉，我就知道是水戶，完全用不著查核。心臟彷彿被猛戳了一下。

有些人不管再怎麼小心謹慎地保持距離，仍無法避免狹路相逢。

日向恭子的話在腦中響起。不管我再怎麼想要遠離，水戶就是會跟上來。

「中尊寺敦不下車嗎？」耳機傳來確認的話聲。

學長聽見後，拿起麥克風問：「中尊寺敦不下車嗎？」

站在前方的兩人只擺出投降姿勢，不發一語。

「慢慢往前走。」

兩人似乎聽到命令，水戶直正和另一名胖男子戰戰兢兢地往前走。

「站住。」

接下來，就等中尊寺敦下車，搜查員一擁而上壓制他吧。目前還無法掌握車中的情形，十分危險。雖然也可派出飛行攝影機，從車子的隙縫鑽進去，拍攝內部情形，但沒時間準備。

「同意開槍。」聽到耳機裡的指示，我並不驚訝。他們有可能在這種狀況下負隅頑抗，或做出危險行動，到時候必須開槍威嚇或自衛。然而，令人意外的是，下一秒學長走到我旁邊，湊過來說：「檜山，射擊水戶。」

「咦？」我反問。

「剛才上頭下令，要我們立刻射殺水戶直正，否則可能造成重大傷亡。」

「射殺？」

「不是同意開槍，是射殺。這是指令、命令。」

我的耳機沒有接到這樣的指示，表示這也許是直接對學長下的令。

「爲什麼是我？」反駁、質疑學長和上司是禁忌，我卻忍不住要問，但學長不以爲意，回答：「不只是你，我正要對其他人說。」他看起來也像是在嘲笑「何必動怒」。

「又不是故意叫你槍殺同學。」

「不，我並不是——」

也許是不想被認爲我怯場，我掏出手槍。舉起手槍，我再次望向水戶直正。

沒辦法看清楚他的表情。他就在我的視野範圍內，焦點應該也對準了他，然而腦袋卻彷彿無法接受，導致視野模糊。

開槍，射殺水戶直正。

命令在耳底響起。

這粗暴而直接的指示令我不知所措，但我很快察覺，這是不是我自己的聲音？

從旋轉的車中看到的情景再次重播。父母和姊姊的慘叫聲攪亂了視野。

全是水戶直正害的。我必須開槍，結束這一切。

近似使命感的情感逐漸支配我。

手使勁握住槍。

必須開槍，但除了這個念頭以外，也有一絲疑問重疊上來。水戶直正真的危險到必須當場射殺不可嗎？

搜查總部大多數人的想法，不都認為水戶直正只是被牽扯進來嗎？

這個指令是誰下的？

開槍。

規則必須遵守。必須開槍。但我覺得，這樣違反了更高層次的規則。

我剛扣上扳機，背後突然爆炸。片刻之後，我才發現那不是爆炸，而是聲音，是超大音量的音樂。彷彿背後突然噴火、發生看不見的爆炸一樣。

那巨響嚇得我全身一彈，雙肩拱了起來，緊接著僵住。我沒有反射性地扣下扳機，只是碰巧而已嗎？我花了好幾秒，才回頭查看究竟發生什麼事。

我摀著耳朵，納悶聲音到底從哪裡來，結果是警車。剛才鬍碴學長使用麥克風，打開了電子裝置，就是它的音響傳出音樂。不光是那裡。形成路障的幾輛車子也一樣播放出相同的曲子。好幾個地方的音響，都以應該是最大的音量播放著歌曲。

我整個人呆住：到底出了什麼事？

輪胎摩擦聲傳來，我重新轉向前方，發現水戶直正等人的箱形車正開上中央分隔島，移動到對向車道。他們趁所有人都被後方的音樂轉移注意力時開溜。

學長不禁咂舌。他摀著耳朵，咒罵一聲「媽的」，並啐道：「ㄏ摩可？是我喜歡的曲子耶。」

眞是千鈞一髮，中尊寺敦在我旁邊說。他的膝上放著平板電腦。

約十分鐘前，意識到必須爲維護治安做出貢獻的一般民眾將車子並排在一起，堵住了馬路，我們驚慌失措，發現警車的鳴笛聲靠近。這時，中尊寺敦說：「你們拖一下時間，我來設法脫困。」他問北山由衣人「有沒有可以連上網的電腦」，一把搶過他的平板電腦，立即敲起鍵盤。

「你打算怎麼做？」北山由衣人問。

「轉移眾人的注意力，然後抓緊機會掉頭開溜。」

當警方恐嚇「不下車就開槍」，我和北山由衣人下車的時候，他也說：「再一下就好，你們拖一下時間。我會製造震耳欲聾的聲音，你們要有心理準備。機會稍縱即逝，得立刻回到車上開出去。」

然後就發生了他所說的情形。

我被槍口瞄準，好不容易才穩住虛軟的腳，突然爆出震耳欲聾的音樂，宛如爆炸一樣。我全身一震，愣在原地，北山由衣人厲聲說：「快！」我連忙跳進車子裡。

駕駛座上的中尊寺敦粗魯地把車子往前開。自動駕駛不可能像這樣強硬地掉頭，通知有障礙物的警告聲響個不停，但中尊寺敦無視警告，衝出對向車道。北山由衣人差點往後倒，但立刻直起身體，說「我來開」，跨過座椅往駕駛座移動。中尊寺敦慢慢變換駕駛姿勢，萬一在這時候發生車禍，就萬事休矣，所以他肯定是相當小心翼翼地交棒——不，交出方向盤和油門。中尊寺敦回到後座，放下心似地大嘆一口氣。

「那音樂是……？」

「你不知道嗎？γ摩可的。」

「不，我是說怎麼弄的？」

「我侵入車子的音響系統。任何系統都與網路相連。和企業伺服器不一樣，汽車音響的安全性不高，只要電源開著，就能連上去任意處置。我把附近開著的音響系統全動了手腳。若是γ摩可的曲子，隨便就能拉過來。」

我不懂什麼叫「拉過來」，中尊寺敦說：「我沒說過嗎？以前我製作過一個網站，可免費欣賞γ摩可的作品。」

「官方的？」

「怎麼可能？」

那不是違法的嗎？我忍不住想說。

「這一點都不難。回想起來，大學的研究空檔我都在搞這些。寺島也是，自行做了γ摩可的演唱會程式。」

是指在演唱會中配合音樂放映的影像程式。JUROKU這個音樂類別與演唱會程式密不可分，而γ摩可的演唱會程式是出了名的極富獨創性。

箱形車劇烈搖晃，幾乎就快翻覆。瞬間，我眞實體會到身在行駛的車中，遠遠地聽見母親的聲音：「咦，超到前面了。」

警笛聲傳來。

「必須換車才行。」駕駛座上的北山由衣人回頭說。

「你知道可以去哪裡嗎？」中尊寺敦問。

北山由衣人任職於特殊機關，或許他能安排換車。我如此期待，但他遺憾地搖搖頭：「這次我是獨斷獨行，能提供的幫助有限。」他用指頭點著車上的導航系統，說：「大型十字路口被封鎖，我會開進小路。在那之前或許還能幫忙，但接下來你們最好下車。再過去一點的地方有公車站，可坐到那家資料中心。」

「資料中心。」我機戒性地重複這幾個字。

中尊寺敦嘆一口氣，我抬頭看他，他別開目光。我注意到他這些動作代表的意義，赫然醒悟，不禁摀住右眼。

你的眼睛裡植入了攝影機。

中尊寺敦這麼說。小時候發生那場車禍後，趁著手術的機會，我的眼睛被植入攝影機。

未經我的同意，只爲留下紀錄。

毫無眞實感。

當然，聽起來就像惡質的笑話，但中尊寺敦的神情實在太嚴肅。

「資料中心是用來長期儲存民間資料的機關，你眼睛裡的攝影機紀錄也都在那裡。」

瞬間，腦中炸出閃光，一片灼熱。

我撲向中尊寺敦。

他抱在懷裡的平板電腦飛向後方。我雙手揪住他的衣領。中尊寺敦往後仰，發出痛苦的聲音，像在呻吟著「住手」或「喂」。

居然對我做出這種事！

我無法克制地掐住對方的脖子。

把看到的東西全部記錄下來？怎會有這種事？怎能有這種事？我的隱私呢？

「水戶先生，住手！」北山由衣人從駕駛座爬過來，把我拉開。

是切回自動駕駛了嗎？不知不覺間，車子似乎已離開國道，遇到紅燈停下。

中尊寺敦撫摸喉嚨，痛苦地嗆咳，但沒有罵我或對我生氣。他又說了聲「對不起」。

就算道歉——

腦門充血。視野崩壞。

右臂被用力抓住。

「住手。」中尊寺敦說。我疑惑他在說什麼，晚了好幾拍才發現，我正想挖出自己的右眼。

我想要把這種東西挖出來踩爛。

中尊寺敦抓住我的力道之強，證明放進我眼珠裡的東西是真的。

我差點放聲尖叫，是北山由衣人的聲音制止了我：「到了。公車就快來了，請坐那班車。」

✉

我是怎麼坐上公車的？我幾乎是被北山由衣人拖著搭上剛到站的都營公車，這段期間，我的身體輪廓變得模糊，包括視野和思考，一切彷彿罩上一層膜。我從突發的興奮當中清醒，又恍惚失神起來。

公車上沒什麼乘客，我們在後方的雙人座一起坐下。隔著通道，左邊的座位有個用無線耳機聽音樂的老先生，坐在座位上搖晃著身體。是在聽最近流行的舞蹈英語會話嗎？

「現在……」與其說是我恢復平靜，其實是爲了讓自己平靜而出聲。「現在我看到的一切，也全被錄下來了嗎？」

透過我的眼睛、眼睛裡的攝影機，眼前的影像被傳送到某處，這種事我不可能接受。我覺得私生活的一切都曝露在全世界的目光下，毫無防備，全身頓時起了雞皮疙瘩。

「不是公開在網路上任人閱覽的狀態，純粹是紀錄。紀錄這種東西，即使保留下來，也幾乎沒有人會看，只有要查閱的時候才會看。」

中尊寺敦面對前方，看著公車駕駛座背後的立體螢幕說。

「你以爲這安慰得了人嗎？」「不過，這只是安慰之詞。」

我和中尊寺敦幾乎同時開口。

我閉上眼睛。

該思考的事情太多了。怎會演變成這樣？必須對抗維列卡塞利才行。眼睛被植入攝影機？差點就要被槍擊中。種種思緒，隨著延伸到四面八方無法分類的情感在腦中縱橫交錯，我被捲入那漩渦當中，一籌莫展。

中尊寺敦幾乎沒有開口。

公車裡除了防盜監視器，應該也設有自動讀取智慧卡資訊的終端機，但約莫是中尊寺敦身上的干擾器發揮作用，我們的身分沒有曝光的跡象。

中尊寺敦閉上眼睛，發出睡著的呼吸聲。這麼舒坦！我氣憤地想，但被叫醒的時候，才發現自己也一樣睡著了。

感覺身體被人搖晃，中尊寺敦說「下一站」。在站牌下車後，或許是剛睡醒，腦袋陣陣發痛，我說：「那個……」

「什麼？」

「睡著的時候做的夢，應該只屬於我自己吧？」不會被攝影機記錄下來吧？

中尊寺敦咂一下舌。是嫌我麻煩，還是覺得心虛？「你看到的東西，不管是什麼，都是屬於你自己的。或許你會不安，但這一點是無庸置疑的。」他沉穩又篤定地說。

資料中心是一棟宛如巨大集合住宅的建築物。中尊寺敦說，這裡直到幾十年前都還是公寓，後來進行全面改建。

我想起日向上班的電子圖書館，但那裡是公家機關，這裡是民營機構，應該是類而不同吧。

「這樣大搖大擺地過來，沒問題嗎？」

我朝著正面入口走去，突然不安起來。

「哪有什麼大搖大擺，警方不可能知道我們要來查東西，應該不會注意到這裡。」

我眞想自暴自棄地回嘴：沒有人會對我的錄影紀錄有興趣嘛。

「這裡任何人都可以使用嗎？」

「客戶主要是公司行號，其他就是我們那時候的大學之類的公家機關。」

客戶會根據合約分配到終端機，可以任意使用終端機裡的硬碟。雖然無法提供伺服器功能，或設定複雜的程式，但能儲存相當龐大的資料。「類似出租倉庫，寄放沒地方放的資料。如果是進行中的企畫案，應該能透過網路輕鬆閱覽，但我們的是——」

「半途而廢的計畫。」然而卻沒有收拾善後，我的紀錄不斷留存下來。

「必須直接從終端機的控制台輸入指令，才能調閱資料。」

我不知道這話的意思，總之，他打算直接操作存放資料的終端機。

不愧是處理數位資料的機關，入口的保全設備齊全，必須通過幾個感測器，但我們輕輕鬆鬆就進去了。

一方面也是北山由衣人事前聯絡過資料中心。他調查了中尊寺敦等人以前合作的研究所名稱，冒充那裡的負責人，告知會派我們來調閱資料。

「請帶著這張卡片，搭電梯上五樓。」我們一下就被放行。

建築物並不新穎，但也許是沒什麼人進出，通道很乾淨，前進方向的地板會隨著移動發亮的功能也順暢地運作著。是會根據我們拿到的卡片引導路線的系統。

中尊寺敦一路都沒有說話，我當然也沒有開口。他應該在思考維列卡塞利自毀程式碼的事，我當然是想著自己的眼睛。

我不想看任何地方，但不看就不能走路。

連自己何時走出電梯都不曉得，也沒察覺腳下的觸感，注意到的時候，我已在房間裡。牆壁本身似乎就是薄薄的板狀硬碟。

「受試者有——」中尊寺敦接著說了人數，但我沒聽進去。「這些人的視覺紀錄，一直持續儲存在這裡。不過，只要有這裡一個房間就綽綽有餘。」

他拉出連接的小平板，跪坐著操作。

我只能呆呆站著，環顧四面八方的牆壁。

就在這裡？

這裡保管著我看到的東西？

一點都不真實。

這樣的話，我現在看著這個房間的影像，也會保管在這裡。真不可思議，這件事更令我一陣天旋地轉。

我碰到牆壁。是我無力地倚靠在牆上。

「你沒事吧？」中尊寺敦盯著終端機說。

我連回話都沒辦法，搖搖晃晃地走近中尊寺敦，從後方看著他觸摸的畫面。
「我要找剛才在繪本作家住處的影像。」他說。「叫出你看到的程式碼。」
「這是眞的嗎？」我會這麼問，與其說是懷疑，其實是爲了讓自己冷靜，但中尊寺敦似乎以爲我還在半信半疑，就像研究家被質疑研究成果而感到生氣，點開畫面說：「每個畫面你應該都有印象。」他不是搜尋特定場面，而是隨機播放，應該很容易。「我投放到你那邊。」
我聞言望向隨意擺在旁邊的螢幕。
在毫無心理準備的情況下，影像出現。
心跳加速。
好害怕，可是又無法別開目光。
眼前有課桌。
還有椅子。
我看出這是教室。教室裡排列著許多外形相同的課桌椅。從高度來看，我約莫是蹲著。
我的手伸向前方，在翻找課桌裡的東西。眼前是我的視點看到的情景。
影像是無聲的，不知道是攝影機只能記錄影像，或只是單純省略聲音播放。
影像搖晃起來。
我應該是站起來了。視線前方，教室的前門打開，站著一個人。因爲畫面搖晃，只瞥見一眼，但我瞬間屏住呼吸。

開門進來的不是別人，就是檜山景虎。他穿著學校的制服。

場面匆促變換。因爲我衝出教室，在走廊上奔跑。

難以接受這是我經歷過的事，但記憶逐漸受到刺激。

我知道這個場面。

我最近才剛想起來。

我正要走進教室，發現檜山景虎在偷看我的課桌。我訝異他到底在做什麼，不料他落荒而逃。他被同學搶走東西，正拚命到處找。

想到這裡，我心生疑惑。

剛才是從我的眼睛看出去的影像。我看到的是正要走進教室的檜山景虎，和跑掉的我自己。

反了。

根據我的記憶，窺探課桌的是檜山景虎。他看到走進教室的我，神情狼狽得可笑，接著落荒而逃。

「不對。」我說，氣急敗壞的語氣把自己嚇了一跳。

「不對？」中尊寺敦抬頭，「哪裡不對？」

這和我知道的場面不一樣。也不是完全不一樣，而是立場逆轉，就像角色交換了——我如此說明，聲音在發抖。

中尊寺敦很冷靜，甚至可說是冷漠。他瞄了我一眼，斷定：「應該是你搞錯了。」

我的表情一定整個都僵了。我也知道自己正瞪著他。

我搞錯了？「可是，看到的人是我自己啊。」

親身經歷的我本人都這麼說了，怎麼可能搞錯？

「記憶是會扭曲的。」中尊寺敦平靜地說。

「扭曲？」

「再也沒有比記憶更不可靠的東西了。只要伴隨著情感，記憶就會配合情感受到修改。每一次回想，都會被加工一次。相對地，攝影機的錄影只是純粹的事實紀錄，無從搞錯。」

「可是──」

「你想想，如果一個人的記憶和錄影有矛盾，你會相信哪一邊？」

當然是……我說到一半打住。人的記憶不可信。

可是，這是我的記憶。

「對於難受的經驗、希望不曾發生的事，人都會自然地去修正記憶。我自己也發生過一樣的情況，所以你的那段記憶也是相同的道理。」

是我捏造出來的嗎？

無人的教室裡，偷看課桌的我，和出現在現場的我，其中之一是假的。

雙腿一陣虛軟。

我幾乎要全身癱軟，跌坐在地。

振作點！這麼鞭策我的是中尊寺敦，還是我自己？

綜合高中時期的記憶在腦中迸射開來。在路上遇到帶著女友的檜山景虎、畢業前在屋頂上的對話，難道這些全是我記錯了嗎？

「你就是水戶直正嗎？」

我想起轉學到綜合學校的檜山景虎，他帶著分不出是侮蔑還是憎恨的黑暗情感這麼對我說。

眞是這樣嗎？

你就是檜山？

沉聲這麼問的，不是我自己嗎？

我用力摩擦頭髮，像要用雙手抓出腦中的記憶，仔細端詳一番。彷彿要確定迷你模型做得如何，有沒有歪曲變形？如果有的話，怎會這樣？

呃，中尊寺先生。我懷著求救的心情，想要呼喊他，卻發不出聲音。

如果自己的記憶不可信，我該如何是好？

我眞的是水戶直正嗎？身在這裡的是我嗎？一直以來的我、知道一直以來像這樣活到今天的我，原來都不是眞的嗎？

我知道自己從地基墜落下去。

這段期間，中尊寺敦仍看著平板，檢視搜尋到的影像。

視野突然一片明亮。染上了橘紅。

起初，我以爲是畫面中的影像，也就是我看到的景色的紀錄。

然而不是，是我的腦內影像。我的記憶像失控的影片流瀉而出。

有座位。

前方是駕駛座和副駕駛座的椅背，從椅子中間可看到前方。旁邊的車窗外流過的景色，是經過的馬路護欄。

是高速公路。是那場車禍。

我想起那時候的事。

我攤開心愛的繪本放在膝上。

又來了。

當時可怕的情況又要上演。

母親說「咦，超到前面了」——我這麼以爲，卻沒有發生。

繪本飛了出去，是我扔出去的。可能是在跟旁邊的姊姊玩鬧，書從手中飛出去，打中父親的手彈開。電子音響起，車子的操作面板起了反應。電腦的聲音宣告：「系統解除。」什麼系統解除？

駕駛座上的父親大驚失色，大叫著抓住方向盤。

我瞪大眼睛。以我爲中心，車身開始旋轉。

我正要放聲尖叫，意識回到資料中心。

手在發抖。不只是手，全身都在發抖。我想要呼叫中尊寺敦，下巴卻不停抖動，說不出話。

「找到了。」中尊寺敦站起來。

他沒發現我狼狽的樣子。我想大叫：「不是管那個的時候！」中尊寺敦不理我，將平板轉向我說：「找到影像了。」

我看見畫面中顯示出電腦螢幕畫面。是我在節宮子家看到的內容，上面密密麻麻地排滿程式碼。

中尊寺敦用智慧卡拍下畫面。他按下播放鍵，很快地暫停，再拍一張。

「好了，走吧。」中尊寺敦隨即就要離開。我反射性地追上去，雙腳打結，差點跌倒，想要站穩的時候腳又絆在一起。就像全身螺絲都鬆脫了一樣，我害怕得要命。

我拚命跟上走在前方的中尊寺敦，不敢離開他。腦中一團混亂。那場車禍……那場車禍是我造成的嗎？

離開資料中心後，中尊寺敦張望四下說：「總之，先離開這裡吧。」

好。

我正遭受到危及自身存在的嚴重打擊，意識矇矓，無力抵抗他的話。我只是跟著不斷往前走的中尊寺敦。

不知不覺間，我們坐進自動駕籠裡。

自動駕籠，是模仿江戶時代以前普遍使用的駕籠而設計的移動工具。

原本的駕籠，是由兩個人扛著長棒子，乘客坐在中間的台子上，但現在當然不是採用人力抬轎這種沒效率的方法，而是前後站著模仿人型的機器，以步行的速度緩慢前進。最多可乘坐四人，由於座位的部分就像個小包廂，情侶可悠閒享受狹小的空間，也可進行密室會談。聽說很多人用來當會議室，一邊開會一邊悠閒地前往目的地。我和日向一起坐過，宛如人力抬轎般的搖晃很新奇，但坐過一次就覺得夠了。在那之後，這是第一次乘坐。

「好了，問題是接下來的計畫。」中尊寺敦坐在我的對面，看著智慧卡上顯示的程式碼。他的雙眼閃閃發亮，不知道是源自於接近目的地的亢奮，或是研究者的靈魂正蠢蠢欲動。

問題？

還問題呢，對現在的我來說，所有的一切、連自身的存在都是問題。我的內在狂風肆虐，甚至連吶喊或抓頭都辦不到。

智慧卡接到來電。

是日向打來的，我懷著求救的心情，把智慧卡拿到耳邊。

「水戶，你還好嗎？」

日向到底是從哪裡打來的？她是不是被警方盯上了？這通電話安全嗎？雖然有這些擔憂，脫口而出的卻是窩囊顫抖的聲音：「一點都不好！」

她沒有問「你怎麼了」。

「搞不好……」我幾乎變回了孩子，「搞不好是我害的。」

中尊寺敦抬頭瞄了我一眼。

「或許我的記憶和事實完全不一樣。我發現這個盲點。我以爲經驗過的、從來不曾懷疑的一切，或許是假的……」

「假的？」

「我可能把對自己不利的事、不想承認是自己做的事，全部扭曲成另一個樣子記起來。」

我緊抓著智慧卡，像在懺悔或告解。嘴唇顫抖，臼齒不斷敲出聲響。
「不是假的。」日向說。
她怎能如此斷定？
「現實本身就是曖昧的。即使事實和你記憶中的不同，也不是一切都被否定了。有如同你記憶中的世界，也有不一樣的世界。不是說哪一邊是對的，哪一邊是錯的。」
「意思是，哪一邊都不對嗎？」
「有山族得勝的歷史，也有海族得勝的世界。兩邊都有。」
山族和海族，又是這個故事。我回想到底是在哪裡聽到的，然後想起是節宮子告訴我的。日向怎會知道這件事？
「未來和過去並非一體，而是全部同時存在。如果未來有嬰兒出生，那麼在過去的時代也會同時出生。全部同時存在，彼此相連在一起。」
噢噢嚕、噢噢嚕——嬰兒發出的奇妙呱呱墜地聲，掠過我的腦中。
「日向，我完全聽不懂妳在說什麼。我剛才說了，可能是我害的，那場車禍——」
讓我失去家人的車禍、新款「繆斯」那毀滅性的旋轉，是我造成的。一定是這樣的。腦中浮現檜山景虎的身影。蹲在課桌旁鬼鬼祟祟的他，以及目擊的我，或是鬼鬼祟祟的我，和與我打照面的他。
其實全都相反。
我早就明白這些事。我的記憶被加工了。看到那段紀錄的影像，正視到這個事實的我，回想起塞進腦中最深處、最想要隱藏的事實。

我將智慧卡從耳邊拿開，雙手亂揮。好想剝下自己的記憶。想要將它們全數抹滅。

「不是你害的。那個時候是對方不好。你停下來等紅燈，計程車卻撞上來，只是這樣而已。我坐在副駕駛座上，記得一清二楚。」

我不懂日向在說什麼，無從回話。

計程車？

我說的是小時候在新東北高速公路，和家人一起被捲入的那場大車禍，但她顯然在說別的事。提到計程車撞過來，那應該是我被撞到陷入昏迷的五年前的車禍，但她說的「副駕駛座」引起我的注意。

「你的開車技術一點問題都沒有。」

「我開車？」

「那個時候我們要去聽演唱會，所以你租了車子不是嗎？你說克服了對車子的恐懼。事實上你開得很好，可是計程車——」

我不明白她在說什麼，有些動怒。然而，就在同一時刻，我回想起來了。我對著日向宣言：「總不能爲了小時候的車禍永遠害怕下去。我沒事了。在駕訓班也都沒問題，我可以開車。」

雖然有點逞強，但我比預期中更從容不迫地開著車子。切換成自動駕駛的瞬間，有種把命運交給上天的不安，但不至於爲此驚恐慌亂。直到計程車滑行似地靠近，並衝撞我靜止的車子的前一刻，我都覺得沒什麼好慌的。

「連那段記憶也是？」我幾近尖叫地說：「連那段記憶也是假的？」

五年前，我被撞到陷入昏迷，長期住院，暫時失去記憶。後來在持續復健的過程當中，我逐漸恢復記憶。但那會不會只是爲了讓自己心安，而加工過的記憶？過去與檜山景虎打照面的場景，也是爲了免除對自己的厭惡，而將身分掉換、改寫嗎？

「現在的我，和以前的我不一樣嗎？」我問日向。

「什麼意思？」

「車禍前後的我是一樣的嗎？」

「車禍前的你，我不太清楚。」日向的聲音聽起來很冷漠。「因爲你約我，那天是我們第一次約會，不是嗎？」

腦袋整個混亂了。到底是怎麼搞的？

「喂！」連中尊寺敦都被我搞到擔心起來，他出聲叫我。

不知不覺間，我和日向的通話中斷。是我掛斷的，還是她覺得奉陪不下去？

「相信自己記得的事就行了。」

這句話就像外面一晃而過的樹木清香，駐留在腦中。我不知道是日向這麼對我說，或是我自己想像出來的。

我無法相信自己的記憶。

不過，我一再複誦日向的話，一次又一次深呼吸，鎮定心緒。

「問題是，要從哪裡把這個程式灌進去？」中尊寺敦說，全然不顧正拚命控制自己、以免恐慌發作的我。

灌進去？意思是，送出程式碼命令的地點嗎？「有可以上網的終端機就行了嗎？」

儘管茫然無措，我仍思考著對策。

我想起仙台的新聞咖啡廳。中尊寺敦試圖從那裡入侵維列卡塞利的伺服器，卻失敗了。畢竟不是企業使用的資料庫，安全性的嚴密程度，肯定超乎我的想像。

這時，中尊寺敦咂了一下舌。我納悶怎麼了，他說「新聞」。他似乎在用智慧卡看新聞快訊，我也取出自己的智慧卡。

東京都內的暴動尚無平息跡象。

除了這個標題的新聞以外，還有一段文字：「山手線、埼京線舊址，將興建圍牆？」

「這是什麼？」我問。

報導中說，從北端荒川開始，延續到南端多摩川的南北縱貫圍牆的興建計畫，正在進行當中。

「圍牆？蓋什麼圍牆？只會造成不便吧？」

「是想要把都內隔開來吧。」

「隔開？是誰、爲什麼要這樣做？」

中尊寺敦的表情像在看魯鈍的學生，因此我努力挖掘答案。「維列卡塞利是嗎？」

「那個老太婆不也說過？有變化，人才會進化。」

檜山景虎的話又掠過腦際。不攪拌，就沒辦法做實驗。是綜合高中即將畢業前，在屋頂上的對話。

難道那也是假的？我陷入不安。那段記憶也不能保證是正確的。可能說那段話的其實是我。

「維列卡塞利得到無數的資訊，分析之後，或許發現一件事。」

「什麼事？」

「若沒有衝突，只會原地踏步。」

「所以它才想要蓋圍牆嗎？」

「動物是怎樣我不知道，但想讓人類相爭，需要的是——」

「是什麼？」

「決定陣地。有領土，就會出現紛爭。任何時代、任何地方，國境相鄰的國家都會爆發衝突。世上沒有友好的鄰國。如同那個繪本作家說的，最簡單的方法就是——」中尊寺敦伸出食指，做出由上往下切開空氣般的動作。「畫一條線。」

「畫線？」

「從這裡再過去是敵人，圍牆就是用來畫出界線吧。」

我的目光回到智慧卡上。將會出現一堵將東京一分為二的高牆。即使看到這則新聞，我也無法輕易理解。

只是蓋一堵牆，就會出現對立嗎？

相較於毫無眞實感的我，中尊寺敦的表情很嚴肅。

我正奇怪他怎麼不說話，只見他又開始操作智慧卡。

「中尊寺敦先生沒有任何辦法嗎？」

既然得到阻止維列卡塞利的原始碼，只要執行就可以了。

然而我們卻無法執行。

他肯定也覺得懊惱。看得出他不甘心到都快咬牙切齒了。「我本來期待我會想到。」

「想到好主意？」

自動駕籠僵硬地上下擺動著——雖然這是根據程式做出來的規律動作——緩慢地前進。

「向來都是如此。」中尊寺敦點點頭。「即使遇到無論如何都無法實現的事，只要想，總是能找到突破口。就算覺得絕對做不到，最後還是會想出點子。我一向都是這樣。」那口氣彷彿是在說給自己聽。

我以爲中尊寺敦是傑出的工程師，也是自視極高的人，但此刻在我面前嘀嘀咕咕反覆說著「我應該做得到」的他，只是拚命想要驅逐不安的、很平凡的普通人。

「可是，這次卻行不通。我什麼都想不到。」垂頭喪氣的他實在教人看不下去。也不是因爲這樣，但我說：「一定有線索，一定會靈光一閃。」

我會這麼說，與其說是想要爲他打氣，其實只是想要把記憶的問題從腦中趕走。如果不說話，我的腦袋會自然地想到自己的事。會想要知道自己的記憶和回憶有多少是眞的，哪些是捏造的。我想要把注意力放在別的事情上，於是熱切地訴說。「如果是中尊寺先生，一定行的。」

「一定會靈光一閃嗎？」

對方看著我確認，我頓時語塞。感覺就像被小朋友問到「我長大會變成運動選手嗎？」我沒有「不可能」這個回答選項。「對。」

他用鼻子哼一聲，彷彿在嘲笑我，也彷彿是在掩飾難爲情。

我不想沉默，決定把想到的一切全部說出來。

「一定有什麼線索。」線索？連我自己都感到疑惑。

「什麼線索？誰會給我線索？」

「那當然是——」只有一個人了。「寺島先生啊。這原本就是寺島寺雄先生託付給中尊寺先生的任務。透過『奧茲貝爾與大象』這個訊息。」

「不可以進去河裡——是嗎？」

「寺島先生相信，中尊寺先生一定能阻止維列卡塞利。事實上，我們都走到這一步了。」

「可是，就到此爲止了。」

「寺島先生原本到底是怎麼打算的？」他準備了破壞維列卡塞利的程式，託付給中尊寺敦。這一點很清楚。「他原本打算如何執行那個程式？」

「我想，」中尊寺敦苦澀地說：「那台放在八王子的老太婆家的電腦，或許可用它連上去。上面應該設定成能夠穿過維列卡塞利的安全性防護。」

「等一下。」

「怎樣？」

「那樣的話，寺島先生設定好，直接執行破壞程式不就行了嗎？何必特地藏在節宮子女士家？」

「應該是還不認爲有必要破壞吧，或許是備而不用的心態。火災警報器和灑水器，也都是在火災發生前就裝好的。」

「這不能相提並論吧？若是如此，現在灑水器都壞了，豈不是無計可施？」我想起在節宮子家中，中尊寺敦抱著的電腦主機被子彈擊中的場景，也想起外殼破碎的模樣。

「無計可施。」

「怎麼這樣？」我感覺腳下的地面崩塌了。我拚命想要踏緊，接著說：「可是，或許有次好的方案。」

「什麼次好的方案？」

「就第二方案啊。當預定計畫行不通時的備案。」

「你以爲有那種東西嗎？」

「或許寺島先生留下某些線索。」

「又不是打電動，怎麼可能卡關就剛好出現提示？而且，那傢伙早就死了。」

「如果有備案，應該是在生前就備妥。」我等於是說完才思考話中的意義。

我掀起百葉簾，眺望駕籠的窗外。駕籠只能在寬闊的人行道上運行，因此可看見行經的馬路。

「生前就備妥？怎樣的提示？」

「那當然是——」當然是什麼？

「當然是？什麼？」

「兩人的共通點。」說出口的剎那，我的腦中亮起一盞明燈。「γ摩可。」

沒錯，γ摩可，就是它。

如果沒有γ摩可，中尊寺敦和寺島寺雄應該不會結爲好友。那樣一來，他們的人生方向將會大大不同，寺島寺雄或許根本不會開發出維列卡塞利，我的眼珠也不會被植入可怕的攝影機。

中尊寺敦傻住，就像被迎面砸中了什麼東西。

我擔心自己說出什麼離譜的話，但這樣的不安稍縱即逝，他開始全神貫注——這樣形容誇張了些，總之，他拚命操作起智慧卡。沒錯，如果我能找到，一定是γ摩可，寺島一定也這麼想——中尊寺敦喃喃自語，盯著智慧卡。一會後，他平靜地說：「是這個嗎？」

「查到什麼了嗎？」

「就是今天。今天有γ摩可的演唱會，追悼演唱會。爲了追悼杏ANTO的死，在都內的展演中心舉辦。」

「規模很大嗎？」

「是祕密追悼會，地點沒有公開。展演中心只邀請部分相關人士，據說演唱會內容跟在網路上公開。」

γ摩可的作品是音樂與影像的結合，特立獨行。除了在演唱會會場現場欣賞之外，也考慮到透過電子設備觀賞時的效果。

「γ摩可本身很久沒有活動了，因此掀起相當大的話題。」中尊寺敦看起來有些不甘心。他感嘆居然到現在才知道這個重大消息，但想想我們被捲入的騷動，也是無可奈何。我們根本沒空去注意γ摩可的新聞。

「然後呢？有演唱會，所以怎樣？」

「我剛才發現了。」

「發現什麼？」

「追悼演唱會的消息發表的時候，團員也公開發言。」

中尊寺敦遞來智慧卡，我看了一下，可用立體影像讀到發言內容。好像是刊登在新聞網站上。

內容很平淡，僅陳述事實與預定活動，絲毫感受不到對追悼活動的感傷和熱情。最後提到「由於取得新的網路系統，可望呈現出最極致的影像」。

「這個嗎？」

「上面不是說他們取得新系統？或許不是自行開發，而是別人提供的。」

「是嗎？」

「是寺島事先準備好的。」中尊寺敦挑起單眉說：「有沒有這種可能？」

「事先準備好？」

「沒錯。他準備γ摩可會想要在演唱會上使用的、令人垂涎不已的程式系統，提供給他們。如果是主動提供，可能會引起懷疑，所以應該是透過某些能博得信任的管道。」

能博得信任的管道？太曖昧模糊了。別說令人垂涎，根本可疑萬分，但中尊寺敦似乎看到某些我看不到的途徑，語氣十分篤定。

「如果是這樣，然後呢？」

「應該可用那個系統連上去。」

雖然中尊寺敦很克制，但看得出他內心十分激動。

「連上維列卡塞利？」

中尊寺敦點頭，像在說「沒錯」。「他準備好了。他知道等我在八王子的老太婆那裡拿到程式碼後，接下來一得知γ摩可的演唱會訊息，立刻就會聯想到。」

「那麼……」

「他是在叫我去演唱會現場，用那裡的系統連上維列卡塞利。」

連接維列卡塞利雖然困難重重，但寺島寺雄是它的生父，精通它的安全設定。

中尊寺敦突然整個人生氣勃勃，眼睛閃閃發亮，甚至連那頭偏長的頭髮都變得烏亮起來。

「可是，演唱會地點是祕密吧？」

「和維列卡塞利的相關情報比起來，要查出演唱會地點，跟查詢今天星期幾一樣簡單。」滔滔不絕的他看起來很可靠。

中尊寺敦操作自動駕籠裡的指示板。一陣宛如抬驕人緩慢蹲下般的搖晃後，駕籠停住。這樣的演出有必要嗎？

剛這麼想，中尊寺敦就說「這是多餘的演出」，我覺得愉快極了。雖然我正被自己的記憶、遭警方追捕等嚴重的問題侵蝕，但表情稍微緩和了些，心情也明亮起來。雖然只是明亮了一點點，猶如蠟燭最後的餘光。

演唱會的會場位在下北澤一隅。現在是傍晚六點多，外頭已是一片陰暗。我曾聽說，舊下北澤地區以前是喜好音樂的年輕人（老一點的俗稱就是樂團人），或是舞台劇愛好者（往昔可能稱爲劇團人）雲集之處而熱鬧滾滾。由於車站改建，使得過去雜亂的氛圍變成乾燥無味的美觀外表，但因爲執著於舊有街景的人們的反抗，時尚化的目標也無疾而終。約十年前，北部形成新下北澤，出現上下北澤、北下北澤這些混淆的稱呼，但仍持續發展，現在成了新舊共存的形式。

「如今會住在舊下北澤的，只剩下相當特殊的另類人士。」

計程車司機是個話匣子，從我們上車後就一路說個不停。我們肯定被列爲危險人物，情報傳送到各個交通機關及設施，卻能順利搭乘計程車。不管是人臉辯識、DNA檢驗、智慧卡認證，說穿了都只是和原始資料比對，只要在那邊動手腳，就不會曝光。中尊寺敦滿不在乎地這麼說。「不管外表看上去多像，只要機器不嚷嚷『就是這個人！』，便不會被抓包。明明有時候人的眼力和直覺更值得信賴。」

有道理。但另一方面，我不禁心想，如果是他——檜山景虎，用不著機器查核，也能發現我。

我和他就是這樣的關係。

儘管是自動駕駛模式，司機仍遵守規則，確實握住方向盤，並不停講述下北澤的歷史。司機滔滔不絕，宛如在背誦《般若心經》，我們連插口附和的餘地都沒有。

「到那裡之後要怎麼辦？」我問坐在旁邊的中尊寺敦。他在車子裡也一直操作著智慧卡，是在蒐集情報，還是在竄改某處的資料？

「冒充演唱會會場的相關人士進去。二十一點開演，系統應該已設置完畢。只要能假冒工作人員操作——」

就能從那裡的終端機連上維列卡塞利，他接著說。

這時，中尊寺敦抬頭盯著我。

「怎麼了？」我不由得害怕起來，難道就像發現我眼中的攝影機，他又要說出什麼震撼的新發現嗎？

「沒有。」他低聲說：「你沒事了嗎？」

「咦？」

「你坐在車上，可是看起來很平靜。」

「啊……」

沒錯。每次坐車，我都會大汗淋漓，害怕到幾乎要昏過去。以前我都是這樣。然而，現在我卻坐得直挺挺的，即使看向窗外也不會暈眩，視野非常清晰。我會覺得司機說的內容很稀罕，或許是因爲我從來沒辦法坐在車子裡，從容地聽別人說話。

「眞的耶……」

我只能這麼回答。雖然原因不明，但我眞的不在乎了。

我對車子的恐懼消失了嗎？

「或許是對車禍的事，漸漸整理好情緒。」中尊寺敦說。

不對，完全相反。

別說整理好，我開始懷疑那起車禍的原因是自己，腦袋混亂不堪。

必須深入挖掘記憶的義務感，與不想觸碰的抗拒，交錯在一起。

根據日向的說法，五年前是我開車。這表示，那個時候我已逐漸克服恐懼。然而，不幸的是，我遭到計程車衝撞，受了重傷，又強烈排斥起車子。不，那眞的能用運氣不好來解釋嗎？我忍不住懷疑，是不是早就注定會變得如此？

計程車停下，我沒工夫繼續探究這個疑問。

雖然沒有看板或記號，但我們立刻找到目的地在哪裡了。因爲有大批群眾包圍該處。

雖說是祕密演唱會，但消息總是會走漏出去的。

圓筒狀的細長大樓前形成人牆，幾名穿制服的警衛在應付這些人。有工作人員開始設置簡易路障。

中尊寺敦走在前面，我跟在後面。

自從在仙台見到他以後，一直是如此。這天到底有多漫長？各種狀況接踵而至，峰迴路轉，彷彿被人一路推到這裡，但感覺實在是太漫長了。他不斷前進，我就像剛破殼的小雞一樣跟著他。實際上，我無異於才剛呱呱落地的嬰兒。

請讓一讓，我們要過去。讓一讓。

中尊寺敦分開人群前進。他堂而皇之地宣稱「我們是相關人士」，一面前進，也沒有明說是和哪裡的誰有關的人。γ摩可的演唱會和我們不能說全無關係。若說有關，應該是有關，所以不算在騙人——我這樣抹去心虛的感覺。

站在入口前的工作人員看到我們，起了戒心，攔下我們。

「我們要檢查演唱會設備。」中尊寺敦舉起智慧卡說：「那麼，我們趕時間。」他說完就想走，卻被對方叫住：「不，等一下。」

我停下腳步，前方的中尊寺敦也站住。

對方會開槍，我心想。子彈會從背後射過來，在胸口或肚子開出洞穴，隨著痛楚，一切都會完蛋。即將消失的恐懼，讓全身的毛細孔都張開了。

不敢呼吸。

我要消失了，終於要消失了——儘管我如此害怕，意識卻一直清醒著。

我慢慢回頭，只見工作人員就站在旁邊問：「要檢查什麼？」他拿的不是手槍，而是保特瓶。

「啊，系統的。」我說出腦中浮現的詞彙。

「什麼系統？」

「影像系統啦。」中尊寺敦折回來，插進我和工作人員之間。或許這是關鍵時刻。

「影像系統？」工作人員很優秀。他明明可以對囫圇籠統、煞有介事的說明點頭放行，卻沒有接受，而是開始聯絡其他人：「請等等，我確認一下。」

認眞的工作態度，讓人不得不予以肯定。

情況緊急，所以我們也不知道有沒有通知下來——中尊寺敦微弱地辯解，指頭戳著我的側腹。他在催促我直接闖進去。

繼續留在這裡不是好主意。我們就像小朋友玩一二三木頭人，避免被對方發現，一點一點地慢慢移動。

啊，好，我知道了——這時，傳來工作人員的聲音。

「我確認過了，系統眞的需要檢查。抱歉攔下你們，請進去吧。」

「知道就好。」中尊寺敦說。

我們一起往內走，我喃喃道：「這麼巧，剛好遇到要檢查。」

「眞走運。」

走到這一步，終於受到幸運女神眷顧了嗎？

大樓裡很陰暗。牆上的螢幕沒有映出任何影像。我們只能筆直前進，途中和幾名疑似工作人員的人擦身而過，但沒有人特別注意我們。

「要走到哪裡？」

「我想應該已安裝在舞台上。」

通道左右分開。中尊寺敦東張西望，發現電子告示牌，往左彎去：「這邊。」

我們來到開闊的地方，原來是舞台。

缺乏照明、一片空蕩蕩的空間很安靜，讓人覺得彷彿闖入神聖的洞窟。舞台上沒有樂器，也沒有麥克風架。

我四處亂晃，前方是一大片觀眾席。從外觀無法想像，但這處會場有高達三樓的圓形觀眾席，頗有高度和深度，完全就是老電影中會出現的歌劇院。沒想到舊下北澤有這樣的場所。

橘色小燈呈等間隔分布，在會場營造出嚴肅的氛圍。是震懾人心的美。

約莫是萌生出來到這肅穆的場所告解罪行的錯覺，一回神，我站在舞台正中央，渴望對著沉默的、看不見的觀眾下跪道歉。

都是我不好。

我改寫了對自己不利的記憶，當那些事從來不曾發生。

車禍或許是我造成的。

我也想起綜合學校時代的檜山景虎。

那個冷漠、裝模作樣、窩囊難看的傢伙，八成是我自己。

我連站著都十分勉強。

我到底是誰？我的體驗到底是誰的？

我沒有跪倒下去，是因爲中尊寺敦呼喚：「喂，過來這邊。」

雖然他只是低語，我卻整個人彈起來，彷彿那聲音不僅是對著會場發出，而是傳遍全世界。

他站在舞台旁邊黑色的單腳桌旁。桌上的小盒子應該是運作程式的電腦。中尊寺敦敲打著附屬的鍵盤。「還要花點時間。如果有人來就叫我。」
他的眼神嚴肅，把智慧卡放在稱不上寬闊的桌角，盯著上面的螢幕打字。
我提防著會不會出現可疑人士，但也想到我們才是擅闖的可疑人士。
γ摩可的團員在休息室嗎？
我甚至無法想像追悼演唱會是什麼樣子。
回頭再次望向氣氛莊嚴的觀眾席。再過一會，那裡就會被觀眾塡滿吧。肯定會充斥著亢奮的熱度與歡呼。
能趕在那之前完成作業嗎？
我繞到中尊寺敦背後。
「怎麼了？」
「沒事，只是在祈禱順利。」我反射性地說。「啊，還有，我會用眼中的攝影機，把你奮不顧身的英姿記錄下來。」
對於我這番可說是自虐的玩笑，他冷哼一聲回應。
「好像可以查到連上維列卡塞利的路徑，接下來——」
「要用程式讓它停止吧？」
「大概。」
「可是，眞的能讓它停止嗎？」我提出疑問。
「什麼意思？」
「喔，我只是疑惑人工智慧消失眞的是好事嗎？」

都走到這一步了，說的是什麼話？我這麼想，中尊寺敦應該也這麼想。但我就是擔心，沒辦法。

「當然是好事。創造出維列卡塞利的寺島，認爲應該這麼做。」

「但父母不見得總是對的。」

「你也看到，關於我們的假新聞四處流竄了吧？還有，都內民眾被煽動發起東西戰爭。你覺得那樣是對的嗎？」中尊寺敦板著臉說，手仍不停打著鍵盤。

確實如此。

「刻意挑起紛爭的機制，不可能是對的。」你聽好了——中尊寺敦繼續說下去：「如果是爲了滿足私欲、滿足一己之利的企業或政治家，置之不理，他們遲早會滅亡。會由於欲望和惰性而自取滅亡。但維列卡塞利就沒這麼容易了。維列卡塞利沒有欲望，也不會偷懶。它根本沒有私利私欲。即使無人監督，它也會好好完成要做的事，所以——」

「所以？」

「只能由別人強行阻止。」

人工智慧不同於人類和組織，會默默不斷計算，朝目標前進。不管那目標是否會傷害到許多人。

不過，這樣的想法也浮上心頭：若是如此，我們是不是應該遵從它的方針？不追求私欲私利的勤勞人工智慧鋪設的軌道，乖乖照著走下去，才是對的吧？

另一個我提出反對：但我不希望因此發生戰爭。

「好，這下就結束了。」中尊寺敦的指頭停住。

接著，只要敲下一個鍵，程式就會執行。

寺島寺雄的願望將會實現。他的擔憂將成爲杞憂一場。

我再次掃視寂靜的會場，幸好沒看到半個工作人員。

我以爲演唱會開場前，場地會因爲要搭設布景或調整儀器，人來人往，忙碌穿梭，但或許也有這種風平浪靜的空檔。

太好了。幸好在最後一刻走了運。

我正安心地這麼想，又憶起剛才也有類似的感覺。就是在門口被工作人員叫住，但檢查系統的謊言沒有被揭穿那時候。

「看來，幸運女神特別眷顧我們。」中尊寺敦的聲音宛如爬過舞台地板，從後方傳來。「以前有一首歌叫〈With God On Our Side〉（上帝與我們同在）。幸運女神算是神明的一種吧，也有詩人說『偶然是上帝的筆名』。」

吸收龐大的資訊，能夠在轉瞬之間完成巨量計算的維列卡塞利，或許連偶然和運氣都掌握在手裡。

然而，立刻又響起別的聲音：

眞的嗎？

瞬間，寒意竄過全身，我忍不住哆嗦。宛如被當頭潑一盆冷水，毛細孔全縮了起來。

人工智慧有可能這麼遲鈍嗎？

再說，寺島寺雄爲何要讓中尊寺敦花這麼多工夫？

「那個……」我膽戰心驚地望向中尊寺敦。

只見他在昏暗的光線中，露出陰沉的表情，應該是得到和我一樣的結論。我覺得身體彷彿縮小一號。「或許我們搞砸了。」他說。

「啊，是啊。」

全身的血液彷彿流光。

怎會沒發現？

演唱會前的會場，不可能連半個人影都不見。

也不可能在我們謊稱要檢查系統、試圖入侵時，就那麼剛好找了系統維修業者。

我們怎會用一句「偶然」、「幸運」帶過呢？

「走到最後這一步了，一點都不像我。」

「什麼意思？」我問，但其實已知道他在想什麼。

「我一口咬上這個餌。寺島一定留下某些計策。說到我和他的共通點，只有ｒ摩可。而ｒ摩可今天要舉辦追悼演唱會，那麼突破口一定就藏在這裡。我如此推測，自以爲找到答案，興奮極了。」中尊寺敦把智慧卡收進口袋，顯然已打消執行程式的念頭。

「人總是會執著於自己的發現。」

「自己的發現？」

「人很難接受自己的創見是錯的，不想承認那是別人準備好塞進你手裡的。剛才的我就是如此。我堅信一定和ｒ摩可有關，毫不懷疑。」

應該更仔細推敲。

散播假新聞，不是維列卡塞利的拿手好戲嗎？

「寺島根本沒有留下什麼備案，就是這樣。」

換句話說，在八王子的節宮子家，電腦主機遭到破壞時，寺島寺雄的計畫、託付給老友的作戰就失敗了。我們期待來到γ摩可的會場就能執行計畫，其實只是中了維列卡塞利的誘導。

「被擺了一道。」

應該也不是以這句話爲信號，但會場各處同時傳來開門聲。

照明亮起，眼前充斥著強光。場景不變，就像閉著的眼睛總算張開。

一樓的觀眾席塞滿大批制服員警。他們彷彿是憑空出現，但這約莫是我的腦袋突然當機，無法掌握狀況的緣故。

幾乎每個人都舉著槍。

有人在叫喊。

中尊寺敦的嘆息微微晃動了背後的空氣。

「演唱會本身就是假新聞嗎？」我問，但不知道究竟有多少化成聲音說出口。

從哪裡到哪裡是假新聞？

至少網路上γ摩可團員的發言，什麼得到新的網路系統、可以提供極致的影像云云，全都是假的吧。僞裝成γ摩可的團員發表談話，散播情報，根本是輕而易舉。

那追悼演唱會呢？

這是事實嗎？

難道——我害怕起來。γ摩可的團員過世這件事本身，也可能是假的。

一旦開始懷疑，就沒完沒了。

武裝警察集團的某處傳來叫聲，宛如歌劇歌手般莊嚴的聲音在會場迴響。回音太厲害，聽不出具體內容，但我猜八成是「放棄抵抗」、「束手就擒」、「乖乖投降」之類的喊話。

我舉起雙手，就到此為止了嗎？

同時，自從在新幹線車廂裡遇到寺島寺雄，無數次浮上心頭的想法再次湧現。

我只是無端被捲入。為什麼我非遇到這種事不可？

我是被捲入的。

我到底被捲入什麼事？

寺島寺雄和中尊寺敦的約定帶來的種種麻煩。

不，不對。

是被捲入注定永世對立的兩群人之間的宿怨。

心中的另一個我，以死心認命的聲音說出答案：「我只不過是用來製造對立的載體罷了。」

「載體？」

「生物只不過是為了讓基因延續下去的載體，從以前就有這樣的說法吧？同樣地，我只是爲了讓對立重演的載體而已。」

警察慢慢靠近舞台。爲了壓制獵物，一步步縮小半圓陣形。

我打算乖乖束手就擒。

我沒有反抗的理由或使命。

甚至覺得只要被逮，就能擺脫這場騷動。

然而，我沒有坐以待斃。

因爲我在那群警察當中看到他——檜山景虎。

我正處在崩潰邊緣。與維列卡塞利對決、逃亡、被植入眼睛的攝影機、過去記憶的竄改等等，許多震驚的事實與壓力令我幾近崩潰。

這時，一把手槍滾到我的腳邊。我不假思索，直接撿起。

我認爲一切都是上天注定的，接受了事實。

包圍我們的警察迅速圍攏上來。下一刻，視野乍亮。

困惑的我再次定睛細看，舞台底下、正前方就是檜山景虎。我看不見除了他以外的人。只有我們兩個正面對決。

他槍口對準我，我也只好把槍口指向他。

聽不見聲音。我無法將目光從檜山景虎身上移開。

我回想起記憶顚倒的事。以爲是檜山景虎的人是我，應該是我的人卻是檜山。

我們互爲表裡。

誰是正面？我和檜山景虎有一方是對的，有一方是錯的。我的記憶和攝影機的紀錄，哪一邊才是事實？

我想到翻唱樂團，模仿原創的複本有價值嗎？

我主張只要幾乎完全拷貝，就和原創沒有兩樣。

我也想到，如果原創消失了呢？

剩下的是不是就成爲原創？

我就是忍不住這麼想。

一方活下來。

另一方消失。

我將第一次摸到的手槍對準前方，食指扣上板機。

爲了成爲硬幣的正面，我必須射殺檜山景虎。

只要留下來，我的記憶就會成爲事實。

這時，一道「砰！」的巨響，就像一隻巨大的、沉重的長靴一腳踏穿地板。我感覺到自己的頭部炸開。隨著噴火般的灼熱感，我整個人向後翻倒。

視野落入漆黑的前一刻，我看到站在舞台角落的幾名男子，但終究沒有認出他們是γ摩可的團員。

我一再回想起當時的情景，心想：如果那時候手槍沒有滑到水戶直正的腳邊，會是什麼局面？

圍補舞台上的中尊寺敦的搜查員也掉以輕心了吧。由於對方掙扎，他們慌了手腳，被狠狠一撞，失去平衡，手槍掉落在地。

水戶直正爲什麼會撿起手槍對準警察？理由不明。

但他的動作一氣呵成，彷彿從一開始便決定這麼做。

還有我，爲什麼會推開其他搜查員，擠到最前面，我自己也不明白。由於疲勞和睡眠不足而意識模糊——我正要去小睡，又被拖去執行任務。眼眸充血，整顆腦袋都被憋住的哈欠填滿。

在那個宛如頗有縱深的歌劇院底部般的場地，感覺只有我和水戶直正兩個人，互相對峙。

先舉起手槍的是水戶直正，所以我才會把槍口對準他。

似乎是這樣。

我幾乎不復記憶。事後觀看監視器的影像，我才曉得自己做了什麼。

並不是激動忘我，但我確實處在混亂中。

內心充滿一種近似認命的無奈，不管我走到哪裡、如何試圖閃避，一定會撞見水戶直正。

我感到非常不可思議。水戶直正並沒有觸犯多嚴重的刑責，連被視爲煽動都內暴動的主謀的中尊寺敦，逮捕後也查明他與那些事件毫無瓜葛。他們的罪行，頂多就是非法連接網路、妨礙公務、違反無線電法罷了。他們根本不需要拚命逃亡，更沒必要在遭到警方包圍的狀況下開槍。

規則必須遵守，秩序必須維持。

我一直深信不疑，現在依舊如此相信。但想想水戶直正犯下的罪行程度，那個時候，我們這些搜查人員有必要那樣窮追猛打嗎？

怎會演變成這種狀況？

水戶直正發瘋了。

一切都可用這個理由解釋。

他應該只是想要完成信差的工作，卻被中尊寺敦帶著四處跑，甚至遭到警方包圍，疲憊困頓與混亂導致他精神失常——這是警方最後的結論。

我轉向新東北新幹線的車窗。

掠過窗外的田園景致，結實的稻穗就像一片柔軟的地毯。

我想起追捕寺島寺雄時，在新幹線列車上偶然與水戶直正重逢。

當時，水戶直正應該是坐在這附近的座位。

那就是一切的開始。正確地說，從更早以前就開始了？

突然有人在旁邊坐下，我倏地提高警覺。車廂裡乘客不多，想坐的話，到處都有空位。現在我休假，沒有佩槍，卻反射性地把手伸向皮帶。

「看到認識的臉孔，來打聲招呼。」

我花了一點時間才認出對方是誰。長髮、瘦削的臉，是中尊寺敦。儘管一陣緊張，但也許是他的語氣輕鬆，我並不覺得受到威脅。

「去東北旅行？」

「奧入瀨。」不回答也無所謂，但我不想隱瞞。

「去療癒一下射殺老友的心傷嗎？」話中帶刺，但他看起來也很難受。

「他不是我的朋友。」儘管沒必要特地否認，但我就是不由自主。「而且，他又沒死。」

「好像是呢。」

我射出去的子彈擊中水戶直正的腦袋。中彈的位置不知道該說是好還是不好，那一槍並沒有要了他的命，卻讓他變成植物人，躺在東京都內的醫療機構裡。不是昏睡，眼睛睜著，似乎呆呆地看著半空中，但身體不會動，也不知道殘留多少意識。

「你有好好去探望人家嗎？」

「唔，嗯。」

這個問題似乎只是個玩笑，他聽到回答笑了出來：「你真的有去？」

「對啦。」

「罪惡感作祟嗎？可是，那是沒辦法的事吧？你只是盡了本分。」

「你人眞好。」我說。「也不是因爲罪惡感。」

爲什麼去探望臥床不起的水戶直正，我自己也無法理解。每次我去，陪在病榻旁的日向恭子會默默離席，然後我就看著水戶直正，幾分鐘之後再回去。雖然是不定期前往，但我一直都有去。「你這麼快就被釋放了。」

「你應該知道，我可沒做什麼。新聞都是假的。」

「但幾乎是無罪釋放，不是嗎？」

「嗯，是啊。」中尊寺敦應道，表情扭曲。

「爲什麼你看起來那麼難受？」

「我也百思不解。我本來以爲會被判更重的刑。畢竟我意圖要破壞的，可是推動整個國家的存在。」

「推動國家的存在？」他是在說什麼人嗎？「政治家？」

「哈。」中尊寺敦只是冷哼一聲，沒有回答。是在開玩笑吧？他犯下的罪名，並不包括那種驚世駭俗的行爲，也不記得報導中有提到。

「最後，我沒能阻止它。」

「那太好了。」

「這讓我感到害怕。我能輕易回歸社會，是不是也是它的意志？」

「你說的『他』到底是誰？」

「或許它打算利用我。連我像這樣向你攀談，搞不好它都早已預料到。往後不管我做任何事，再也無法擺脫疑心。我將永遠懷疑自己是走在維列卡塞利鋪好的軌道上。」

「維什麼？那是什麼？」

「人工智慧會下出人類無法參透的一著棋。」

新幹線列車筆直前進，沒有半點搖晃。中尊寺敦沒有說話，但也沒有離開。我正想請他移去別的座位，他喃喃道：「圍牆。」

「什麼？」

「你知道都內要蓋圍牆的新聞嗎？」

「喔，那個啊。」新聞說政府要在山手線等鐵路地下化後的舊址蓋圍牆，但很快就訂正是眞實性不明的傳聞。「有人說，那是分治計畫的亡靈。」

據說，第二次世界大戰後，曾有由美國、蘇聯、中國和英國占領分治日本的構想。如果實現，日本有可能像德國柏林，國內出現許多圍牆。我也聽說，在這個構想中，東京一樣要築起圍牆。

「不是傳聞。應該眞的會蓋。」

「這是哪門子預言？」

「興建圍牆，激化人與人之間的對立，應該是想要朝這個方向發展。」

「你說誰想要這樣發展？」

「只要有疆界，就會發生對立。一旦開始對立，接下來任何事情都可能變成對立的原因。就像繪本作家說的，會爲了對立而對立下去。」

「什麼跟什麼？」

中尊寺敦依舊不回答我的問題，但他接著說：「不過，嗯，或許事情沒辦法依照藍圖發展。」

「你從剛才就在莫名其妙地說些什麼？」

中尊寺敦將他的智慧卡轉向我，浮現出的立體影像顯示一則新聞。

上面說γ摩可的新作品將會在全世界同步推出，免費供人觀賞。

「這是什麼？」

「那個時候……」中尊寺敦百感交集地說。

我沒有反問是哪個時候。除了我和水戶直正正面對決的那個時候，不可能還有別的了。

「那個時候，眼前發生可怕的事，就在追悼演唱會的準備過程中。」

這不是中尊寺敦說的話，而是插入新聞影像的發言，γ摩可團員的獨白。

如果只是警察射殺一名歹徒，確實只是這樣罷了，但目睹人與人發生衝突，卻僅能袖手旁觀，讓我們陷入深深的無力感。我們不知道中槍的人在想什麼，也不知道他是怎樣的人，但我們不想再看到這種事上演。我們的新曲，就是在這種想法中完成。

團員這麼說。

「這到底是……」

「電腦會蒐集資訊，計算並預測。電腦甚至可以操縱新聞，將情勢朝它預設的未來誘導。就像把我們釣到那處展演中心一樣。」

「這是在說什麼？」

「然而，電腦沒辦法連人的感情都完全控制。」中尊寺敦說，彷彿這是他壓箱底的答案。「只要發生駭人聽聞或感人肺腑的事件，人的情緒便會隨之震盪。以前有藝術家目睹地毯式轟炸的慘狀，震驚之餘畫下了畫作。觀賞到那幅畫作的人，又受到了感動。創造未來的不光是資訊和事實而已，毋寧是人的情感。」中尊寺敦的口氣聽起來冷靜客觀，彷彿在進行運動賽事解說，但感覺得出深處蘊藏著熱情。「人會表現出什麼，又會從那些表現當中感受到什麼？這是無法完全計算的。況且，人的情感本身就是不合邏輯的，比方……」

「比方？」

「有時候，儘管明白說這種話一定會惹怒對方，卻無法克制情緒，非要逞口舌之快，不是嗎？人的情感沒辦法照著計算走。」

「所以呢？」

「γ摩可的新曲能夠打動人心。圍牆的建設計畫應該不會中止。公共建設就是這樣，但或許沒辦法如同預定發展。只要人的情感稍微造成影響，最後就會帶來重大的改變。」

「你為何那麼希望事情不照著預定走？」就像痛恨運動會的孩童，期盼大雨來攪局一樣。

「你們是山族和海族吧？」

我無法回應，日向恭子的身影浮現腦海。

「你們或許不光是發生衝突，而是從這樣的過程中，孕育出各種事物。」

「孕育出？」說出口的全是疑問。

「對立的a與b，或許會生出c。」他喃喃地說：「而不是變成α與β。」

「我完全不懂你在說什麼。」

「你去探望水戶，都在那裡做什麼？」

「沒做什麼。只是待在他旁邊，然後翻翻繪本。」

「繪本？蝸牛的繪本嗎？」

「對，因爲就放在那裡。聽說是水戶喜歡的作品，我有點好奇是什麼內容。」

中尊寺敦笑了，「這很重要。」

「很重要嗎？又不是什麼大不了的事。」

「即使是勢同水火的人，也能夠瞭解對方。哦，想要瞭解對方，這樣的意願是很重要的。因爲一旦對立，眼中的對方就會變得扭曲。如同那個老太婆說的。」

所以，到底是哪個老太婆？

「讀對方喜歡的繪本、瞭解對方，是一件好事。」

「你是在嘲笑我嗎？」

「當然不是。下回你去看他的時候，念繪本給他聽吧。」

「念繪本給他聽？」他果然是在笑我嗎？我忍不住動氣，卻不由得想像起自己念繪本的情景。

「好，我要走了。」中尊寺敦總算起身。

我內心一半希望他快滾，一半又想要與他再多聊聊。我不打算挽留他，準備繼續觀看窗外景色，這時他回頭說：「你還會去看他嗎？」

「應該吧。」

他沒有追問到底是會還是不會，只說：「下次你去看他，好好看著他的眼睛。」

「眼睛？」聽起來像父母對小朋友的叮囑：和人說話的時候，要看著對方的眼睛。

「對。這樣可以讓他知道，你來看他了。他的眼睛都睜著吧？」

「是睜著，但他什麼都沒在看。」

中尊寺敦聳聳肩，「就算現下沒在看，或許恢復意識以後，知道你曾來探望他，他會很驚訝。」

「他會知道嗎？」

「會留下紀錄。」

什麼紀錄？

我正想追問，但中尊寺敦已消失不見。大概是移動到前方車廂了，但看起來也像是立體投影消失了。

後記

中央公論新社爲了紀念創立一三〇周年，推出雜誌《小說ＢＯＣ》，這部小說便是在《小說ＢＯＣ》第一期到第十期連載的作品。我們召集了八組小說家，撰寫從原始到未來等各個時代的故事，我負責的是「昭和泡沫經濟時期」和「近未來」。各作品共通的關鍵字是「人與人之間的對立」，有著「海族與山族的後裔注定會互相對立」等設定和一些共同要素，但彼此獨立，即使沒有讀過其他作品，也不影響閱讀樂趣。不過各個時代的故事之間有著意外的共通點，或是類似的場面超越時代反覆上演，透過通讀這些作品，也許會得到更多樂趣。

〔參考文獻〕

《可怕的泡沫經濟時代》（本当は怖いバブル時代）　鐵人社

《金融投機史：揭開貪婪時代九大金融泡沫》（*Devil Take the Hindmost: A History of Financial Speculation*）　愛德華・錢思樂（Edward Chancellor）中文版爲大牌出版

明治

蒼色大地　藥丸岳

1876　海軍兵學校開設
1877　西南戰爭／平藏前往鬼仙島
1890　吳鎮守府成立，榎木新太郎等人於山神司令長官底下任職
1891　海軍攻擊鬼仙島，灯等海盜迎擊官軍

昭和前期

破滅的戀情　乾路加

1937　中日戰爭
1941　珍珠港事件，太平洋戰爭爆發
1942　中途島海戰，戰況惡化
1944　濱野清子帶著護身符疏散至高源寺／邂逅那須原律／那須野健次郎死亡
1945　清子返回東京／東京大空襲

昭和後期

蹺蹺板怪物　伊坂幸太郎

1951　舊金山和約簽定／冷戰惡化
1980s　國內情報機關強化／宮子以間諜身分活躍
1982　宮子認識北山直人／泡沫經濟開始／宮子與直人結婚
1988　宮子與婆婆節的對立惡化／發現紀元前的壁畫
1989　柏林圍牆崩壞
1991　蘇聯解體

平成

爲了追求死亡的意義而活　朝井遼

1989　改元平成
1992　南水智也、堀北雄介出生於北海道，從小一起長大
　　　繪本《我是卷卷》、《帝國法則》流行
2011　智也與雄介進入北海道大學就讀
2012　在古文書中找到關於鬼仙島的記述
2014　「嬉泉島」成爲山海傳說的聖地／雄介計畫前往

近未來

旋轉怪物　伊坂幸太郎

2020　東京奧運
2030s　開發人工智慧維列卡塞利／樂團γ摩可流行，負責作曲的田中KATANA死去／水戶直正與檜山景虎在車禍中失去家人
2032　大停電造成資訊返古現象
2050　γ摩可團員杏ANTO死去／維列卡塞利開發者寺島寺雄死去水戶直正將寺島寺雄最後的信送交給中尊寺敦
2071　圍牆開始建設

未來

天使與怪物共眠之夜　吉田篤弘

2085　SSS（超級模擬系統）預測未來／其後，電影《睡美人的床鋪》腳本完成
2089　因「Laid-back」實施，科技發展陷入停擺
2092　失眠症蔓延東京
2095　圍牆持續崩壞／秀任職於睡眠顧問單位「夢8」，追查睡美人的祕密

「螺旋」年表

本書爲文藝雜誌《小說BOC》的創刊企畫，由八組作家聯手打造的「螺旋計畫」作品之一。

「螺旋計畫」這個競作企畫，由八組共九位作家（朝井遼、天野純希、伊坂幸太郎、乾路加、大森兄弟、澤田瞳子、藥丸岳、吉田篤弘）依據某個「規則」，以古代至未來的日本爲舞台，描寫兩個族群對立的歷史。各作品的故事獨立，但讀完全部作品，所有故事將化爲一幅壯麗的繡毯，關聯的圖像宛如花紋般浮現出來。你能夠解開「螺旋計畫」中隱藏的訊息嗎？

請盡情享受八組作家以「對立」爲主題的創作競演！

原始

大海盡頭的海灣　大森兄弟

BC
3000　寒冷化開始
　　磯部（イソベリ）在海岸建造聚落
　　山部（ヤマノベ）從山上湧向海邊
　　海鯨於磯部的聖地潮溜擱淺
　　磯部與山部之間的對立升高
　　發現畫有維列卡塞利的壁畫

古代

月人壯士　澤田瞳子

AD
724　聖武天皇即位，光明子成爲皇后
729　長屋王之變（藤原四兄弟陰謀策畫）
740　藤原廣嗣之亂，其後多次遷都
752　東大寺大佛開光供養
753　鑑眞赴日
756　聖武天皇駕崩

中世・近代

武士之國　天野純希

940　平將門之亂終結
1185　源氏於屋島・壇浦之戰殲滅平家，創設鎌倉幕府
1192　源賴朝封征夷大將軍
1198　賴朝落馬（平教經襲擊所致？）

——

1333　鎌倉幕府覆滅，足利尊氏、楠木正成等人活躍
1336　室町幕府成立
1369　足利義滿封征夷大將軍
1392　南北朝統一
1399　應永之亂，大內義弘、義滿遭討伐

——

1560　桶狹間之戰，織田信長崛起
1582　本能寺之變，明智光秀討伐信長
1586　豐臣秀吉任太政大臣
1600　關原之戰，德川家康勝利
1603　江戶幕府開設

——

1837　大鹽平八郎之亂，大鹽之子格之助前往鬼仙島
1863　新選組成立，土方歲三等人活躍
1868　明治維新
1877　西南戰爭

少年在發現的水邊玩了一陣子，回到男人身旁。

「這是蝸牛，好久沒看到了。」

男人說是在葉背找到的，指頭撫摸著殼上的螺旋。

「像是一出生就背負著螺旋。」

「是嗎？」少年不甚關心地應著，襯衫處處淌著水滴。

男人抬起頭，在約二十公尺外的地方看見女人們。

男人和少年一路騎來的氣動機車燃料終於耗盡，他們在乾涸荒蕪的土地上行走好幾天，抵達這裡。幾乎就在同時，她們也從對面走近。女人帶了個少女和一隻狗，是從東京舊址過來的嗎？

「為什麼不好好相處呢？」少年問。

很久沒有看到其他人。起初，男人驚訝之餘，也興奮地和女人寒暄。他們早已沒有回去的地方，高樓大廈全部崩塌或半毀，也沒有可以一起生活的人。和女人結伴同行或許不賴——這樣的想法掠過腦際。女人面露微笑。少女走近少年，像講古一樣說了個故事，以前有鯨魚噴出大量的水，將數十萬本書撒遍各地。應該是東京還在的時候的故事吧。好一段時間，兩個孩子和狗一塊玩水。

然而，就在發現男人的眼睛是藍的、女人的耳朵又尖又大時，雙方心底出現了疙瘩。

他們表情僵硬，互相提防般離得遠遠的，與剛打招呼的時候判若兩人。

「因為我們是山族和海族。」男人告訴少年。這是自古流傳的都市傳說，在上個世紀也發現科學根據。據說東京會毀滅，山族與海族的血統就是原因之一。

「我們最好不要在一起。」

「為什麼？」

「因為會發生衝突。」

「可是，她們看起來人很好。」
男人沒有回答。
「出發吧，盡量多帶點水。」男人叮囑少年。他再次抬頭，女人和少女正看著他們。
「我也想在這裡多休息一會啊。」
但最好不要和她們在一起，不要待在她們附近——男人彷彿對自己說，邁出腳步。
噢噢嚕、噢噢嚕、噢噢嚕。
他們聽到奇妙的嬰兒哭聲，四下張望：哪裡傳來的聲音？
「有小孩出生了嗎？」
「我不覺得這裡還有別人。」
男人想起不久前聽說，有山族和海族結合，生下孩子。
真的有這種事嗎？
少年向少女揮揮手。一開始有些拘謹，但很快變成大大揮手。「道別一下沒關係吧？」少年望著男人。
男人笑逐顏開，用力點點頭。即使注定會發生衝突，還是有辦法相處。
少女也向少年揮手。

——節錄自山海傳說《螺旋》

解說

我是唯一一個逃出來向你報信的人

陳栢青

※本文涉及故事情節，未讀正文者請慎入

故事總是發生在列車上。

列車急馳於一九八二年的日本，潮田宮子在車廂裡初遇北山直人，宮子問直人，你要搭到哪呢？她未來的丈夫這樣回答她：「明日的日本」。時間是二〇五〇年，送信人水戶直正在列車上與寺島寺雄相遇，打造超級人工智慧的科學家卻告訴送信人：「我要前往昨日的日本」。而時間本身就是一列長長的列車，在明日與昨日之間，伊坂幸太郎〈蹺蹺板怪物〉和〈旋轉怪物〉遙遙而來，像是小說家最愛玩的文字遊戲一樣——「ono」既是日文中「斧頭」的發音，也是警察聽到斧頭傷人事件時脫口而出的冷笑話：「Oh!No!」——選擇「蹺蹺板」作爲小說標題，除了蹺蹺板本身意涵可作爲小說之象徵外，我們是否還可以說，seesaw這個詞彙的構成也有那麼點惡作劇的成分，作爲動詞「看」的原形與其過去式的結合，在未來與過去之間，在將臨與已臨的列車間隙，時代夾擊，我們可不正站在「現在」，正看著時間的列車嗡鳴而來／揚長而去。

小說的誕生起因於雜誌《小說ＢＯＣ》的豪華企畫「螺旋計畫」。由八組共九位小說家執筆，接力一樣由史前寫至超未來。這其中自有計畫訂立的遊戲規則，包括「要有山族與海族的後代彼此對立」、「要有同一個隱藏角色登場」、「可以讓共通道具出現」等，故事合起來看，是氣魄驚人的上河圖繪卷，日本大歷史或做實筆或做虛畫橫穿其中，而單獨觀之，各自成立，自成一意義自給自足的天地。九位小說家中，別人都寫一篇，偏偏伊坂幸太郎寫了兩篇，「因爲跟出版社有長篇小說合約，『但如果寫成中篇的話，就沒問題了。』」，於是他繳交了兩個中篇。在與朝井遼的一次對談中，他這樣提及，這個理由也很伊坂啊。但也正因爲是兩個中篇，同一個主題，兩次發揮，在看似連接，卻又有所斷裂的人物和時間線之上，像走在時間與時間、列車車廂與車廂之間，反而能看出一些伊坂的弦外之音。所以，這列橫穿日本歷史的列車要往哪裡去？

在對立之外

電影《2001太空漫遊》中猿人從地上撿起骨頭作爲武器，隨著骨棒朝上一擲，大螢幕上飛旋的白骨轉瞬成爲黑色太空裡孤獨自轉的太空船。導演庫伯利克以這不到十秒的畫面把人類文明演進的故事講完了：是武器與衝突讓人類更先進。

文明是由鬥爭構成的。

這個揮舞的骨棒也在「螺旋計畫」中旋轉著。「人類的歷史就是滿滿的衝突」、「創造又破壞，破壞又創造，這就是人類的歷史」，除了「山族與海族後裔的對立」之外，伊坂幸太郎提及，他還希望能在這兩部中篇小說中呈現「人與人的對立」，於是〈旋轉怪物〉中便有「以製造衝突爲目的」的人工智慧出現。而若以「對立」爲主題，我不免想問，所以，〈蹺蹺板怪物〉中有多少對立？

隨便數算，至少有三層，分別是小說中的「婆婆」VS「媳婦」、隨情節進行而越趨明朗的北山直人VS醫院與藥廠掛勾的利益結合體，以及作爲大背景的美國VS蘇聯。

那些都是屬於昭和末期的故事，那也是屬於北山直人對抗的故事。正因爲是昭和，在整個社會氛圍所催生的金融狂熱之下，「錢多成這樣」、「流過來的熱水，不趕快倒出來就完了」，土地增値、薪水提高，小說家宇佐美眞琴在《愚者之毒》裡談到那段時期的日本經濟「後世將其統整爲資產價値大幅超過合理價値」，虛構超過眞實，人們的期待多過手裡擁有的，而一切不過是空中樓台、沙上築城，泡沫經濟由此誕生。

〈蹺蹺板怪物〉裡宮子看得多清楚，她這樣告訴丈夫：「看到暴衝的火車，每個人都知道必須阻止，可是又無計可施，只能等待它自行撞壁停下來。」這個「火車」的譬喻你一定不會感到陌生，宮部美幸可不寫下了膾炙人口的《火車》？早有無數小說家用他們的書寫接上這列失速列車，「開上危險的坡道」，一路朝不可知的未來衝去。

時代的列車動起來了。北宮直人覺得自己「要邁向明日的日本」，但昭和的明日是什麼？正是妻子口中的「南海泡沫」，是緊接而來「失落的十年」。

在小說家筆下，與直人對立的，並不是泡沫本身，而是在那撲面而來的大浪中，牛頓所說人類「不可預測的瘋狂」。是詐領健保費、結合黑道與藥廠、醫院的跨領域利益結盟、是殺人嫁禍、滅口……

我以爲這裡就看出伊坂幸太郎書寫的獨特所在。他總是「往旁邊跳一小步」的，他不直接寫時代裡整體人民的狂熱，而拉開一點，就寫伴隨經濟狂熱連醫療體系都要分一杯羹的醜態，你看就連爭這一口殘羹剩飯，都夠讓人肚滿腸肥，惡態百出。他也不直接寫時代的墜毀，他只讓宮子抱怨婆婆總是以「昭和」爲年號寫信，連宮子自己「都覺得『昭和』會永遠下去」，彷彿「昭和」是列長長的列車，而這列車永遠不到站似的。小說中人物越是強調永恆，你越是清楚，大破壞、大斷裂隨時會來。

「往旁邊跳一步」的，還包括敘事者的角度。小說中敘述者有自己的對立面，又同時發現自己是其他對立衝突的第三者，站在兩個相互抵消又互爲吸引的作用力之外圍，那時，他該怎麼做？

直人站在媽媽和太太之間，他要如何維持關係平衡呢？選擇誰？相信誰？支持誰？宮子作爲特務機關人員，她和組織如何在美蘇兩大陣營對壘中安身立命？既要不使情況惡化，又要能在惡化的情況中維護所謂「國益」？你看，在小說裡，於日本國土上準備施放神經毒的是蘇聯，但日本要先以欺騙來安撫的，卻是美國。爲了維持平衡，你甚至要反直覺地進行某些謀略。

終究，站在昭和後期那沒頂而來的巨浪中，你如何維持平衡？爲了平衡，你又要付出什麼？

〈蹺蹺板怪物〉很厲害，在於小說家用一只蹺蹺板，讓時間現了形——這個稍一不慎就會釀成巨禍的危險平衡，正標示出昭和末期的模樣。而你看天平上的砝碼正在移動，重量刻度隨時間指針在改變……小說家也用一只蹺蹺板，寫出日本，和日本在時代裡的位置——他可能根本沒有個位置，畢竟天平兩邊是美蘇爲首的大國集團，但「如何去讓兩邊平衡」，乃至如何找到自己的平衡，這個「沒有位置」，其實也是一個位置。伊坂幸太郎用小說幫時代找到位置，也找回時間。

在甜鹹之間

相較於〈蹺蹺板怪物〉有明確的時間「昭和後期」，〈旋轉怪物〉的時間設定爲「近未來」。其實中文裡並沒有這個詞彙。當然，透過漢字我們都可以理解這個概念。而在西方科幻小說中，則有這樣一個分支「Near future」，有趣的是，所謂的「近未來」，到底是離未來近一點，還是離現在近一點呢？

從相關作品看來，「Near future」的作品更習於描繪「接近此刻的將來」、「不遠的現在」。但作爲一個度量時間的詞彙而言，伊坂幸太郎是怎麼構思的？在與朝井遼的對談中他曾提到，因爲時間設定是近未來，如果把小說寫得「很未來」，似乎並不怎麼有意思，但如果時間點雖然是未來，卻依然看得到傳統的延續，似乎就多了層趣味，也跟他過往的風格較類近。「不是都只有甜味或只有鹹味，我的目標是寫出鹹甜鹹甜的感覺。」

初戀愛情酸甘甜，五種滋味喔。而伊坂則希望自己的小說鹹甜鹹甜，新舊夾雜，透過所知的延續，讓我們靠近時間上的那份「近」，感受到所謂「將來」。

所以〈旋轉怪物〉帶給我們的，一方面是時間的近，一方面則是與伊坂幸太郎的近——雖然「螺旋計畫」盛載九位小說家的意志。但透過〈旋轉怪物〉反而更能看清伊坂幸太郎伊的臉。

〈旋轉怪物〉裡人工智慧能操縱輿論，控制人類。他散布流言、製造新聞，那就是「spin doctor」的存在。而這項議題，這些手法，熟習伊坂幸太郎的讀者一定分外熟悉。看小說家此前作品《魔王》就知道了。以超能力者爲主人翁，但小說中卻沒有出現大量超能力格鬥，有的只是對於政治的思索，以及個人和群體的思辨。《魔王》丟出問題，個體是什麼？群體又是什麼？隨著情節逐漸清晰聚焦的，並不只是個體與「群」發生扞格，小說家點出的是，失去個體性會發生什麼？你聽任「訊息」擺布、你失去獨立判斷的能力。你被「勢」給吞噬了，給帶走了——以小說中的話就是「洪水要來了」——由「造時事」而至「造時勢」，「勢」不可擋，透過操作訊息，透過控管情報，不管是國家還是個人生命，沒有什麼是不能獲取，沒有什麼是不能改變的。

在小說家後續作品如《摩登時代》、《宅配男與披頭四搖籃曲》中，更將輿論的操盤玩轉出新花樣，《宅配男與披頭四搖籃曲》中首相遭遇恐怖攻擊，新聞說你做了就做了，從犯案到拘捕更像是一場秀。《摩登時代》則進一步體現給我們看所謂「系統」的無處不在。反派容易死，但反派背後的「系統」不會死。那絕望是眞絕望。因爲敵人是虛無，是一個大的看不見的東西，沒有實體，打下去都是虛的。

《摩登時代》的系統，可以是一種象徵性的說法。但在〈旋轉怪物〉的近未來中，「系統」成了眞實。電子介入人類文明。近未來的怪物早在伊坂平成年代的小說中便現形了。而令和初年的〈旋轉怪物〉是他最新的模樣。

但這個怪物的樣子你還需要小說家秀給你看嗎？這方面而言，台灣眞是領先全球，你我都一定說過「新聞是製造業」、「記者都在造業」這些話。我們就活在假新聞與網路謠言的年代裡，假新聞殺死外交官、網軍帶風向，「下去領五百」ＶＳ「你是1450」……從入口搜尋網站到自家ＬＩＮＥ群組，別有用心的訊息無法不在。「系統」撲天蓋地覆蓋在我們生活的每個角落，恐怖的不是系統或是「旋轉怪物」存在，而是他存在，我們卻以爲這就是日常。那份日常，比異常更異常。此刻，我們眞的活在伊坂的小說裡。我們正活在怪物的年代。

該怎麼對抗他呢？

無論《魔王》、《宅配男與披頭四搖籃曲》或《摩登時代》，小說家提出諸多看法。

但是，是的，在伊坂幸太郎的小說裡，人物經常會失敗的。這一次，毫不例外的，系統並沒有被打敗。這也很伊坂，但重點並不是簡單的勝利。

近未來是什麼樣子？小說家對數位年代的想像，反而催生出送實體信的「信差」這樣一個角色。而那不是偶然。在〈旋轉怪物〉推出的同一年，小島秀夫的電玩大作《死亡擱淺》面世，遊戲裡的主人翁竟是個送貨的，整個遊戲被玩家暱稱爲「快遞模擬器」。小島秀夫在接受ＢＢＣ訪問時談到：「美國總統川普打算在美墨邊界建造圍牆。英國則面臨脫歐議題，亦即英國將正式離開歐盟，此刻世界上出現越來越多圍牆……」這樣說來，〈旋轉怪物〉的尾聲，東京傳言要在都內建起圍牆，圍牆帶來的不是保護，小說家一針見血指出，「圍牆是用來畫線」、「只要蓋一堵牆，就會增加對立」。無論小島秀夫的遊戲，或是「螺旋計畫」，他們皆敏銳反應世界此刻的動態，那並非巧合，而是創作者以作品對世界提出警告。

所以，《死亡擱淺》爲何以送貨郎爲主角？小島秀夫以爲，「人們需要被重新連結起來」。那麼，伊坂幸太郎筆下的信差也正擔負這個任務吧。在看得見和看不見的圍牆林立的此刻，在被系統「看不見的手」緩自操弄而逐漸遠離的彼此之間。

大江健三郎曾經引用《約伯記》中句子作爲小說的創作核心：「我是唯一一個逃出來向你報信的人。」對大江先生來說，那是小說家的責任。

伊坂幸太郎很喜歡大江健三郎。但我想說的是，他的小說也正擔負這樣的責任。「向你報信」。他的小說何嘗不是一封寫給讀者的信？這封信是關於送信的故事：一個男人糾結於記憶與現實，也可以說，他糾結於see和saw之間——以爲看見和眞的看見之間，所以，「眞實」是什麼？——而懷抱著這個困惑的男人，他多脆弱，要用記憶修改現實才能生活下去。卻又多堅強，他成爲送信人，要把信傳遞下去。

你要相信這封信有一天會開啓的。

就像此刻，我們開啓這篇小說。

有一天他會張開眼睛看到的。

作者介紹

陳栢青，台灣大學台灣文學研究所畢業。曾獲全球華文青年文學獎、時報文學獎、台灣文學獎等。以閱讀爲終生職，期待台灣推理的黃金世代降臨。

伊坂幸太郎作品集28

蹺蹺板怪物

Seesaw Monster

原著書名　シーソーモンスター
原出版社　中央公論新社
作　　者　伊坂幸太郎
翻　　譯　王華懋
責任編輯　陳盈竹
行銷業務部　徐慧芬、陳紫晴
版 權 部　吳玲緯
編輯總監　劉麗眞
總 經 理　陳逸瑛
榮譽社長　詹宏志
發 行 人　涂玉雲
出　　版　獨步文化
城邦文化事業股份有限公司
104台北市中山區民生東路二段141號5樓
電話：(02) 2500-7696　傳眞：(02) 2500-1967
發　　行　英屬蓋曼群島商家庭傳媒股份有限公司城邦分公司
104台北市中山區民生東路二段141號2樓
讀者服務專線：(02)2500-7718；2500-7719
24小時傳眞服務：(02)2500-1990；2500-1991
服務時間：週一至週五　上午09:00～12:00　下午13:00～17:00
讀者服務信箱E-mail：service@readingclub.com.tw
劃撥帳號：19863813　戶名：書虫股份有限公司
香港發行所　城邦（香港）出版集團有限公司
新址：香港灣仔駱克道193號東超商業中心1樓
電話：(852) 25086231　傳眞：(852) 25789337
E-mail：hkcite@biznetvigator.com
馬新發行所　城邦（馬新）出版集團　Cite(M)Sdn Bhd
41, Jalan Radin Anum, Bandar Baru Sri Petaling,
57000 Kuala Lumpur, Malaysia.
電話：(603) 90578822　傳眞：(603) 90576622
email:cite@cite.com.my

城邦讀書花園
www.cite.com.tw

封面設計　蕭旭芳
排　　版　游淑萍
印　　刷　中原造像股份有限公司

初　　版　2020年（民109）1月
定價　480元
ISBN 978-957-9447-57-7

國家圖書館出版品預行編目資料

蹺蹺板怪物 / 伊坂幸太郎著，王華懋譯. 初版. -- 台北市：
獨步文化：家庭傳媒城邦分公司發行，2020〔民109〕
面；　公分. --（伊坂幸太郎作品集：28）

譯自：シーソーモンスター

ISBN 978-957-9447-57-7（平裝）

861.57　　108020910

獨步文化 APEX PRESS

廣	告	回	函
北區郵政管理登記證			
台北廣字第000791號			
郵資已付，免貼郵票			

104台北市民生東路二段 141 號 2 樓

英屬蓋曼群島商家庭傳媒股份有限公司

城邦分公司

請沿虛線對摺，謝謝！

獨步文化 APEX PRESS

書號：1UF028	書名：蹺蹺板怪物	編碼：

請於此處用膠水黏貼

獨步文化 APEX PRESS

讀者回函卡

謝謝您購買我們出版的書籍！

請費心填寫此回函卡，我們將不定期寄上城邦集團最新的出版訊息。

姓名：________________________ 性別：□男 □女

生日：西元__________年__________月__________日

地址：____

聯絡電話：____________________ 傳真：________________

E-mail：____

學歷：□1.小學 □2.國中 □3.高中 □4.大專 □5.研究所以上

職業：□1.學生 □2.軍公教 □3.服務 □4.金融 □5.製造 □6.資訊

□7.傳播 □8.自由業 □9.農漁牧 □10.家管 □11.退休

□12.其他 ______________________________________

您從何種方式得知本書消息？

□1.書店 □2.網路 □3.報紙 □4.雜誌 □5.廣播 □6.電視

□7.親友推薦 □8.其他 ____________________________

您通常以何種方式購書？

□1.書店 □2.網路 □3.傳真訂購 □4.郵局劃撥 □5.其他

您喜歡閱讀哪些類別的書籍？

□1.財經商業 □2.自然科學 □3.歷史 □4.法律 □5.文學

□6.休閒旅遊 □7.小說 □8.人物傳記 □9.生活、勵志 □10.其他

對我們的建議：______________________________________

____

____

為提供訂購、行銷、客戶管理或其他合於營業登記項目或章程所定業務需要之目的，家庭傳媒集團（即英屬蓋曼群島商家庭傳媒股份有限公司城邦分公司、城邦文化事業股份有限公司、書虫股份有限公司、墨刻出版股份有限公司、城邦原創股份有限公司），於本集團之營運期間及地區內，將以mail、傳真、電話、簡訊、郵寄或其他公告方式利用您提供之資料（資料類別：C001、C002、C003、C011等）。利用對象除本集團外，亦可能包括相關服務的協力機構。如您有依個資法第三條或其他需服務之處，得洽詢本公司服務信箱cite_apexpress@cite.com.tw請求協助。相關資料不提供亦不影響您的權益。

□我已詳讀權利義務之相關條款，並同意遵守。

請於此處用膠水黏貼